KB058106

별세계 사건부

: 조선총독부 토막살인

별세계 사건부

: 조선총독부 토막살인

정명섭 정탐소설

시공사

목 차 ✳ ✳ ✳ ✳ ✳ ✳ ✳ ✳ ✳ ✳ ✳ ✳

* 이 작품에는 맞춤법이나 외래어 표기법에 맞지 않는 단어나 표현이 있습니다만,
   작품의 시대적 배경과 문학성 등 작가의 의도에 따라 수정하지 않았습니다.

* 본문 내 모든 주석은 작가가 작성하였습니다.

1

1926년 9월 22일
수요일. 경성

마감한 원고를 사환에게 넘긴 류경호는 옷걸이에 걸쳐둔 중절모와 코트, 스틱을 챙겼다. 20대 후반인 그는 날카로운 코와 부리부리한 눈을 하고 있었다. 다소 신경질적으로 보이긴 했지만 매끈한 피부 덕분에 그나마 부드럽게 보였다. 다른 조선인보다 키가 크고 마른 덕분에 세비로*가 잘 어울리는 편이었다.

벽시계를 보고 시간을 확인한 그는 서둘렀다. 좁은 나무 계단을 내려가면서 코트를 걸치고, 중절모를 쓴 류경호는 전차를 타고 명치정**으로 향했다. 왁자지껄한 소리가 정류장에 내린 그를 반겼다. 사람들을 잔뜩 태운 전차를 지나쳐 길을 건너간 류경호는 코트를 추스르면서 약속 장소인 선술집으로 향했다.

작년에 시대일보를 그만두고 선배를 따라 취직한 별세계는

---

* 일제 강점기 신사복을 지칭하는 용어로 영국 런던의 고급 양복점 거리에서 유래되었다.
** 明治町, 명동의 일제 강점기 당시 명칭.

홍미위주의 사건과 가십들을 주로 다루는 탓에 인기가 많았지만 신문기자가 할 일은 아니라는 손가락질도 제법 받았다. 거기다 고향에 계신 아버지가 보낸 이제 그만 내려와서 장가를 가라는 편지가 하숙집 책상 위에 수북하게 쌓인 상태였다. 이런저런 일로 머리가 복잡하던 차 민중호텔에서 술이나 하자는 동료들의 얘기가 더없이 반가웠다.

별세계 기자들이 자주 애용하는 선술집은 의자가 없었다. 두꺼운 나무 탁자에 줄지어 서서 꼬치를 주문하면 '자근애기'라는 이름과는 걸맞지 않은 늙은 여주인이 지글거리는 숯불 위에 꼬치를 구워서 건네줬다. 그럼 손님들은 한 손에는 술잔을 들고 다른 한 손에는 꼬치를 든 채로 서서 먹어야 했다. 번잡한 데다가 서서 먹어야 했지만 5전만 있으면 술과 안주를 배불리 먹을 수 있기 때문에 주머니가 가벼운 하이칼라 샐러리맨의 사랑을 받았다.

하이칼라들이 많이 드나드는 선술집은 닷지 호텔이니 게이조 호텔이니 하는 별명이 붙었다. 별세계 기자들도 자주 가는 선술집을 민중호텔이라는 자기들만의 별명으로 불렀다. 삐걱거리는 유리문을 열고 안으로 들어가자 구석에 목 좋은 자리를 잡아놓은 동료들이 손을 들었다.

"여기야!"

시대일보에서 함께 넘어온 정수일 기자가 손을 흔들었다. 그보다 두 살 위의 정수일 기자는 앞이마가 제법 벗어지고 뿔테 안경을 쓰고 있어서 나이보다 더 들어 보였다. 낮은 코에 광대뼈가 제법 튀어나와서 인상은 별로지만 술 좋아하고 넉살도 좋았다. 변변찮은 학력 덕분에 늘 주눅이 든 눈치였고, 아부와 술로 그걸 헤쳐 나가려 했다. 그 옆에는 별세계의 기자인 장정환과 유대수가 안주를 질겅질겅 씹는 중이었다. 데면데면한 성격의 류경호가 아직도 서먹한 사이인 반면, 넉살 좋은 정수일 기자는 벌써 그들과 절친한 사이가 되었다. 양손에 아사히 맥주를 들고 있던 그가 한 병을 건네주면서 물었다.

"원고는?"

맥주병을 건네받은 류경호가 대답했다.

"넘기고 왔습니다."

"고생했어. 마시지 않고 참느라고 힘들었다."

맥주병의 상표를 확인한 류경호가 한마디 했다.

"선술집에서 아사히 맥주라니 취미가 고약하십니다."

그러자 정수일 기자가 피식 웃었다.

"지랄 맞은 세상인데 뭐 어때?"

"그러게요."

마시기 좋게 중절모를 살짝 치켜 올린 류경호가 맥주를 한 모금 들이켰다. 알싸하고 쌉쌀한 맛이 목을 타고 넘어왔다. 그사이 이번에 레코드를 낸 평양 기생에 대해서 떠들던 장정환이 정수일에게 말했다.

"얘기 들었어? 편집장이 다음 호에 경성 야간 대탐방 기사를 또 낼 모양이야."

"또 야경꾼 꽁무니 쫓아다니란 말이야? 취재비도 쥐꼬리만큼

주면서…….”

이맛살을 찌푸린 정수일 기자가 투덜대자 두 명이 맞장구를 쳤다. 조용히 맥주를 마시던 류경호가 얘기에 끼어들 찰나, 문 쪽을 바라보며 맥주를 마시던 정수일 기자의 표정이 굳어졌다. 그의 시선을 따라서 문 쪽을 본 류경호는 목에 걸려 있던 맥주를 간신히 넘겼다.

사람들을 헤치고 다가온 검은색 두루마기 차림의 최남선이 그의 앞에 섰다. 짧게 깎은 머리와 짙은 눈썹과 콧수염, 그리고 두툼한 코는 강인하면서도 예민한 그의 성격을 그대로 드러냈다. 야심 차게 시대일보를 세우고 사장 겸 사주로 일하던 때보다 훨씬 늙었지만 여전히 정정해 보였다.

“잡지사에 갔더니 사환이 여기 있을 거라고 하더군. 잡지사 일은 할 만한가?”

한때 그가 세운 신문사에서 기자 생활을 했던 그는 애매한 웃음으로 대답을 대신했다. 그러자 그가 들고 있던 맥주병을 빼앗아 정수일 기자에게 건네준 최남선이 말했다.

“나랑 어디 좀 가세. 자세한 얘기는 가면서 하지.”

맥주병을 빼앗긴 류경호는 최남선에게 팔을 잡힌 채 밖으로 끌려 나왔다. 그의 눈에 검은색 포드 택시가 술집 앞에 서 있는 게 보였다. 차 앞문과 뒷문에 ‘경성택시’라는 글씨가 보였다. 흰 장갑을 낀 채 사이드미러를 닦고 있던 택시 운전사가 얼른 뒷문을 열어줬다. 먼저 들어간 그가 안쪽에 앉자 뒤따라 탄 최남선이 문을 닫으면서 운전사에게 말했다.

"총독부로 가주게. 이 군."

"알겠습니다."

운전석 옆 창문에 붙어 있던 고무 클랙슨을 눌러서 구경꾼들을 쫓은 운전사가 차를 출발시켰다. 1년 만의 갑작스러운 만남이라 류경호는 간단한 안부만 건네고는 입을 다물었다. 다행히 최남선 역시 할 말이 별로 없는 듯 눈을 감았다. 어색해진 류경호는 창밖을 내다봤다. 그러다 문득 이상한 점을 느끼고는 눈을 감고 있는 그에게 물었다.

"총독부로 간다고 하지 않으셨습니까?"

"맞네."

"이 길은 왜성대 쪽이 아니라 광화문으로 가는 방향이잖습니까?"

그의 물음에 최남선이 눈을 떴다.

"광화문 앞에 총독부를 새로 짓는 중일세. 거길 가는 거야."

"아직 완공 안 되지 않았습니까?"

한 달 전쯤 그 앞을 지나가면서 본 흉물스러운 모습을 떠올린 류경호가 묻자 최남선이 쓴웃음을 지었다.

"곧 완공일세. 그렇게 되면 육조거리에 나가 있는 내무부와 정동에 있는 탁지부랑 사법부를 모두 불러 모을 수 있지. 데라우치 총독이 매일 남산의 돌계단을 오르면서 총독부가 좁아터져서 못쓰겠다며 그렇게 투덜거렸다는데 소원을 푼 셈이지. 물론 사이토 총독이 대신 쓰겠지만 말이야."

"완공도 안 된 총독부에는 무슨 일로 가자고 하시는 겁니까?"

류경호의 물음에 그는 다시 눈을 감으면서 말했다.

"다 도착한 것 같으니까 내려서 얘기하지."

최남선의 얘기를 들은 류경호도 입을 다문 채 주변 풍경을 바라봤다. 낯선 택시 운전사가 핸들을 잡고 있어서 말을 못 하는 것 같았다.

두 사람이 침묵을 지키는 사이, 택시는 경성우편국과 '선은'이라고 줄여서 부르기도 하는 조선은행, 그리고 조선호텔이 있는 장곡천정*을 지났다. 속도를 높인 택시는 새로 경성부청사를 짓고 있는 태평통**을 가로질러 갔다. 경성부청 뒤편으로는 원래 있던 건물을 경성부청에게 내주고 자리를 옮긴 경성일보 사옥이 보였다. 조선총독부의 기관지인 경성일보는 같은 기관지인 매일신보가 함께 건물을 쓰고 있었다. 휘황찬란한 명치정과는 달리 조선인들이 주로 사는 경성 북쪽은 가로등 불빛도 찾아보기 어려운 을씨년스러운 모습이 이어졌다.

어둠을 한참 달리던 택시가 멈췄다. 문을 열고 내리자 거대한 임시 가림막이 보였다. 류경호의 눈에 담장 밖으로 삐죽 튀어나온 거대한 회색빛 화강암 벽과 지붕의 둥근 돔이 들어왔다. 최남선이 운전사에게 요금을 치르는 사이 류경호는 한창 만들어지고 있는 총독부에서 눈을 떼지 못했다. 나무와 철근으로 만든 비계가 거미줄처럼 처져 있어서 흉물스러웠지만 지금까지 봤던 그 어떤 건물보다 크고 위압적이었다.

* 長谷川町, 소공동의 일제 강점기 당시 명칭.
** 太平通, 태평로의 일제 강점기 당시 명칭.

총독부를 세운다는 명목으로 허물어버린 광화문의 잔해를 교묘하게 가린 가림막 앞 임시초소로 걸어간 최남선이 초소 앞에 선 경비원과 눈인사를 나눴다. 깍듯이 경례를 붙인 경비원이 초소 옆의 작은 문을 열어줬다.

정문 안으로 들어간 류경호의 눈에 바쁘게 오가는 사람들이 보였다. 5층 높이에 거대한 돔을 가진 총독부를 본 류경호는 저도 모르게 이맛살을 찌푸렸다. 넓디넓은 경성에서 하필이면 경복궁 앞의 광화문까지 치워버리고 총독부를 지은 이유 때문이었다. 앞장선 최남선이 류경호의 속마음을 눈치챘는지 힐끔 돌아보면서 말했다.

"조선인 모두에게 자신들이 지배자라는 사실을 알려주고 싶었던 것이지. 물론 명치정이나 본정*에 비해서 발전이 더딘 종로를 개발하겠다고 선전했지만 말이야."

어두워진 지 오래였지만 총독부 건물 주변에는 무릎까지 오는 가죽 장화에 맥고모자를 쓴 양복 차림의 사내들과 팔에 토시를 낀 일꾼들이 각자 일에 열중했다. 아무 말 없이 앞장서서 걷던 최남선이 조용히 입을 열었다.

"이틀 전에 총독부 설계와 시공을 맡았던 총독부 건축과의 조선인 직원 한 명이 갑자기 출근을 하지 않았다네."

"무단결근이란 말입니까?"

"어제 아침까지는 다들 그렇게 믿었지."

* 本町. 충무로의 일제 강점기 당시 명칭.

걸음을 멈춘 최남선이 총독부를 올려다보면서 대답했다. 옆에 선 류경호는 총독부의 어마어마한 크기를 보고는 입을 다물지 못했다.

가장 눈에 띄는 것은 한가운데 우뚝 솟은 거대한 돔이었다. 마치 돔을 떠받치는 듯 기둥들이 모서리에 서 있었고, 완만한 곡선을 이룬 지붕은 동판이 씌워져 있어서 푸르스름하게 보였다. 돔 위에는 기둥들로 장식된 첨탑이 하늘을 향해 서 있었다. 작년에 만들어진 경성역의 돔과는 비교할 수 없을 정도로 크고 웅장했다.

류경호가 물끄러미 돔을 바라보고 있자 최남선이 헛기침을 하고는 발걸음을 옮겼다. 정신을 차린 류경호도 서둘러 뒤따라갔다. 회백색의 화강암으로 만든 계단 위에 자리한 현관은 작은 탑을 사이에 둔 네 개의 두툼한 기둥 안에 숨겨져 있었다. 최남선이 도리아 양식의 기둥들 사이에 난 현관으로 들어서자 류경호도 머뭇거리다가 뒤를 따랐다.

화강암으로 만든 계단을 올라가서 안으로 들어서자 기둥들이 있는 작은 홀이 보였다. 홀을 가로질러 안으로 들어간 류경호는 어마어마한 높이의 천장과 홀을 보고는 할 말을 잊었다. 홀 천장은 반원형의 지붕이 덮여 있었고, 중간중간 천창이 달렸다. 홀의 앞뒤의 벽면 윗부분에는 커다란 그림이 보였다. 회백색 대리석이 깔린 바닥 중앙에는 원형과 마름모로 구성된 기하학적인 모자이크가 장식되어 있었다. 류경호가 말없이 서 있자 최남선이 설명했다.

"총독부가 야심 차게 추진하고 만든 건물일세. 지금 우리가 서 있는 곳은 중앙대홀이라고 불린다네. 천장에는 스테인드글라스가 부착될 예정이라는군. 첫 삽을 뜨고 완공까지 무려 10년이나 걸렸지."

그때서야 퍼뜩 정신을 차린 류경호가 물었다.

"죄송합니다. 이 정도일 거라고는 생각지도 못해서요. 그런데 아까 얘기한 그 직원은 무단결근이 아니면 뭐란 말입니까?"

최남선은 매끈하게 다듬어진 바닥을 내려다보면서 입을 열었다.

"어제 아침에 이 안에서 시체로 발견되었네."

"이 안에서 말입니까?"

홀을 둘러보던 류경호의 대답에 최남선이 애매한 표정을 지었다.

"그렇다네. 정확하게 얘기하자면 시체들이라고 해야겠군."

"죽은 사람이 또 있단 말씀이십니까?"

"아니, 죽은 건 혼자였지만 발견된 곳은 여러 군데였네."

"그럼……."

류경호가 미처 말을 잇지 못하는데 갑자기 낯선 목소리가 끼어들었다.

"팔 따로, 다리 따로, 그리고 몸통과 머리가 따로 발견되었죠. 이 안에서 말입니다."

넓은 중앙대홀에 울려 퍼진 목소리의 주인공을 찾아 헤매던 류경호의 눈에 2층 계단 난간에 기댄 그림자가 보였다. 계단 쪽으로 천천히 움직인 그림자는 중앙대홀 북쪽 계단으로 다가갔다. 우윳빛 대리석으로 만들어진 계단은 거대한 장식기둥 옆을 절묘하게 스쳐서 안쪽으로 휘어졌다. 장식기둥 위에는 청동으로 만든 스탠드가 은은하게 불을 품고 있었다.

2층에서 내려오는 두 갈래로 나눠진 계단 중 오른쪽 계단으로 내려온 짙은 콧수염에 매운 눈매를 가진 남자는 20대 후반으로 보였다. 멜빵바지에 팔에 토시를 끼운 차림으로 봐서는 설계사로 보였다. 최남선과 가볍게 눈인사를 나눈 그가 류경호에게 손을 내밀었다.

"총독부 건축과 박길룡 기수입니다. 와주셔서 감사합니다."

악수를 나눈 류경호는 상대방의 손가락 사이에 묻은 잉크 자국을 확인했다. 박길룡 기수가 두 손을 활짝 펼치면서 말했다.

"총독부를 보신 감상이 어떠십니까?"

질문을 받은 류경호는 주변을 슬쩍 돌아보고는 대답했다.

"압도적이네요. 이 정도 규모일 줄은 몰랐습니다."

"본토와 조선, 대만을 통틀어서 가장 큰 건축물입니다. 동양에서 가장 큰 서양식 건축물이기도 하죠. 9천6백 평 크기에 지상 4층 지하 1층 건물로, 철근 콘크리트와 벽돌로 쌓고 화강암으로 겉을 마감한 방식입니다. 르네상스와 바로크 양식이 섞인 네오르네상스양식입니다. 애초 설계는 독일 출신의 설계사 게오르크 데 랄란데가 맡았지만 중간에 병으로 세상을 떠나면서 대만 총독관저를 설계한 동경제국대학 건축과 출신인 노무라 이치로가 뒤를 이어받았죠."

그의 설명을 듣던 류경호는 눈살을 찌푸렸다. 하지만 박길룡 기수는 설명을 멈추지 않았다. 그는 손가락으로 벽면 윗부분에 그려진 그림을 가리키면서 말을 이어갔다.

"저기에 그려진 벽화는 와다 산조라는 서양화가가 그린 겁니다. 조선의 금강산에서 전해져오는 선녀 전설과 일본 미호의 마쓰바라에서 전승되는 하고로모 전설을 모티프로 해서 그린 벽화입니다. 내선일체를 상징하는 그림이라고 엄청 신경을 쓴 것이죠."

이러다가는 끝이 없을 것 같다는 생각에 류경호는 고개를 돌려 최남선에게 물었다.

"아직 무슨 일로 왔는지 설명을 듣지 못했습니다만……."

"사무실로 가서 얘기하세."

최남선의 말에 박길룡 기수가 멋쩍게 웃었다.

"죄송합니다. 따로 일이 있어서 오셨다는 걸 깜빡했습니다. 이쪽으로 오시죠."

현관을 나선 그는 두 사람을 나무로 만든 가건물 안으로 데리고 들어갔다. 가운데를 차지한 넓은 탁자에는 설계도면과 연필들이 어지럽게 나뒹굴었다. 탁자 구석에는 셔츠 소매를 둘둘 말아 올린 젊은이가 도면을 정리하다가 박길룡을 보고 인사를 했다.

"제 조수인 김석준 군입니다."

고개를 숙여 간단하게 인사를 나눈 두 사람에게 박길룡 기수가 양손을 싹싹 비비며 멋쩍게 웃었다.

"손님 대접이 이 모양이라 죄송합니다. 그나마 이거 지어지기 전까지는 천막에서 지냈답니다. 이쪽으로 오시죠."

두 사람을 탁자로 부른 박길룡 기수가 둘둘 말린 설계도면을 쫙 펼쳤다. 그러고는 김석준에게 잠깐 나가 있으라고 말했다. 지시를 받은 김석준이 밖으로 나가자 박길룡 기수는 탁자 구석에 놓인 서류봉투에서 커다란 사진 한 장을 꺼내어 두 사람에게 보여줬다. 골조가 올라간 총독부를 배경으로 수십 명의 사내들이 서 있는 모습이 담긴 사진이었다.

"건축과 직원들입니다. 골조가 모두 올라간 것을 기념해서 단체 사진을 찍었죠. 제일 오른쪽이 저고 그 옆이 이인도 기수입니다. 가운데가 건축과장 이와이 조사부로입니다."

류경호는 박길룡 기수가 보여준 사진을 뚫어지게 바라봤다. 가을에서 겨울로 넘어가는 시점에 찍었는지 다들 두툼한 코트나 목도리를 두르고 있었다. 사진사의 지시에 따라 모두 웃고 있었지만 자세히 들여다보니 각자의 표정이 미묘하게 달랐다.

가운데 자리 잡은 이와이 조사부로 건축과장의 눈빛에는 오만함과 자신감이 가득 차 있었다면 구석에 서 있는 박길룡 기수의 얼굴은 긴장감과 노곤함이 묻어나왔다. 그 옆에 있는 이인도 역시 이를 드러내며 웃고 있었지만 축 처진 눈꼬리를 보면 억지로 웃는 것이 틀림없었다. 박길룡 기수와 비슷한 나이로 보였고, 키도 약간 작았다. 약간 긴 얼굴과 굴곡진 턱에서 고집스러운 면모가 보였다. 다른 사람처럼 콧수염을 살짝 길렀고, 몸은 호리호리한 편이었다. 사진 속 이인도의 모습 어디에도 비참한 죽음을 엿볼 수 없었다.

류경호는 비로소 잔인한 죽음 뒤에 가려진 한 인간의 얼굴을 똑똑히 들여다볼 수 있었다. 류경호가 사진 속의 이인도를 뚫어지게 보는 사이 박길룡 기수가 입을 열었다.

"제가 말주변이 없어서 어떻게 설명해야 할지 잘 모르겠습니다만 일단 아는 대로 말씀드리겠습니다. 이인도는 저랑 같은 경성고공* 출신입니다. 1년 후배인데 실력이 제법이라 졸업하자마자 총독부 건축과로 들어왔습니다. 조수부터 시작해서 기수로 승진했는데 술을 제법 하고, 가끔씩 공상에 빠지는 것 빼고는 큰 문제는 없었습니다. 그래서 이틀 전에 갑자기 안 나왔을 때도 크게 걱정하지 않았죠. 보통은 오후에 나왔으니까 말입니다."

류경호는 영문을 모르겠다는 표정으로 최남선을 쳐다봤다. 최남선은 그냥 들으라는 눈짓을 했다. 둘 사이에 눈짓이 오가는 걸 눈치채지 못한 박길룡 기수는 설계도면을 바라보면서 말을 이어갔다.

"그런데 오후에도 안 나오더군요. 건축과 이와이 조사부로 과장이 펄펄 뛰었고, 조수 홍창화 군을 그 친구 집에 보냈습니다. 그랬는데 출근한 흔적만 있었답니다."

"출근한 흔적이라면?"

박길룡 기수는 류경호의 물음에 작게 한숨을 내쉬면서 대답했다.

---

* 京城高工. 경성고등공업학교의 줄임말로 총독부에서 운영하는 공업전문교육기관.

"손잡이가 상아로 된 스틱을 가지고 다녔는데 그게 없더랍니다. 옷걸이에 옷도 없어졌고요."

"그러다가 토막 난 채로 여기서 발견된 겁니까?"

"네. 어제 아침에 순찰을 돌던 경비원이 발견했습니다. 얘기를 듣고 저와 이와이 조사부로 과장도 현장을 확인했죠."

얘기를 듣던 류경호는 이해가 가지 않는다는 듯 물었다.

"그런데 왜?"

말뜻을 이해한 박길룡 기수가 씁쓸한 미소를 지었다.

"경찰에 신고하자고 했더니 총독부 망신시킬 일 있냐고 펄펄 뛰더군요."

박길룡 기수의 대답에 류경호가 조심스럽게 말했다.

"죽인 것도 모자라서 토막을 냈다면 원한이 깊은 사람의 소행인 것 같습니다만……."

그러자 박길룡 기수가 설계도면을 내려다보면서 대답했다.

"그 친구를 제일 싫어한 건 이와이 조사부로 과장이었습니다. 하지만 그 사람은 알리바이가 명확해요."

알리바이라는 단어를 들은 류경호가 놀란 눈으로 바라보자 박길룡 기수가 씩 웃었다.

"제가 정탐소설*을 좀 좋아해서요. 에도가와 란포 팬이고《박쥐우산》**부터《무쇠탈》***까지 정탐소설들은 빼놓지 않고 보

* 偵探小說. 추리소설의 예전 명칭.
** 1920년 조선일보에서 연재된 작자 미상의 정탐소설.
*** 1923년 출간된 민태원의 정탐소설.

고 있습니다."

"시신은 어디 어디서 발견되었습니까?"

그의 물음에 박길룡 기수가 윗주머니와 바지에서 뭔가를 찾았다. 그러다가 살짝 인상을 찡그렸다. 그걸 본 류경호가 물었다.

"만년필을 찾으시는 건가요?"

류경호의 얘기를 들은 그의 눈이 휘둥그레졌다.

"그걸 어떻게 아셨습니까?"

"설계도면이 있는 테이블에 몽당연필이 있는데 굳이 찾으시는 걸 보고 다른 필기구를 쓴다고 생각했습니다. 거기다 얼굴 표정을 보니까 꽤 고가의 물건 같았고, 손가락 사이의 잉크 자국까지 종합하니까 만년필이라는 답이 나왔죠."

잉크가 묻은 손가락을 내려다본 박길룡 기수가 한 방 먹었다는 표정을 짓자 최남선이 껄껄 웃었다. 류경호가 박길룡에게 씩 웃으면서 말했다.

"저도 셜록 홈스 팬입니다. 파이로트 만년필입니까? 아니면……."

"플래티넘 넘버 51 골드입니다. 어디 갔는지 보이지가 않네요."

쓴웃음으로 얘기를 마무리 지은 박길룡 기수가 몽당연필을 쥐고는 설계도면에 찍어가면서 설명했다.

"여기가 팔이 발견된 곳이고, 여기랑 여기는 양쪽 다리가 발견된 장소입니다. 이쪽은 몸통이 발견된 곳이고, 여기에서 머리가 발견되었습니다."

"그러니까……."

류경호가 말을 잇지 못하자 박길룡 기수가 대신 얘기했다.

"팔다리랑 몸통, 머리를 토막 내서 여섯 군데에 버린 겁니다. 그러다가 우연히 시체들이 발견된 장소들을 연결해봤습니다."

박길룡 기수가 쇠로 된 삼각자를 들고 점을 찍은 곳들을 쭉쭉 이었다. 연필이 종이 위를 지나가는 소리는 마치 칼날이 살을 베는 것처럼 들렸다. 류경호는 자연스럽게 선이 연결된 설계도면을 바라봤다. 그리고 저도 모르게 중얼거렸다.

"대(大) 자로군요."

최남선과 박길룡 모두 고개를 끄덕거렸다. 한숨을 쉰 박길룡 기수가 덧붙였다.

"글자의 꼭짓점에 머리와 팔, 그리고 다리가 있었고, 가운데 교차하는 지점에 몸통이 있었습니다."

얘기를 들은 류경호가 설계도면을 뚫어지게 바라보면서 말했다.

"그 얘긴 일부러 시신들을 그 장소에 갔다 놨다는 뜻이 됩니다. 거기다 총독부 안을 잘 아는 자의 소행이라는 얘기도 되고 말입니다."

그때까지 잠자코 듣고 있던 최남선이 입을 열었다.

"맞네. 일이 심상치 않게 돌아가는 걸 보고 박길룡 군이 나한테 연락을 취한 것이었네."

두 사람이 번갈아 얘기하는 걸 들은 류경호가 선이 그어진 설계도면을 뚫어지게 바라보면서 중얼거렸다.

"사람을 죽여서 토막 낸 다음에 의미를 두게끔 뿌려놓다니, 제대로 미친놈 소행인 것 같습니다."

무겁게 입을 연 류경호는 오싹한 두려움을 느꼈다. 사람을 죽여서 흔적으로 삼았다. 사악하고 깊숙한 집념이 만들어놓은 선을 내려다보던 류경호의 귀에 박길룡 기수의 조심스러운 목소리가 들렸다.

"거기다 그 글자가 대한제국을 의미한다고 해석될 수 있기 때문에 더 걱정입니다."

최남선이 한숨을 곁들이면서 얘기했다.

"일본이 세운 조선총독부에 대한제국을 연상하게 만드는 살인사건이 벌어졌으니 그럴 수밖에 없지. 특히 총독부에서 일하는 조선인들 입장이 매우 난처하게 됐어."

그 얘기를 들은 박길룡 기수가 굳은 표정으로 말했다.

"어제저녁에 이 사실을 이와이 건축과장에게 보고했더니 당장 함구령이 떨어졌습니다. 시체 토막들을 발견한 목격자들한테도 말이죠."

"그럼 신고도 하지 않았다는 얘깁니까?"

류경호가 어이없다는 표정으로 묻자 박길룡 기수가 고개를 끄덕거렸다.

"어떻게 얘기가 된 건지는 모르겠지만 종로경찰서에서 시신을 수거하고 조사를 한 게 끝이었습니다. 그리고 제가 지금부터 드리는 얘기는 극비입니다."

헛기침을 한 박길룡 기수가 문이 제대로 닫혀 있는지 확인하고는 되돌아와서 설계도면을 내려다보며 말했다.

"총독부 건물은 위에서 내려다보면 해 일(日) 자처럼 보이도록 만들어졌습니다. 태평통 1정목에 있는 경성일보를 헐고 짓는 경성부청사는 뿌리 본(本) 자 모양으로 만들어졌고요."

설명을 들은 두 사람이 굳은 표정으로 쳐다보자 박길룡 기수가 한숨을 쉬었다.

"맞습니다. 이 땅이 자기들 것이라는 상징을 새겨놓은 것이죠."

"이인도의 시신을 토막 내서 그렇게 흩뿌려놓은 사람도 그걸 알고 있겠네요. 몇 명이나 됩니까?"

류경호의 물음에 박길룡 기수가 곰곰이 생각하다가 입을 열었다.

"두 곳의 설계도면을 본 사람이라면 대충 알 수 있을 겁니다."

"총독부 건축과 직원들이랑 설계도면을 본 사람들은……."

문밖에서 발소리가 들려오자 박길룡 기수는 입을 다물었다. 잠시 후 문이 벌컥 열리고 도리우치*를 눌러쓰고 당꼬바지**를 입은 창백한 얼굴의 남자가 고개를 불쑥 내밀었다. 그러자 박길룡 기수가 안도하는 표정으로 입을 열었다.

"어서 오게. 이쪽은 이인도 기수의 조수인 홍창화 군입니다."

그러자 홍창화라고 불린 남자가 도리우치를 벗고 고개를 숙였다.

"처음 뵙겠습니다."

"여기는 시대일보 사장을 역임하신 최남선 선생이고 그 옆은 류경호 기자일세."

* 헌팅캡의 일본식 표현.
** 발목이 좁고 허벅지는 풍성한 바지의 일본식 표현.

소개를 받은 최남선이 고개를 살짝 끄덕거리면서 입을 열었다.

"만나서 반갑네."

인사가 오가자 도리우치를 도로 쓴 홍창화가 말했다.

"박 기수님. 이와이 조사부로 과장님이 찾으십니다."

그러자 박길룡 기수의 얼굴이 찌푸려졌다.

"알겠네. 바로 가도록 하지."

두 사람에게 돌아서며 박길룡 기수가 말했다.

"차라도 대접해드렸어야 했는데 가봐야 할 거 같습니다."

"한가해지면 연락하게."

최남선이 조용히 대답하고는 돌아섰다. 뒤따르던 류경호는 문을 닫으려고 하다가 박길룡 기수가 홍창화에게 만년필의 행방을 묻는 게 보였다.

"홍 군. 내 만년필 못 봤나? 검은색 플래티넘 말일세."

"글쎄요. 못 봤는데요."

"대체 어디 간 거야?"

뒷머리를 신경질적으로 긁은 박길룡 기수가 벽에 걸린 회색 재킷을 집었다. 거기까지 본 류경호는 문을 닫고 돌아섰다.

앞장선 최남선을 따라 몇 걸음 옮기는데 뒤에서 조심스럽게 그를 부르는 목소리가 들렸다. 고개를 돌리자 방금 만난 홍창화가 보였다. 도리우치를 벗고 조심스럽게 다가온 그가 물었다.

"저, 이인도 기수님 일을 봐주러 오신 겁니까?"

아직 마음의 결정을 내리지 못한 류경호는 어설픈 웃음으로 대답을 대신했다. 그러자 홍창화가 간곡하게 말했다.

"꼭 범인을 찾아주십시오. 힘닿는 대로 도와드리겠습니다."

주저하던 류경호는 알겠다고 대답하고는 돌아섰다. 아까 눈인사를 한 경비원이 열어준 문을 통해 밖으로 나온 두 사람은 말없이 걸었다. 누빈 솜바지를 입은 마부가 돌을 잔뜩 실은 조랑말을 끌고 조심스럽게 길을 가로질러 가는 중이었다. 몇 걸음 앞에 가던 최남선이 그를 돌아봤다.

"오늘 종로 야시장을 하는지 모르겠군."

"아마 하고 있을 겁니다."

류경호의 대답을 들은 그가 고개를 끄덕거렸다.

"그거라도 없으면 일본인 상권과는 경쟁도 안 됐을 텐데 다행이로군. 오랜만에 구경이나 할까?"

천연덕스럽기까지 한 최남선의 태도에 류경호가 살짝 인상을 찡그렸다.

"그나저나 왜 저를 여기 데려오신 겁니까?"

"오늘 낮에 박 군한테 연락을 받았는데 혼자 오기가 좀 그래서 말이야."

"살인사건이라는 걸 알고 계셨습니까?"

"죽어서 토막 났다는 것까지는 들었네. 그런 의미로 배열되었다는 건 처음 들었고."

"절 여기 끌어들이신 이유가 뭡니까?"

그의 물음에 앞장서 걷던 최남선이 걸음을 멈추고 돌아봤다.

"자네는 조선 사람이고, 저 뒤에 서 있는 건 일본이 세운 조선총독부지. 그리고 그 총독부가 가리고 있는 게 조선이 세운 경복궁이고 말일세."

"말장난은 그만두시고요."

"말장난 같은 현실이지. 동료가 그리 죽었는데 경찰에 신고도
못 하고, 오히려 의심을 받을까 전전긍긍하다니 말이야. 경찰이
나 총독부 모두 이번 일에 보도관제를 걸었네. 경성일보나 매일
신보 같은 기관지들은 오히려 알아서 입단속을 하는 중이지."

"개관을 코앞에 둔 총독부에서 이런 일이 벌어졌는데 그럴 만
도 하죠. 거기다……."

야시장이 시작되는 보신각에 이르러 사람들이 제법 보이기
시작하자 류경호는 입을 다물었다. 전차도로 쪽 길가에는 좌판
들이 길게 늘어섰고, 물건을 고르거나 구경 온 사람들로 가득했
다. 두 사람은 왼쪽으로 방향을 틀어서 종로 거리를 천천히 걸
었다. 갓을 쓰고 두루마기를 입은 노인부터, 종아리가 보이는
스커트에 여우털목도리와 숄을 두른 젊은 아가씨까지 한데 섞
여서 오가는 모습을 본 최남선이 입을 열었다.

"아까 만난 박길룡 기수의 별명이 뭔 줄 아나? 재봉틀일세. 빠
르고 정확하다는 뜻이지. 하지만 그런 박길룡조차 아직 판임관
인 기수에 지나지 않네. 실력으로 따지면 주임관급 기사가 되고
도 부족함이 없는데 말이야. 그 친구가 총독부를 설계하고 시공
하는 데 참가한 유일한 조선인, 아니 살아남은 유일한 조선인
기수라네."

"그게 이번 일과 무슨 연관이라도 있습니까?"

"총독부에 조선인들이 겨우 뿌리를 내리는 중일세. 하지만 이

번 일 때문에 다들 쫓겨날지도 몰라."

류경호는 딱지본 소설을 파는 좌판 앞에서 걸음을 멈춘 최남선을 따라 멈췄다. 천을 깔아놓은 바닥에 소설들을 수북하게 쌓아놓고 손님을 기다리던 늙은 장사꾼이 희미하게 웃었다. 최남선의 말이 이해가 가지 않은 류경호가 물었다.

"조선인이 죽었는데 왜 다른 조선인을 쫓아냅니까?"

"총독부 안에서 대한제국을 떠올리게 하는 일이 벌어졌네. 일본으로서는 제일 피하고 싶어 하는 일이지. 밖으로 터트릴 수도 없는 일이라면 가장 좋은 건 관련자들을 다 쫓아내는 거지. 살인자가 누군지 모르지만 영악한 놈이야."

"조선 사람을 죽인 게 말입니까?"

"일본 사람이 이렇게 죽었다면 감추려고 해도 감출 수 없었겠지. 그런데 조선 사람을 죽인 걸 보면 일이 이렇게 돌아갈 줄 알았다는 거야."

"그럼 이번 살인의 목적이 총독부에서 일하는 조선인들을 쫓아내기 위한 거라는 얘깁니까?"

"총독부는 시작일 거야. 경성부청이나 지방관청이 총독부를 따라갈 것이고, 그러면 기업이나 신문사가 뒤를 잇겠지."

최남선은 류경호에게 설명을 하면서 석유 깡통 위에 올려놓은 가스램프의 희미한 불빛에 의지해서 소설을 골랐다. 그러다 최남선이 한 권 집어 들며 말했다.

"《강명화전》일세. 강명화란 기생과 장병천이라는 한량의 정사사건을 다룬 소설인데, 자네도 알고 있나?"

"대충은 들었습니다."

두루마기 안에서 지갑을 꺼내 값을 치른 최남선이 류경호에게 말했다.

"사람들은 여러 가지 이유로 죽네. 하지만 뭔가의 상징을 위해서 죽는다는 건 비참한 일이야. 사람 목숨을 단지 수단이나 장치로 이용했을 뿐이잖나."

"그래서 조선인을 보호하기 위한 정의감으로 이번 일을 해결하기로 하신 겁니까?"

"일본이 조선을 지배하고 있는 건 변하지 않는 현실일세. 지금 우리가 할 수 있는 것은 피를 흘리지 않으면서 이득을 취하는 것일세. 그중 하나가 바로 총독부에 조선인 관리들이 진출하는 거야."

"실력 양성론인가요? 아니면 현실 적응론인가요?"

류경호가 피식 웃자 최남선도 따라서 희미하게 웃었다.

"어떻게 부르느냐는 별로 중요한 문제가 아닐세. 중요한 건 3·1운동 이후 겨우 일궈낸 성과들이 물거품이 될 수도 있다는 거야."

"사장님 말씀대로라면 범인을 찾는 건 간단합니다. 그 안에서 일하는 조선인 중에 있을 겁니다. 아까 우리를 부른 박길룡을 포함해서 말이죠."

"조선인의 관직 진출을 탐탁지 않게 여기는 일본인의 소행일 수도 있네. 어쨌든 총독부의 설계도면을 볼 줄 알고, 출입이 자유로운 사람들 중에 범인이 있을 거야."

"거기다 이인도가 출근하던 중에 납치해서 죽였다면 분명 안면이 있는 사람일 겁니다."

류경호의 말을 들은 최남선이 고개를 끄덕거렸다.

"이런저런 조건들에 딱 들어맞는 건 총독부의 건축과 직원들일세. 자네가 그들을 조사해주게. 그동안 난 총독부 사람들을 만나서 설득해보겠네."

"제가 왜 이 일을 해야만 하는 겁니까?"

류경호의 물음에 최남선은 걸음을 멈추고 야시장을 물끄러미 바라봤다. 장사를 나온 사람들이나 물건을 사는 사람들 모두 허름하고 꾀죄죄한 차림새였다. 장사꾼들이 켜놓은 석유램프의 희미한 불빛에 비친 그들의 모습을 말없이 바라보던 최남선이 말했다.

"시간은 별로 없는데 믿고 맡길 사람이 없네. 잘못해서 일이 새어나가기로 한다면 돌이킬 수 없는 사태가 벌어질 걸세. 자넨 신문기자 시절에 이런 일들을 제법 풀어냈잖아. 종로경찰서에서도 자네한테 안 풀리는 사건을 물어보러 왔었지, 아마?"

"옛날 일입니다. 그리고 제가 잡지사 기자라는 걸 잊으셨습니까? 이런 건 기삿거리로는 최고인데 말입니다."

류경호가 어이없다는 표정으로 되묻자 최남선이 깊은숨을 들이켰다.

"잡지사 기자 이전에 조선인이기도 하지. 내가 일을 믿고 믿길 수 있는 유일한 후배이기도 하고 말이야. 총독부 라인을 총동원하겠지만 내가 할 수 있는 건 범인을 빨리 잡으면 없던 일로 하겠다는 정도야."

"그게 언제까집니까?"

"아까 봤다시피 공사는 거의 마무리되었고, 열흘 후가 낙성식일세. 그때 맞춰서 국내 기자들은 물론 일본에서도 기자들이 건너온다는군."

"공사가 완료되기 전에 범인을 잡으면 된다는 말씀이십니까?"

"정확하게는 세상이 모르도록 입을 다물게 해야 하네. 숨어 있는 살인자를 반드시 찾아내게."

"반대로는 생각해보지 않으셨습니까?"

다시 걸음을 옮긴 최남선을 따라가면서 류경호가 물었다. 눈살을 찌푸린 최남선이 조용히 말했다.

"설마……."

"범인도 낙성식을 기다리고 있을 겁니다. 모여든 사람들 앞에서 보여주고 싶은 걸 터트리겠죠."

최남선이 무거운 표정으로 대답했다.

"이번 살인이 시작이란 말이군. 다음에는 한(韓) 자일까?"

"거기까진 잘 모르겠습니다."

혀를 찬 최남선은 두루마기 소매에서 잘 접은 종이쪽지를 방금 산 책 사이에 끼워 넣고는 류경호에게 건넸다.

"총독부 건축과에 근무하는 사람들의 이름과 신상명세, 주소일세. 제일 밑에는 신고를 받고 수사 중인 종로경찰서의 담당자 이름이 적혀 있고. 얘기를 해놨으니까 찾아가면 아는 대로 대답해줄 걸세."

"시신이 발견된 장소도 확인해봐야 합니다."

류경호의 말에 최남선이 고개를 끄덕거렸다.

"박길룡 기수한테 얘기해놓겠네. 낮에는 안 되겠지만 공사가 끝난 밤에는 가능할 거야."

"제가 이 사건을 맡아야 하는 이유를 아직 모르겠습니다."

책을 건네받기 위해 손을 뻗은 류경호의 말에 최남선은 쓴웃음을 지었다.

"나도 마찬가지일세. 확실한 건 그냥 놔두면 총독부를 시작으로 조선인들이 쫓겨난다는 사실이지. 난 배신자에 친일파로 낙인찍힌 몸일세. 그런 비난을 들으면서까지 지키려고 했던 걸 눈 뜬 채 뺏길 수는 없지 않겠나? 혹시 돈이 필요하면 얘기하고, 대신 비밀은 지켜주게."

"일단 관련자들은 조사해보겠습니다."

고개를 끄덕거리며 대답한 류경호가 책을 건네받았다.

"고맙네. 그럼 난 총독부 관리들을 만나 최대한 시간을 끌어보겠네. 쪽지에 우리 집 전화번호도 함께 적었으니까 어떤 거든 알아내면 나한테 알려주게."

"그렇게 하겠습니다."

일이 잘 풀렸다고 생각했는지 최남선의 표정이 눈에 띄게 부드러워졌다.

"그나저나 언제까지 잡지사에 있을 건가? 조선이나 동아로 가볼 생각이 있으면 내가 다리를 놔주겠네."

"가봤자 3면 기자* 밖에 더 하겠습니까? 차라리 여기가 마음이 더 편합니다."

"용의 꼬리보다 닭의 머리 노릇을 하겠다는 건가?"

"신문사 기자노릇은 충분히 해봤습니다."

"1년 남짓 아닌가? 자네처럼 젊고 똑똑한 엘리트가 사회를 이끌어줘야 우리 조선이 좀 더 앞으로 나아갈 거야."

"그 종착점에는 일본이 있겠죠. 제가 열심히 기량을 갈고닦는다고 해도 뭘 할 수 있겠습니까? 기껏해야 총독부 관리 같은 것이나 하겠죠. 그러다가 한 발씩 그쪽으로 빠져들고 말입니다."

"조선은 자네와 내가 살아 있는 동안에는 독립하기 어렵네. 실력을 기르고 토대를 만들어봐야만 하네."

"예전에는 세상은 예상치 않게 돌아간다고 하지 않으셨습니까? 그사이에 더 비관적이 되신 것 같습니다."

류경호의 날카로운 물음에 최남선이 헛웃음을 지었다.

"빛이 안 보이니 어둠에 익숙해질 수밖에. 상해의 가정부**는 파벌다툼으로 정신이 없고, 만주의 독립운동단체들도 경신대토벌***과 자유시참변****으로 지리멸렬해진 상태네."

"빛이 없다고 어둠이 빛이 되는 건 아니니까요. 다시 생각해봤는데 이번 사건은 맡지 않는 게 좋을 것 같습니다."

---

* 당시 신문은 1, 2면은 정치면, 3면 이후부터는 사회면이었다. 당시 신문사에서는 정치면을 다루는 기자를 더 높이 쳐줬다. 즉 중요하지 않은 분야의 취재를 맡는다는 의미다.
** 假政府, 상하이임시정부를 지칭함.
*** 1920년 청산리전투 패배 이후 일본군이 간도 지역의 조선인을 무참하게 살해한 사건.
**** 청산리전투 이후 소련의 자유시로 이동한 독립군끼리 충돌한 사건.

"두려운가?"

"이런 식으로 조금씩 발을 담그게 만드시려는 거 같아서요. 냄비에 문어를 넣고 천천히 끓이면 뜨거운 물에서도 죽지 않고 멀쩡하게 산다는 얘기를 들었습니다."

"죽는 것보다는 낫지."

최남선의 대답에 류경호가 코웃음을 쳤다.

"문어를 천천히 삶는 건 더 맛있게 먹기 위해서입니다. 아무리 잘 버틴다고 해도 결국은 토막이 나서 접시 위에 올라가는 건 변함이 없다, 이 말입니다."

"자네가 아까워서 이러는 거 정녕 모르는 건가? 게이오 대학 역사상 가장 똑똑한 학생이 바로 자네였어. 원하기만 했다면 대학교수 자리도 노려볼 수 있는 천재인데 고작 삼류 잡지사에서 일하면서 염세주의자가 되어 있잖아."

흥분한 최남선의 말에 류경호는 정신없이 물건을 사고파는 야시장을 돌아보면서 가라앉은 목소리로 대답했다.

"세상이 절 그렇게 만들고 말았네요. 게이오 대학 설립 이래 최고의 천재라고 해봤자 의심스러운 조선인일 뿐이었으니까요. 조선에서는 시골에서 올라온 첩의 자식이고 말입니다."

"자신을 너무 비관하지 말게."

"비관하는 게 아니라 비판하는 겁니다. 제가 선택하지 않은 것들로 절 규정하고 판단하고 세상에 대해서 말입니다. 그러니 저에게 이래라저래라 하지 마십시오!"

목소리를 높인 류경호가 건네받은 《강명화전》을 최남선에게 돌려줬다. 그리고 미련 없이 돌아섰다. 몇 걸음 옮기는데 최남선의 목소리가 비수처럼 그의 귀에 박혔다.

"자네 송태백 군을 아나?"

걸음을 멈춘 류경호가 가만히 고개를 돌려 그를 바라봤다.

"압니다. 아주 잘."

"1919년 2월 8일 동경에 있는 YMCA에서 조선 유학생들이 모여서 독립선언서를 낭독했었지. 한 달 후에 조선에서 일어난 3·1만세운동의 시발점이 되었고 말이야."

"그때는 그런 것까지 생각할 틈이 없었습니다. 다만 미국 윌슨 대통령의 민족자결주의 선언을 접하고 파리강화회의에서 식민지들의 독립을 승인한다는 얘기가 파다하게 퍼졌거든요. 이런 기회를 놓치면 안 된다, 우리끼리라도 모여서 조선이 독립할 수 있는 역량이 있음을 알게 해줘야 한다고 했었죠."

"철저하게 비밀을 유지하고 당일 날도 웅변대회를 가장해서 모였다고 들었네. 원래는 독립선언서랑 민족대회 소집청원서를 낭독하고 시가행진까지 감행할 계획이었지만 중간에 일본 경찰이 들이닥치면서 무산되었다고 들었지."

최남선의 얘기를 들은 류경호가 주먹을 불끈 쥐었다.

"저는 결단코 배신자가 아닙니다. 우연히 먼저 자리를 비웠던 것뿐입니다."

"하지만 실행위원을 비롯해서 주동자들 중에서 처벌을 피한 건 유일하게 자네뿐이었지. 그 일로 한동안 유학생들 사이에서도 말이 많았고 말이야."

"아무리 사실을 말해줘도 믿지 않더군요. 그래서 포기했습니다."

"그때 자네가 일찍 자리를 뜬 건 실행위원인 송태백 군의 요청을 받았던 것이라고 들었네. 정작 송태백 군은 자네한테 그런 요청을 한 적이 없었다고 했었고."

"맞습니다. 왜 그런 거짓말을 했는지 지금도 모르겠습니다. 구라파로 유학을 가버려서 만날 수도 없고 말입니다."

"지금 파리에 있다네. 구라파 순방 중인 최린 종법사가 그곳에서 만났다고 전보를 보내왔더군."

"정말입니까?"

"최린 종법사도 3·1운동에 깊숙이 관여했던 사람이라 그 일에 관심이 많다네. 자네가 원한다면 그 문제를 물어볼 수 있을 거야."

최남선의 얘기를 들은 류경호가 희미하게 웃었다.

"이번 일을 해결한다는 조건이 붙겠군요."

그러자 최남선은 아무 대답 없이 류경호에게 건네받았던《강명화전》을 내밀었다.

"선택은 자네 몫일세."

잠시 고민하던 류경호는 그가 내민《강명화전》을 말없이 받았다. 최남선이 흡족한 표정을 지으면서 입을 열려는 찰나 갑자기 밤하늘에서 빗방울이 떨어지기 시작했다. 그러자 야시장에 나온 모던 걸들이 여기저기서 양산을 폈다. 양산이 없는 아낙네들은 쓰개치마를 푹 눌러쓰고 발걸음을 재촉했다.

"그럼 난 들어가보겠네."

류경호에게 작별인사를 한 최남선은 왔던 길로 되돌아갔다. 최남선이 인파 사이로 사라지는 것을 본 류경호는 코트 깃을 치켜세우고 화신상회까지 걸어가 정류장에서 전차를 탔다. 다행히 비는 금방 그쳤다.

지치고 때 묻은 사람들과 함께 털컹거리는 전차에 몸을 맡긴 류경호는 하숙집으로 돌아왔다. 우물가에서 찬물로 대충 씻고 방으로 들어간 그는 최남선에게 받은 《강명화전》을 책상 위에 던져놓고는 이불 속으로 몸을 뉘었다. 죽음 같은 잠이 찾아왔다.

2

1926년 9월 23일
목요일, 경성

잠에서 깬 류경호는 주인 할머니가 가져다 준 뜨거운 물로 세수를 하고 출근 준비를 서둘렀다. 잠깐 고민하던 그는 어제 책상에 던져둔 《강명화전》을 가방에 쑤셔 넣었다. 옥인동의 좁은 골목길을 빠져나온 그는 전차 정류장에서 사람들과 함께 전차를 탔다. 아직 잠에서 덜 깬 사람들의 얼굴은 무표정해 보였다.

태평통을 가로지르는 전차의 창 너머로 총독부가 보였다. 무심코 지나갔을 때는 몰랐지만 새로 짓는 총독부는 정말로 경복궁을 완전히 가려버렸다. 그 앞에 초라하게 서 있던 광화문은 가림막에 가려서 보이지도 않았다. 총독부가 완성되면 조만간 없어질 것이 뻔했다.

류경호는 털컹거리는 전차 안에 탄 사람들의 무심한 표정을 바라봤다. 이것이 바로 일본이 막대한 예산을 들여서 총독부를 짓는 이유라는 생각이 든 류경호는 우울해졌다.

종로로 접어든 전차는 화신상회를 거쳐서 재작년에 의열단으로부터 폭탄 공격을 받은 종로경찰서와 그 옆에 나란히 서 있는 YMCA를 지났다. 황성기독교청년회의 청원을 받은 미국인 선교사들이 모금을 해서 지은 3층짜리 벽돌 건물 안에는 강당과 체육관은 물론 목공실과 철공실 같이 기술을 배울 수 있는 공간도 마련되어 있었다. 길옆에는 굵은 나무로 만든 전신주와 전선줄이 드리워져 있었다. 전기는 들어왔지만 길은 여전히 비포장 흙길이었다.

전차는 장작을 가득 실은 수레와 인력거, 몇 대 안 되는 승용차 사이를 지나쳐 파고다공원 앞 정류장에 멈췄다. 전차에서 내린 류경호는 바지에 묻은 흙을 대충 털고는 천도교 중앙대교당 쪽으로 걸어갔다.

별세계 잡지사는 중앙대교당 앞 해문빌딩 2층에 자리 잡고 있었다. 좁은 나무 계단을 따라 올라가자 먼저 출근한 정수일 기자가 난로 앞에서 불을 쬐고 있다가 그에게 물었다.

"최 사장이 신문사라도 다시 차린대?"

"그래도 선배는 안 부른다는데요?"

능청스럽게 받아넘긴 류경호는 의자 뒤의 옷걸이에 코트와 모자, 스틱을 걸었다.

매일 마감이 있는 신문사와는 달리 격월로 내는 잡지는 시간 여유가 많고 부담이 적었다. 대신 월급이 절반 이하로 줄었고, 잡지기자를 신문기자보다 아래로 보는 경향들이 많았다.

조선물산장려회에서 기증한 벽시계가 9시를 가리킬 무렵, 기자들이 한두 명씩 출근했다. 자주 자리를 비우는 주간 대신 실질적으로 잡지사를 이끌어가는 손상섭 부주간이 출근하자 기자들은 자연스럽게 그의 책상 주변으로 모였다. 축 처진 눈과 납작한 코를 가진 40대 초반의 손상섭 부주간은 작은 체격 때문에 없는 자리에서는 땅꼬마라고 불렸다. 외모는 볼품없어도 별세계의 전신인 새벽의 창간 멤버이자 일본 유학생 출신의 엘리트였다.

3·1운동을 겪은 일본은 이른바 문화정치라는 것을 표방했고, 가장 큰 변화를 겪은 곳은 바로 언론이었다. 조선과 동아, 시대일보사 같은 신문사들이 차례로 세워졌고, 잡지사들도 문을 열었다. 문화 계몽을 앞세운 새벽은 작년까지 잘 나갔지만 총독부에서 기사를 빌미 삼아 정간 처분을 내리면서 날벼락을 맞았다.

정간 처분이 길어지자 결국 새벽은 사라졌고 별세계가 탄생했다. 새벽이 가지고 있는 무거움 대신 시시콜콜하고 흥미 위주로 기사가 나가거나 맛집이나 기생 탐방 기사 같은 것들로 인기를 끌었다. 하지만 손상섭을 비롯한 새벽 출신들은 그 시절을 잊지 못하는 눈치였다. 책상에 앉은 그는 서랍 안에 넣어둔 수첩을 꺼내 들고 주변에 모인 기자들에게 지시를 내렸다.

"정수일 기자는 지난번 진고개 탐방기 오늘까지 마무리해."

"진흙고개를 또 가라고요?"

정수일 기자가 장난스럽게 얼굴을 찡그리면서 대꾸하자 손상섭 부주간이 피식 웃었다.

"조선 시대 때나 진흙고개지 지금이야 천국이잖아. 한 바퀴 돌아보고 기사 잘 뽑아 와."

"사진기자도 같이 갑니까?"

"난 자네 실력을 믿네. 사진보다 더 상세하게 기사를 써. 그리고 유대수 기자는 설렁탕 맛집들 취재기사 좀 보강해. 이문설렁탕을 넣으면서 삼일옥은 왜 뺀 거야?"

질문을 받은 유대수가 뒤통수를 긁적거리면서 대답했다.

"거긴 별로 맛이 없어서……."

"시끄럽고, 삼일옥 채워 넣어. 그리고 류 기자는 YMCA 탐방기사를 하나 써봐. 어떤 상점이 들어와 있고, 어떤 모임이 있는지 써. 그리고 한두 명 인터뷰도 따고. 오늘 가보고, 모레까지 기사 써. 가는 김에 종로 쪽 분위기도 한번 살펴봐."

"네."

손상섭과 눈이 마주친 류경호가 짧게 대답했다. 다른 기자들에게 나머지 지시를 내린 손상섭 부주간이 말했다.

"어영부영하다가 또 마감 코앞에서 허둥지둥거리지들 말고 미리미리 기사들 써놔. 그리고 다음 호에는 대경성 야간 탐방 진행할 거니까 미리미리 준비들 해."

"이러다 우리 잡지 기자들은 전부 밤에만 일하는 줄 알겠습니다."

눈치를 보던 정수일 기자가 능청스럽게 말했지만 이빨도 먹히지 않았다.

"그럼 낮에도 일하는 걸 보여주면 되지. 자네랑 류경호 기자랑 방산정*에 있는 경성부 위생과 분실**에 갔다 와."

"거긴 왜요?"

"얼마 전에 경성의 분뇨와 쓰레기 처리가 미흡하다는 동아일보 기사가 나왔잖아. 둘이 변장하고 잠입취재해서 독자들의 갈증을 해소해줘."

제대로 한 방 먹은 정수일 기자의 얼굴이 파랗게 질려버렸다.

"그, 그건 동아일보 기자들에게 맡기고, 우린 딴 거 하죠. 경성의 요릿집 탐방 같은 건 어떨까요?"

"우리 독자들 수준을 생각해봐. 비싼 요릿집 기사를 올리면 분명 놀리는 거냐고 화를 낼 거 아니겠어?"

"우리 잡지에 똥이랑 쓰레기 기사를 올리면 우리 수준이 그거밖에 안 되냐고 화를 낼 독자도 있을 겁니다."

입을 잘못 놀렸다가 똥을 봐야 할지 모르는 상황에 빠진 정수일의 필사적인 모습에 다른 기자들이 말없이 웃었다. 그러자 손상섭 부주간이 선심 쓴다는 표정으로 말했다.

"그럼 분뇨 말고 쓰레기 처리하는 탐방 기사를 쓰도록 하게. 다음 주 월요일까지 마무리해서 내 책상에 기사 올려놔. 그리고 이번 달 독자 투고랑 유머 코너 누가 맡을 차례지?"

제일 귀찮은 일이 언급되자 기자들은 갑자기 바빠지기 시작했다. 류경호도 자리로 돌아와서 코트를 입고 모자를 쓴 채 가죽 가방을 챙겼다. 울상이 된 정수일 기자가 책상 옆으로 다가왔다.

---

* 芳山町, 현재 중구 방산동의 일제 강점기 당시 명칭.
** 경성의 분뇨와 쓰레기 처리를 담당하던 부서로 정식 명칭은 내무과 위생계지만 보통은 위생과로 부른다.

"내일 뭐 해?"

"다른 일은 없고 취재하고 돌아오면 대략 서너 시쯤 되겠죠. 왜요?"

"그럼 내일 나랑 같이 방산정으로 가세."

"위생과 가시게요?"

"시켰으니까 가봐야지."

"알겠습니다."

"미안, 나 때문에 고생이 많네. 취재 끝나면 맥주 사줄게."

"약속 꼭 지키세요."

정수일 기자가 자리를 뜨고 류경호도 우르르 몰려나가는 동료들을 뒤따라 나가려는데 손상섭 부주간이 불쑥 물었다.

"어제 최남선 씨랑 만났다면서?"

놀란 류경호가 쳐다보자 수첩에 뭔가를 적고 있던 손상섭 부주간이 고개를 들었다.

"내가 그분 팬이란 거 얘기 안 했나? 다음에 만날 일 있으면 소개 좀 시켜줘."

"알겠습니다."

가볍게 웃으면서 대답한 류경호는 계단을 내려와서 종로 쪽으로 걸었다. 바람이 제법 불자 코트 깃을 세웠다.

종로 거리 한복판에 자리 잡은 3층짜리 YMCA 건물 1층은 양복점과 자전거점, 그리고 작은 서점이 하나 있었다. 가게들을 돌면서 잡지사 신분증을 보여주고 기삿거리가 될 만한 얘기들을 캐묻고 대답을 들었다. 상점들을 돌아본 그는 2층 강당으로 올라가서 연극 준비를 하고 있던 승동 교회 청년부원들과 만났다. 그들과 얘기를 나눈 류경호는 인사를 하고 강당 밖으로 나왔다. 그리고 복도 기둥 옆에 서서 수첩에 적은 내용들을 정리했다.

그러다가 가방 안에 넣어둔 《강명화전》이 눈에 들어왔다. 무심코 책을 꺼내 드는데 최남선이 끼워준 쪽지가 빠졌다. 허리를 굽혀서 집어 든 그는 잠깐 고민하다가 쪽지를 펼쳤다. 쭉 적혀 있는 이름들 중에 제일 아래 있는 이름을 본 그는 살짝 눈을 찡그렸다.

먼지로 얼룩진 창문 너머로 종로경찰서가 보였다. 고종이 조선에 전차와 전기를 들여오기 위해 세운 한성전기회사의 사옥이었던 건물은 이후 주인이 몇 차례 바뀌었다가 지금은 경찰서로 사용되고 있었다. 붉은 벽돌로 만든 2층짜리 건물은 모서리와 창틀을 대리석으로 처리해서 눈에 확 띄었다. 거기다 정문 위 지붕에 둥근 돔 형태의 첨탑이 세워져 있는데 사방에 원형 시계가 붙어 있었다. 덕분에 길을 가던 모던 보이들이 손목에 찬 시계나 줄 달린 회중시계의 시각을 맞추는 일이 종종 있었다. 보통 사람들은 그 시계를 보고 종로경찰서를 시계집이라고 부르기도 했다.

잠깐 고민하던 그는 《강명화전》을 가방에 넣고 계단을 내려갔다. 종로경찰서 방향으로 가는데 길거리에 거적을 깔고 돈을 구걸하는 아편쟁이 거지 옆에 양장에 단발 차림을 한 여인들이 나무로 만든 십자가를 든 채 서 있는 게 보였다. 두툼한 돋보기

안경에 털모자를 쓴 노인이 여인들을 쳐다보면서 옆에 있는 나무 지팡이를 든 노인에게 말을 건넸다.

"저게 뭔가?"

"뭐긴? 예수쟁이들이잖아."

"아니, 사람이 왜 밀가루 포대를 입고 있는 거냐고?"

"저게 바로 양장 아닌가? 근데 자네 말대로 밀가루 포대 같네 그려."

나무 지팡이를 든 노인의 얘기에 돋보기안경을 끌어올린 노인이 혀를 찼다.

"조선 여자들이 하체가 길면 좋으련만 안타깝게도 상체가 길어서 짧은 저고리랑 긴치마가 제격이거든. 근데 양장이라고 덮어놓고 입으니 어색하잖아. 궁둥이가 땅에 딱 달라붙은 꼬락서니하고는 말이야."

"자기 돈으로 사 입었을까?"

나무지팡이를 든 노인의 물음에 돋보기안경을 쓴 노인이 고개를 저었다.

"무슨 돈으로? 남편 돈이겠지."

"저런 옷을 사주는 남편이야말로 멍 생원이겠네."

"남편이 무슨 죄가 있다고? 저런 옷에 저런 머리를 하고 다니는 여편네가 문제지."

두 노인의 얘기를 귓등으로 흘려들으며 지나쳐 간 류경호는 양장을 한 여인들을 흘끔 쳐다봤다. 남자처럼 짧게 깎은 머리에 종아리가 보이는 원피스 차림의 여인들은 지나가는 행인들의 구경거리였다. 하지만 그녀들은 꿋꿋하게 다른 사람들의 시선을 무시한 채 나무로 만든 십자가를 들고 예수를 믿으라고 외쳤다.

류경호는 여인들과 거지, 그리고 그들을 바라보는 노인들 사이를 조심스럽게 지나쳐 종로경찰서로 향했다. 그는 정문을 지키고 있는 경찰에게 신분증을 보여줬다. 하얀 제복에 칼을 찬 경찰은 류경호가 내민 신분증을 한참 동안 들여다보고는 오사카 사투리가 심하게 섞인 일본어로 물었다.

"무슨 일로 찾아왔나?"

"종로를 주제로 기사를 쓰는 중입니다. 재미있는 얘깃거리가 있을까 해서 뵈려고 합니다."

또박또박 일본어로 말한 류경호의 대답을 들은 경찰이 피식 웃었다.

"이분이 얼마나 바쁘신 분인 줄 모르나? 귀찮게 하지 말고 돌아가."

발끈한 류경호가 신분증을 돌려받으면서 말했다.

"최남선 씨의 부탁을 받은 류경호가 찾아왔다고 전해주시겠습니까? 정확하게 정한 건 아닙니다만 조만간 만나 뵙기로 약속을 했습니다."

류경호가 뻣뻣하게 나오자 경찰이 겸연쩍은 얼굴로 대답했다.

"잠깐만 기다려."

계단 위의 포치*에 있는 전화기로 간 경찰이 수화기를 들고

---

* porch, 건물의 현관이나 출입문 위에 지붕처럼 만들어 놓은 것.

통화를 하더니 올라오라는 손짓을 했다. 계단을 뛰어올라간 류경호에게 경찰이 말했다.

"2층 201호로 가봐."

문을 열고 안으로 들어가자 시끄러운 소음과 퀴퀴한 냄새가 밀려왔다. 경찰서 출입을 한 지 1년이 넘었다는 사실을 뒤늦게 기억한 그는 쓴웃음을 지으며 2층 계단으로 올라갔다. 나무 복도가 쭉 이어진 가운데 흰 벽을 따라 숫자가 적힌 방들이 보였다. '201'이라는 숫자가 적힌 방문 앞에 선 류경호는 노크를 하면서 조용히 중얼거렸다.

"이게 뭐 하는 짓일까?"

들어오라는 말소리가 들리자 류경호는 문을 밀었다. 창문을 등진 의자에 앉은 하야시 곤스케 경부는 책상 모서리에 가죽 장화를 신을 발을 올려놓은 채 서류를 넘기는 중이었다.

정중하게 인사를 한 그를 힐끔 바라본 하야시 곤스케 경부는 의자에 앉으라는 눈짓을 했다. 종로경찰서 형사들이 즐겨 쓰는 검은색 가죽 캡에 팔자수염을 기른 하야시 곤스케 경부는 조선 백성들이 벌벌 떠는 전형적인 일본 순사의 모습이었다. 긴장한 류경호가 바른 자세로 앉아 있는 것을 본 하야시 곤스케 경부가 피식 웃었다.

"책상 앞쪽에 핏자국 보여? 오늘 오전에 체포한 의열단 녀석이 그 의자에 앉은 채 머리를 박은 흔적이야. 조센징들은 알면 알수록 이상해. 순둥이들 사이에서 독사 같은 놈들이 전부 다 나오거든."

두툼한 서류철을 책상 모서리에 던져놓은 하야시 곤스케 경부가 하얀 셔츠를 입은 배 위에 깍지 낀 손을 올려놓으며 물었다.

"우리 구면이지?"

"시대일보에 다닐 때 몇 번 뵌 적이 있습니다."

"기억나. 최남선 사장이 인재라고 입이 마르게 칭찬했지. 게이오 대학 출신이라고 했던가?"

"네."

긴장한 류경호가 갈라진 목소리로 대답하자 하야시 곤스케 경부가 피식 웃었다.

"관내 골칫거리인 자잘한 사건들을 해결하는 데 도움을 줘서 고마웠네. 그리고 작년 여름이었던가? 가짜 홍종우가 나타나서 난리를 피웠던 게?"

"봄이었습니다."

"맞아. 을축년 대홍수가 일어나기 전이었지. 어제 최남선 사장에게 연락을 받았네. 얼마 전에 크게 신세 진 일이 있어서 도와주긴 하겠네만 어디까지나 비공식적이네. 무슨 얘긴지 알겠지?"

고개를 끄덕거린 류경호가 물었다.

"경부님은 이번 사건을 누구 소행으로 보십니까?"

질문을 받은 하야시 곤스케 경부가 딱 잘라 말했다.

"조센징 소행으로 보네."

"총독부에서 일하는 조선인들을 쫓아내기 위한 짓이란 뜻입니까?"

류경호의 물음에 하야시 곤스케 경부가 주름진 턱을 끄덕거렸다.

"그것 말고는 설명할 길이 없네. 일본인에게 불만을 품었다면 일본인을 죽이려고 하지 않았겠나?"

"조선인이 총독부에서 일하는 것을 싫어하는 일본인의 소행일 가능성은요?"

질문을 받은 하야시 곤스케 경부가 코웃음을 쳤다.

"다른 기자한테 그런 질문을 받았다면 '바카야로'라고 대꾸했겠지. 하지만 비공식적인 질문이니까 가능성을 열어두고 있다는 정도로 대답하겠네."

"용의자로 보고 있는 쪽은 역시 총독부 건축과 직원들이겠죠?"

류경호의 물음에 하야시 곤스케 경부가 대답했다.

"막바지 공사 중이라 출입이 많긴 하지만 총독부 건물 안을 마음대로 다닐 수 있는 사람들은 별로 없네. 대부분 자기가 맡은 구역의 공사만 하고 돌아가는 식이지. 외부인이 들어와서 공사를 할 때마다 감시인이 붙고, 설사 감시인을 따돌린다고 해도 그 안에서 원하는 위치에 시신을 가져다 놓을 수 있다고 보기는 힘들어. 최소한 내부의 도움이 있어야 한다는 뜻이지."

"그럴 만한 위치에 있는 건 역시 건축과 직원들뿐이고요."

하야시 곤스케 경부가 분하다는 표정으로 말했다.

"맞네. 하지만 윗선에서는 비공개로 수사하기로 결정했네. 겁을 먹은 거지."

"뭘 두려워하는 겁니까?"

"살인자가 총독부 안을 마음대로 활보한다는 사실이 알려지는 것이겠지. 우선순위에서도 밀려서 언제 본격적인 수사에 착수할지 모르겠어."

"현장을 조사한 자료를 보고 싶습니다만……."

"왜, 탐정놀이를 하시게?"

빈정거린 하야시 곤스케 경부가 아까 읽던 서류철을 그에게 밀었다.

"외부 유출은 안 되니까 여기서 보고 머릿속에 넣어두게. 게이오 대학교 졸업생."

류경호는 핏자국을 피해 조심스럽게 서류철을 펼쳤다. 첫 번째는 현장 사진들이었다. 사진기사가 마그네슘을 많이 써서 터트린 탓인지 빛이 너무 강했다. 수첩을 꺼낸 류경호는 몇 가지를 적으면서 물었다.

"현장에 피는 얼마나 있었습니까?"

"동행한 의사 말로는 아주 넓게 퍼져 출혈량이 많아 보였지만 대리석 바닥이라 흡수가 되지 않아서 그런 거지 많은 편은 아니라는군."

"실종되고 시체가 발견되기까지 하루가 소요되었다는 얘기를 들었습니다. 그동안 어디선가 피를 빼고 옮겼을 수도 있겠군요."

그의 물음에 하야시 곤스케 경부는 제법이라는 표정을 지어 보였다.

"맞아. 사실 바로 절단된 시체는 혈관에서 나오는 피 때문에 옮기기가 쉽지 않아. 하지만 총독부 안에서 토막 난 시체를 하루 동안 놔둘 수 있느냐가 문제지. 숨기는 건 둘째 치고 피비린내랑 피가 장난이 아니었을 것인데 말이야."

"경부님도 제3의 장소에서 피살되고 토막이 났다고 보시는군요."

"아니면 총독부 안에 우리가 모르는 제3의 장소에서 토막이 나서 옮겨졌을 수도 있지."

하야시 곤스케 경부의 대답을 들은 류경호는 사진들을 계속 넘기면서 다시 물었다.

"입고 있던 옷 채로 토막 난 건가요?"

"피에 젖어서 잘 안 보이지만 하얀색 셔츠에 감색 코르덴바지 차림이라고 하더군."

"보통 시신을 알몸으로 벗겨놓고 토막 내기 마련인데 그러지는 않았네요?"

그의 물음에 하야시 곤스케 경부가 가만히 고개를 끄덕거렸다.

"그렇지. 아무래도 천이 잘 잘리지 않으니까 말이야. 하지만 이번에는 그럴 필요가 없었네. 뒷장을 넘겨보게."

하야시 곤스케 경부의 말대로 다음 장으로 넘어간 류경호는 고개를 갸웃거렸다.

"이게 뭡니까?"

"전기톱이라는 거야. 미국에서 만든 건데 전기모터로 작동되는 거라 엄청 빠르고 정확하게 잘린다는군. 총독부 공사를 위해 다섯 대를 수입했다네. 편리하긴 하지만 고가인 데다 작동법이 복잡해서 다룰 수 있는 사람은 손에 꼽을 정도지."

"혈흔이 남은 전기톱을 찾고, 그걸 다룰 수 있는 사람을 찾으면 범인을 금방 잡을 수 있지 않겠습니까?"

류경호의 말에 하야시 곤스케 경부가 긴 한숨을 내쉬었다.

"그러려면 총독부 직원들의 알리바이를 조사하고 지문을 채취해서 대조해야만 하네. 하지만 바빠서 그럴 수 없다고 거절하더군. 거기다 전기톱도 체인을 모두 빼고 깨끗하게 닦아놔서 혈흔 같은 건 없었네."

"협조할 생각이 없었군요."

"손발을 다 묶어놓고 어쩌란 건지 모르겠어."

"그나저나 전기모터면 소리가 시끄럽지 않나요?"

그의 물음에 하야시 곤스케 경부가 얼굴을 찌푸리면서 대꾸했다.

"한참 공사 중에는 온갖 소리들이 다 났을 테니 그 속에 섞였을 거야."

"그렇다면 어디서 살해됐는지도 모른단 말입니까?"

"아까도 얘기했다시피 현장 검증을 못 했거든. 확실한 건 어디선가 죽여서 토막을 낸 다음에 시신을 옮겼다는 걸세."

대답을 들은 류경호가 수첩에 적은 내용을 들여다보면서 물었다.

"핏자국 때문입니까?"

"머리가 발견된 대회의실 입구에서 핏자국을 발견했네. 뭔가로 지우긴 했지만 말이야. 아마 남의 눈에 안 띄는 곳에서 시신을 토막 낸 다음에 뭔가로 감싼 채 옮겼을 거야. 그러다 우연히 피가 떨어졌던 거고."

다음 장은 검시 보고서였다. 꼼꼼하게 살펴보던 류경호는 시신의 절단면이 조금씩 왼쪽으로 기울어져 있는 걸 발견했다. 류경호의 눈빛을 살펴본 하야시 곤스케 경부가 말했다.

"우리도 처음에는 그걸로 범인을 잡을 수 있을 거라고 생각했는데 전기톱의 손잡이가 오른쪽에 붙어 있고 제법 무거운 편이라 자연스럽게 왼쪽으로 기울어진다는군. 건축과 직원들 중 두 명 빼고는 모두 오른손잡이라 별 의미가 없어."

다음 장은 목격자의 진술이 들어 있었다. 머리를 발견한 야간 경비원부터 다리를 발견한 건축과 조수 홍창화의 진술 내용은 대동소이했다. 우연히 그곳에 가거나 지나가다가 절단된 시신들을 보고 신고를 했다는 게 전부였다. 발견 장소와 시간, 목격자 이름들을 수첩에 적은 그가 물었다.

"발견 시각이 아침 7시 20분에서 25분 사이군요?"

"물어보니까 야간 작업자들이 철수하기 전에 현장을 정리하거나 숙직하던 사람들이 인수인계를 하기 전에 마지막으로 현장을 둘러보는 시간이라는군."

"이인도가 마지막으로 출근한 건 언제입니까?"

"살해되기 이틀 전, 아침 6시 13분에 출근한 걸로 되어 있네. 그리고 퇴근했는지 여부는 확인되지 않았어."

출근부의 시각과 숫자를 확인한 류경호가 물었다.

"퇴근하지 않고 총독부 안에 남아 있었군요."

"낙성식이 코앞이라 밤샘 작업을 하거나 아예 숙직실에서 자는 일이 많았다더군."

보고서에서 눈을 뗀 류경호가 하야시 곤스케 경부를 바라보며 물었다.

"살아 있는 모습은 마지막으로 언제 확인된 겁니까?"

"저녁 6시 즈음, 퇴근하던 박길룡 기수가 작업실에 남아 있는 피살자를 본 게 마지막이었네."

"그 이후에 살해당하고 절단된 채 하루 동안 어딘가에 방치되었다가 다음 날 새벽에 옮겨진 것이군요."

그의 얘기에 하야시 곤스케 경부가 고개를 끄덕거렸다.

"현재로썬 그렇게 보고 있어. 현장 조사를 제대로 하지 못한 상황이라 장담하긴 어렵네."

"필적 감정은 하신 거죠?"

하야시 곤스케 경부가 그거야 당연한 거 아니냐는 표정으로 대꾸했다.

"다른 날 서명한 걸 봤는데 똑같았네. 경비원 증언도 확보했으니까 몇 분 차이는 날지 모르지만 크게 벗어나진 않을 거야."

"평소와 다른 점은 없었답니까?"

류경호의 물음에 하야시 곤스케 경부는 의미심장한 미소를 지었다.

"관련자들을 만나보지 않았나? 아무튼 주변 사람들은 별로 이상한 점은 없었다고 증언했네."

질문을 마친 그는 수첩을 덮으면서 얘기했다.

"빨리 조사를 하지 않으면 범인을 찾기 어려워지겠는데요."

"안 그래도 서장님께 서두르자고 했지. 하지만 공사 마무리하는 중이니까 손도 대지 말라는 대답만 들었네. 우리도 낙성식이 끝난 후에나 조사할 수 있다네."

하야시 곤스케 경부가 아쉽다는 표정으로 얘기했다. 서류에서 눈을 뗀 류경호가 그의 얼굴을 바라보면서 얘기했다.

"모든 증거들이 현장에 익숙한 사람이 범인이라는 걸 보여주고 있습니다. 보통의 경우라면 범행을 감추려고 하는데 충격적인 방법으로 살인을 저지르고 스스로 용의선상에 올랐습니다."

"그자의 목적은 살인이 아니야. 살인을 통해서 뭔가를 들려주고 싶은 거지."

하야시 곤스케 경부가 희미한 웃음을 지으며 대답했다. 류경호는 무거운 눈빛으로 서류들을 다시 천천히 읽어보면서 필요한 내용들을 적었다. 하야시 곤스케 경부가 말없이 쳐다보는 가운데 서류를 덮은 류경호가 일어섰다.

"도와주셔서 감사합니다."

"의열단이 조선에 다시 잠입했다는 첩보가 입수됐네."

문을 열고 나가려는 그의 뒤통수에 대고 하야시 곤스케 경부가 싸늘한 목소리로 말했다.

"이번 일과 연관이 있습니까?"

문고리를 잡은 류경호의 물음에 하야시 곤스케 경부는 배에 올려놨던 손을 풀더니 잘 모르겠다는 손짓을 했다.

"4년 전에도 상해에서 활동하는 무정부주의자들이 테러단체를 조직해서 활동에 나섰다는 첩보가 입수된 적이 있었지. 대부분 돈도 없고, 조직을 가져본 경험도 없는 자들이 무슨 테러냐고 웃고 넘어갔다네. 하지만 몇 달 후에 여기로 폭탄이 날아왔고 말이야. 폭탄이 제대로 터졌으면 난 여기서 자네랑 이렇게 얘기를 나누고 있지도 못했을 걸세."

"의열단 짓이라고 보고 계십니까?"

"정체는 모르겠지만 살인자는 큰 걸 준비하고 있는 게 틀림없어. 내 직감으로는 말이야. 하지만 난 손발이 묶여 있는 상태라네."

"밀정이라도 풀지 그러십니까?"

류경호의 얘기에 하야시 곤스케 경부가 어깨를 들썩거리며 웃었다.

"총독부를 상대로? 조선인들이 왜 그렇게 배신을 잘 하는 줄 알아? 우리가 더 힘이 세기 때문이야. 총독부는 우리보다 힘이 더 세. 불안하고 찜찜하지만 지금으로써는 가만있는 게 최선이야. 자넨 다르지만 말이야."

적당히 대답할 말을 찾지 못한 류경호는 인사말을 남기고 201호를 나왔다. 서둘러 계단을 내려온 그는 경찰서를 빠져나왔다. 거리에는 여전히 예수쟁이 여인들과 거적 위에 엎드린 아편쟁이 거지가 보였다. 경찰서 앞에서 잠깐 고민하던 그는 가방 안에서 쪽지를 꺼내서 주소를 확인했다.

"원서동이라……."

잠깐 고민하던 류경호는 쪽지를 도로 집어넣고 길 한복판에 있는 전차 정류장으로 걸어갔다. 그다지 춥지도 않은데 목도리로 얼굴을 반 가까이 가리고, 종아리를 드러낸 한복 차림의 아가씨 둘이 까르르거리며 얘기를 주고받았다.

전차 정류장에서 전차를 기다리는 동안 류경호는 고민을 거듭했다. 살인자는 흔적을 지우고 모습을 감추는 게 아니라 발자국을 찍어놓고 따라오라고 손짓하는 중이었다. 어차피 용의자는 한정되어 있고, 알리바이만 제대로 조사해도 누가 범인인지 대략 알 수 있기 마련이다. 문제는 범인이 진짜 노리는 게 무엇인가였다. 한참을 고민하던 류경호는 전차가 들어오는 소리에 정신을 차렸다. 그러고는 혼잣말로 중얼거렸다.

"일단 조사만 하고, 나머진 그다음에 생각해보자."

손에 쥐고 있던 수첩을 펼치자 아까 하야시 곤스케 경부가 보여준 서류에서 옮겨 적은 이인도의 하숙집 주소가 보였다.

"원서동이면 예전 하숙집 근처니까 금방 찾을 수 있겠지?"

수첩을 접어서 코트의 안주머니에 넣은 류경호는 전차 정류장에서 빠져나와 안국동네거리 방향으로 걸어갔다. 가쁜 숨을 몰아쉬면서 달리는 인력거 사이를 지나쳐 좁은 골목길로 들어서자 서늘한 가을바람이 몰려왔다. 코트 깃을 바짝 세운 류경호는 골목길에 줄지어 선 집들의 문패를 하나씩 확인했다.

다행히 이인도가 머물던 하숙집은 금방 찾았다. 한때 행세깨나 했을 대감댁 행랑채를 쪼개서 만든 집들은 대부분 하숙을 쳤다. 스틱 손잡이로 대문을 쿵쿵 두드리자 잠시 후 빗장이 풀리는 소리와 함께 머릿수건을 두른 중년 여인이 고개를 빼꼼하게 내밀었다.

"하숙집 보러 오셨수?"

류경호는 잠깐 고민했다. 예전에 시대일보에 다녔을 때는 기
자증을 보여주면 대부분 무사통과였지만 별세계는 대접이 달
랐다. 기자증을 보여주고 얘기를 해보려던 생각을 바로 접은 류
경호는 조선양행이라는 무역회사를 취재할 때 받은 명함을 내
밀면서 살갑게 웃었다.

"네, 급하게 하숙집을 구하는 중이라서 여기저기 알아보는 중
입니다."

명함을 건네받은 중년 여인이 류경호를 위아래로 살펴보더
니 대문을 활짝 열었다.

"마침 빈방이 하나 있긴 한데, 보시려오?"

"그래주시면 고맙죠."

집 안은 쪽마루가 딸린 방들이 삥 둘러싼 'ㅁ' 자 형태였다. 치
마 끝자락을 움켜쥔 여인이 턱으로 왼쪽 모서리 방을 가리켰다.

"저쪽이오. 바로 옆이 부엌이라 불을 때면 훈훈하고 길가 쪽
이 아니라서 조용하죠. 방도 제법 넓어서 혼자 써도 좋고, 부인
이나 가족 한두 명이랑 써도 안성맞춤이죠."

왼쪽 모서리 방이라면 예상했던 대로 죽은 건축과 기수 이인
도의 방이었다. 부여 출신인 그는 10여 년 전에 경성에 올라왔
다. 그리고 경희궁 자리에 세워진 경성중학교를 졸업하고 경성
고공에 입학했다. 경성고공을 졸업한 이후에는 총독부 건축과
에 조수로 들어갔다가 2년 전에 기수로 승진했다. 3년 전에 고

향에 내려가서 혼례를 치르기는 했지만 일주일 후에 바로 올라왔는데, 부인을 데리고 오지는 않았다. 경성의 자유로움을 만끽하던 지식인들이 고향에 내려가서 부모가 정해준 혼처와 억지로 결혼하고 바로 올라오는 경우는 적지 않았다. 이인도 역시 마찬가지였던 것 같았다.

한 뼘 남짓한 쪽마루가 붙어 있는 방은 유리가 끼워진 미닫이문 두 짝으로 가려져 있었다. 하숙집 여주인은 머릿속이 복잡한 류경호에게 입에 침이 마르게 방을 칭찬했다.

"이 방으로 말할 것 같으면요, 공부를 하면 경성제대에 떡하니 붙는 방이죠. 조용하기는 이 동네에서 여기만 한 데가 없다니까요."

"방을 좀 봐도 되겠습니까?"

류경호의 물음에 여주인의 표정이 살짝 구겨졌다.

"그러니까, 원래 여기 살던 사람이 시골집에 급한 일이 있어서 몸만 내려갔거든. 짐은 나중에 찾으러 온다고 해서 아직 치우질 않았어요."

"방을 보는 건데요, 뭘. 저도 방만 마음에 들면 바로 들어와서 살려고요."

류경호의 채근에 여주인이 고개를 끄덕거렸다.

"그럽시다. 남자 혼자 살던 곳이라서 방이 지저분할지도 몰라요."

하얀 말표 고무신을 벗은 여주인이 미닫이문을 열고 안으로 들어갔다. 류경호도 구두를 벗고 따라 들어갔다. 들어서자마자 느낀 것은 짙은 어둠이었다. 길가에 나 있지 않은 탓에 빛이 안 들어왔고, 창문이라고는 책상 위쪽에 난 작은 쪽창 하나가 고작이었다. 류경호가 두리번거리자 여주인이 배시시 웃었다.

"좀 어둡긴 하지만 램프 두 개만 있으면 대낮처럼 밝으니까 염려 마시구려."

류경호는 재빨리 방 안을 살펴봤다. 콩기름 먹인 종이를 바른 벽에는 두 칸짜리 나무 옷장이 있었고, 각목에 못을 박아서 걸어놓은 옷걸이에는 코트와 양복 상의가 걸려 있었다. 쪽창 아래에는 큼지막한 책상이 보였는데 위에는 설계도와 연필, 삼각자가 어지럽게 놓여 있었다. 책상과 나란히 놓인 책장에는 일본어로 된 건축 관련 서적과 세계문학전집들이 어지럽게 꽂혀 있었다. 그 사이사이에는 특이하게도 방정환이 만드는 《어린이》라는 잡지도 끼워져 있었다. 잘 때 쓰던 솜이불은 발로 걷어서 구석으로 쑤셔 박아놓은 상태였다. 방을 둘러본 류경호가 아무 말도 하지 않자 여주인이 한숨을 쉬면서 말했다.

"차를 한 잔 가져올 테니까 천천히 둘러봐요."

여주인이 나간 틈에 류경호는 잽싸게 방 안을 살폈다. 책상 주변을 뒤져봤지만 눈에 띄는 것은 찾지 못했다. 못을 박아서 만든 옷걸이에 걸린 옷들을 살펴봤지만 아무것도 없었다. 그러다가 푸른색 코트의 목덜미에 박힌 붉은색 라벨을 봤다. 그가 자주 가는 소공동의 터키인 양복점인 바이칼 양복점의 상호가 적혀 있었다. 옷들을 살펴보고는 책상 서랍을 열어보다가 책상과 마주한 벽면에서 뭔가를 떼어낸 흔적을 발견했다. 네 면에

풀칠을 해서 벽에 붙여놓은 것을 급하게 잡아 뜯어내느라 풀을 붙여놓은 부분만 남은 것이다.

유심히 살펴보고 있는데 뒤에서 부스럭거리는 소리가 들렸다. 류경호는 최대한 태연하고 고개를 돌리면서 말했다.

"방이 꽤 아늑하네요."

그의 눈앞에 보인 것은 덥수룩한 수염이 난 험상궂은 사내의 얼굴이었다. 눈앞에서 불이 번쩍하는 것을 끝으로 잠깐 세상이 사라져버렸다.

웅성거리는 소리와 함께 정신을 차린 류경호의 귀에 여주인의 앙칼진 목소리가 들렸다.

"오 씨! 방 보러 온 사람이랑 도둑도 구별 못 해? 이제 어쩔 거야!"

"그게, 문이 떡하니 열려 있어서 말이에요."

험상궂은 외모와는 달리 가느다란 목소리의 오 씨라는 남자가 뒤통수를 긁적거리며 대답했다. 점차 환해지는 시선에 여러 얼굴들이 잡혔다. 걱정이 가득해 보이는 하숙집 여주인부터 그를 기절시킨 오 씨라는 남자의 의뭉스러운 얼굴 옆에는 휘문고보 모자를 쓴 학생과 또 한 명의 남자가 보였다.

"괜찮수?"

걱정 가득한 여주인의 물음에 류경호는 혹이 난 이마를 만지면서 고개를 끄덕거렸다.

"네, 걱정 마세요."

"액땜한 셈 쳐요. 대신 내가 하숙비 싸게 받을게."

류경호는 징글징글한 웃음을 남기는 하숙집 여주인에게 애써 웃음을 지어 보였다.

"얼마나요?"

자신의 말에 하숙집 여주인의 얼굴이 싱글벙글해지는 것을 본 그는 속으로 혀를 찼다. 그렇게 죽은 자의 방은 그의 차지가 되었다. 하숙집 여주인이 서류를 가지러 안방으로 가는 동안 그의 이마를 때려서 의식을 잃게 만들었던 오 씨라는 사내가 두툼한 손을 내밀었다.

"미안하게 됐수다. 저 문간방에 사는 오동진이라고 하오."

30대 초중반, 갈고리 같은 매부리코에 턱수염과 콧수염이 짙다. 험상궂은 외모지만 축 늘어진 눈꼬리와 나긋나긋한 목소리를 가지고 있다. 경상도 사투리가 약간 있는데 말을 좀 더듬는 편이다. 외모나 옷차림, 그리고 주인한테 받는 대접을 생각하면 지적 수준이나 재산이 많은 것 같지는 않았다. 악수를 나누자 아까 옆에서 지켜보던 휘문고보 모자를 쓴 학생이 손을 내밀었다.

"저는 정철수라고 합니다. 갈돕회*에서 일하고 있어요."

스무 살 정도로 보였지만 어쩐지 나이가 더 든 것 같은 느낌을 받았다. 툭 튀어나온 광대뼈에 길게 찢어진 눈을 하고 있어서 신경질적으로 보인다. 검게 탄 얼굴이 누런빛을 띠는 것을 보면 황달을 앓고 있는 것 같았다. 마지막으로 정철수 옆에서

---

* 고학생들의 자치조직으로 갈돕만주를 팔아서 학비를 벌었다.

내려다보던 사내가 굽실거렸다.

"경성도축장*에서 일하는 황장석입니다."

도축장에서 일하는 사람답게 어깨가 떡 벌어지고 손도 어마어마하게 컸다. 땅딸막한 키에 검게 탄 얼굴은 어린 시절 천연두를 앓았는지 군데군데 얽어 있었다. 그걸 감추기 위해서인지 턱수염과 콧수염을 함께 길렀다. 나이는 30대 초반으로 보였다. 세 사람과 인사를 나누는 사이 안방에서 종이를 가져온 여주인이 바닥에 턱하고 내려놨다.

"하숙비는 한 달에 25원이에요. 처음에 두 달 치를 보증금으로 내면 나중에 나갈 때 돌려드리지. 일도 있고 해서 내가 팍 깎은 거예요. 우리 집은 이 세 명 빼고는 하숙하는 사람이 없어서 단출하고 조용해요. 혼자 지내기에는 딱이죠."

"감사합니다. 내일 옮겨 와도 됩니까?"

"그러시구려."

류경호는 하숙집 여주인의 활짝 웃는 얼굴 뒤에 세 사람의 표정에 살짝 어둠이 깃드는 것을 놓치지 않았다. 몸을 일으킨 류경호는 하숙집 여주인에게 부탁했다.

"내일 오전에 짐을 옮겨 오면서 돈을 가져오겠습니다. 근데 전에 살던 곳에서 당분간 짐을 빼 오기가 애매한데 여기 이불이랑 세간들을 써도 되겠습니까?"

그러자 하숙집 여주인이 선심 쓰는 표정으로 말했다.

* 일제 강점기 경성에서 소와 돼지를 도축하던 곳으로 서대문 형무소 근처에 있었다.

"그래요. 어차피 짐들만 광으로 빼놓을 거니까, 옷장이랑 책상은 그대로 쓰세요."

"괜찮으면 책꽂이의 책들도 그대로 봤으면 좋겠는데요. 제가 좋아하는 전집들이 제법 있네요."

살짝 난감한 표정을 짓던 하숙집 여주인이 고개를 끄덕거렸다.

"뭐, 주인이 돌아오면 그때 찾아가라고 하면 되니까, 그대로 놔둘게요."

"그럼 내일 뵙겠습니다."

구겨진 코트 자락을 편 류경호가 밖으로 나오는데 하숙집 여주인이 오 씨에게 잔소리를 하는 게 들렸다.

"짐들 광으로 빼지 않고 뭐 해요!"

류경호는 옷매무새를 가다듬는 척하면서 얘기를 더 엿들었다. 오 씨는 잔소리를 하는 하숙집 여주인에게 쩔쩔매는 모양새였다. 밖으로 나온 정철수가 마당에 서 있는 류경호를 보고는 피식 웃고는 구석으로 끌고 갔다.

"사실 오 씨 아저씨는 돈 주고 하숙하는 게 아니거든요."

"뭐 하시는 분인데?"

"동동구리무랑 박가분 같은 걸 팔아요. 장사 수완이 없는지 매번 빈손이긴 하지만요. 저 방에서 사시게요?"

류경호가 고개를 끄덕거리자 정철수가 미묘한 웃음을 지으며 자기 방으로 돌아갔다. 오 씨에게 한바탕 잔소리를 늘어놓은 하숙집 여주인은 밖으로 나와서 류경호를 배웅했다. 내일까지 짐을 치워놓겠다는 말을 남긴 하숙집 여주인이 문을 닫자 류경호는 안도의 한숨을 쉬면서 돌아섰다.

코트의 소매 단추가 떨어진 걸 확인하고 가방을 둘러메는데 이상한 점이 느껴졌다. 걸음을 멈추고 살펴보니 가방의 걸쇠가 제대로 잠겨 있지 않은 걸 발견했다. 정자옥*에서 산 가방의 걸쇠는 똑따기 방식이 아니라서 빨리 잠그기가 어려웠다. 누군가 그가 의식을 잃은 사이 가방을 열고 안을 살핀 게 분명했다. 가방 안에는 별세계 잡지 기자증이 들어 있었다. 그것은 그가 조선양행에서 근무하지 않는다는 것이 이 집 안에 사는 누군가에게 들통났음을 의미했다.

무겁고 찜찜한 마음으로 잡지사로 돌아온 류경호는 서둘러 기사를 썼다. 정철수는 취재를 핑계로 동료들과 술이라도 마시러 갔는지 보이지 않았고, 부주간 손상섭도 약속이 있는지 6시가 되자마자 퇴근할 기미를 보였다. 퇴근하려는 그에게 류경호는 내일 오전에 쉬겠다는 허락을 받았다. 기사를 마무리한 류경호도 슬슬 퇴근할 준비를 했다.

스틱과 가방을 챙겨 들고 밖으로 나온 그는 일단 정자옥으로 가서 망가진 가방의 걸쇠를 고쳤다. 그리고 근처 장곡천정 거리에 있는 바이칼 양복점으로 갔다. 일본어와 조선어가 나란히 쓰인 간판 한구석에는 투르크 문자로 된 상호까지 적혀져 있었다. 문을 열고 들어가자 작은 종이 딸랑거렸다.

두툼한 뿔테 안경을 쓴 젊은 주인이 활짝 웃으면서 그를 반

* 丁子屋. 조지야 백화점으로 현재의 롯데백화점 명동점 영플라자에 위치했다.

겼다. 제1차 세계대전 중 러시아에서 공산혁명이 일어나자 터키인들이 대거 만주 지역으로 넘어왔다. 그렇게 넘어온 터키인들은 만주와 조선, 그리고 일본에 수백 명씩 흩어져 살면서 무역업에 종사하거나 포목점, 혹은 양복점을 열었다. 장사 수완이 좋은 터키인들은 정찰제를 고수하는 일본인 장사꾼과는 달리 물건 값을 잘 흥정하고, 덤을 잘 주었기 때문에 조선인들 사이에서 인기가 좋았다.

터키인들이 운영하는 양복점은 주로 장곡천정에 몰려 있었기 때문에 모던 보이들이 자주 드나들었다. 그중에 가장 유명하고 장사가 잘 되는 곳이 바로 바이칼 양복점이었다.

연초에 경성의 양복점 탐방 기사를 내면서 알게 된 이 양복점의 본래 주인은 러시아에 살던 터키인 압둘라 누만이었다. 그 역시 러시아가 공산화되자 가족들을 데리고 만주를 통해 조선으로 건너와서 정착했다. 그러다 병이 들어서 세상을 떠나게 되자 양복점의 종업원인 박태상에게 이슬람으로 개종하고 아내와 결혼해서 양복점을 경영하라는 유언을 남겼다. 박태상은 이슬람으로 개종해서 샤밀 박이라는 이름을 가지게 되었고, 누만의 아내와 결혼했다.

샤밀 박은 조선인 최초의 이슬람 신자가 된 사연을 담은 별세계의 기사가 나가고 나서 장사가 잘된다면서 그에게 코트를 하나 선물해줬다. 그가 하숙집에 입고 갔던 바로 그 코트였다. 류경호가 문을 열고 들어서자 샤밀 박이 반갑게 맞이했다.

"아이고, 잘 지내셨습니까?"

웃음으로 인사를 대신한 류경호가 입고 있던 코트를 벗어서 건네줬다.

"오른쪽 소매 단추가 떨어져서요."

"금방 달아드리겠습니다. 잠시만 기다려주십시오."

류경호는 코트를 접어 들고 수선실로 들어가려는 그에게 말했다.

"전화 좀 잠깐 쓰겠습니다."

그러자 샤밀 박이 벽에 있는 전화기의 수화기를 가리키면서 말했다.

"얼마든지요."

손에 든《강명화전》을 펼친 그는 최남선이 건네준 쪽지를 보며 수화기를 들었다. 그러자 드르륵거리는 소리와 함께 경성우편국의 여성 전화교환수 목소리가 들려왔다.

"모시모시, 하이, 난방."*

"4117번 부탁드립니다."

"잠시만 기다려주십시오."

잠시 후 "모시모시"라는 목소리가 들려왔다. 집안일을 하는 조선인 식모 같았다.

"최남선 씨 댁 맞습니까?"

"맞습니다. 누구시라고 전해드릴까요?"

"별세계의 류경호라고 합니다."

---

* '여보세요. 네. 몇 번입니까'라는 뜻의 일본어.

"잠시만 기다려주십시오."

전화기를 내려놓고 뛰어가는 발소리가 들려오고 잠깐의 침묵 후 최남선의 목소리가 들려왔다.

"류 군. 어쩐 일인가?"

"죽은 이인도의 시신이 발견되었다는 장소를 둘러보고 싶습니다. 조치해주실 수 있겠습니까?"

"죽은 장소도 아닌데 둘러볼 필요가 있을까?"

"현장을 봐야 실제로 죽은 장소를 알 수 있을 것 같아서요."

류경호의 물음에 최남선이 대답했다.

"박길룡 기수에게 말해놓겠네. 조사는 잘 진행되고 있나?"

"어쩌다 보니 죽은 이인도의 하숙집에 들어가게 됐습니다. 주변 인물들을 좀 살펴보려고요."

"의심스러운 사람은?"

최남선의 물음에 류경호는 하숙집에서 봤던 사람들을 떠올렸다.

"아직 잘 모르겠습니다."

"알겠네. 시간이 없으니 서둘러주게. 박길룡 기수한테는 자네 잡지사로 연락을 취하라고 하겠네."

"가능한 한 빨리 부탁드리겠습니다."

통화를 끝낸 류경호에게 샤밀 박이 단추를 단 코트를 건넸다.

"얼마입니까?"

코트를 건네받은 그의 물음에 샤밀 박이 얼른 손사래를 쳤다.

"아이구, 괜찮습니다. 요즘도 바쁘신가요?"

"잡지사 일이라는 게 늘 그렇죠. 아들은 잘 큽니까?"

류경호의 물음에 샤밀 박이 커튼이 쳐진 가게 안쪽을 가리켰다. 때마침 안에서 아이 우는 소리가 들렸다.

"무럭무럭 잘 자라고 있답니다."

류경호는 활짝 웃는 샤밀 박에게 조심스럽게 물었다.

"혹시 이 양복점 단골손님 중에 조선총독부 건축과에 근무하는 이인도 기수라는 사람이 있었습니까?"

질문을 받은 샤밀 박의 표정이 신중해졌다.

"있고말고요. 같은 과에 근무하시는 박길룡 씨와 함께 철마다 양복과 코트를 사 가셨죠."

"마지막으로 본 게 언제입니까?"

"글쎄요. 연초에 코트를 사 간 이후로는 뵙지 못했습니다. 잘 아시는 분인가요?"

그의 물음에 류경호는 조심스럽게 얼버무렸다.

"그렇다고 할 수 있죠. 아무튼 고맙습니다."

얘기를 마치고 돌아서는데 이번에는 샤밀 박이 조심스럽게 입을 열었다.

"시간 괜찮으실 때 한번 들러주세요. 상의드릴 일이 있어서요."

"무슨 일이신가요?"

류경호가 묻자 샤밀 박이 살짝 인상을 찡그리며 대답했다.

"협회 쪽 일인데 별건 아니고, 신경이 좀 쓰여서 말입니다."

"조만간 들르도록 하겠습니다."

대답을 들은 샤밀 박의 표정이 활짝 폈다.

"감사합니다. 살펴 가십시오."

인사를 나누고 밖으로 나온 류경호는 전차 정류장으로 향했다. 갑작스럽게 하숙집을 옮기기로 결정한 탓에 퇴근 후에 할 일이 많았다. 원래 살던 하숙집에 보름 정도 방을 비우겠다고 말하고는 간단히 짐을 챙겼다. 처음에는 몸만 가려고 했지만 하나둘씩 물건을 챙기다 보니 짐이 늘어났다. 결국 옷과 무거운 짐들은 하숙집 주인 아들이 수레에 실어서 옮겨주기로 했다.

묶어놓은 책 더미에 기댄 류경호는 수첩을 들여다봤다. 일본이 조선을 지배하고 있다는 상징이나 다름없는 총독부 안에서 벌어진 토막살인사건은 거대한 미로 같았다. 어제 본 총독부의 거대하고 압도적인 이미지가 머리에 떠오르자 류경호는 고개를 절레절레 흔들었다.

새로운 하숙집으로 옮길 짐을 대충 정리한 후에 서둘러 잡지사로 돌아갔다. 나무계단을 밟고 2층으로 올라가자 잡지사 특유의 잉크 냄새가 풍겨왔다. 그가 막 들어섰을 무렵, 벽시계가 4시 반을 지나고 있었다. 류경호가 들어서자 정수일 기자가 반색을 했다.

"안 오는 줄 알고 걱정했잖아."

"일들이 좀 있어서요."

죽은 사람 하숙집에 갔다가 봉변을 당하고, 그 집에 하숙하러 들어간다는 말은 차마 하지 못했다. 류경호가 얼버무리자 정수일 기자가 말했다.

"위생과에 이 차림으로 가는 건 무리겠지?"

"그럼 갈아입고 가죠."

잡입취재나 야간 탐방 같은 걸 많이 하는 잡지사라 변장에 필요한 옷들은 많이 있었다. 주로 기자들이 집에서 입다가 못 입는 옷들을 가져온 것들이었다. 두 사람이 주고받은 얘기를 들은 눈치 빠른 사환이 옷을 쌓아둔 구석의 광주리 쪽으로 걸어갔다.

그들이 모인 장소는 경성 외곽인 용산이었다. 20사단과 조선주차군 사령부가 있는 용산은 시내에서 제법 떨어져 있어서 사람들의 왕래가 드문 곳이었다. 간혹 두 쌍의 한강철교를 오가는 기차들이 한적함을 깨트렸지만 작년에 일어난 을축년 대홍수로 철교가 파손되면서 열차 운행이 줄어들었다. 덕분에 해가 떨어지자 가뜩이나 인적이 드문 용산 일대에서는 사람 그림자를 찾아볼 수 없을 정도가 되었다.

가로등조차 없는 용산의 좁은 도로 위를 검은색 시보레 자동차가 질주했다. 자동차 뒷좌석에는 회색 유카타에 검은색 하오리 차림의 일본 노인과 또 다른 중년의 일본인이 앉아 있었다. 가볍게 헛기침을 한 노인은 검은색 제복 차림의 운전사에게 말했다.

"시간이 늦었으니 서두르게."

그러자 우렁차게 대답한 운전사가 속도를 높였다. 흙먼지를 일으키며 달리는 자동차가 향한 곳은 조선주차군 사령부 바로 옆 한강변에 위치한 용산 총독관저였다. 네오바로크풍으로 지어진 총독관저는 대리석과 석재로 만든 2층 높이의 건물로 뽀

족한 박공지붕과 창문을 가지고 있었다.

아치형 철창문으로 만들어진 총독관저의 정문을 지키던 일본군 헌병은 다가오는 시보레 자동차를 멈춰 세우고는 번호판을 슬쩍 확인한 후 안으로 들어가라는 손짓을 했다. 잠시 멈췄던 시보레 자동차는 정문을 통과해서 안쪽으로 향했다. 총독관저로 향하는 길에 있는 정원에는 가로등이 환하게 불을 밝히고 있었다. 서양식으로 꾸며진 정원을 곁눈질로 지켜본 뒷좌석의 일본인은 편치 않은 헛기침을 했다. 정원을 가로질러 간 시보레 자동차는 총독관저 앞의 원형 화단을 돌아서 대리석으로 만든 포치에서 멈췄다. 일본 노인은 옆자리에 앉은 중년의 일본인에게 말했다.

"자네는 조금 이따가 들어오게."

그때 현관에서 기다리고 있던 프록코트 차림의 젊은 일본인이 얼른 다가와 뒷문을 열고는 고개를 숙였다.

"어서 오십시오. 선생님."

지팡이를 짚으면서 자동차에서 내린 노인이 그에게 물었다.

"다른 분들은?"

그러자 젊은 일본인이 깍듯하게 대답했다.

"도착해서 기다리고 계십니다."

"알겠네."

약간 경사진 곳에 지어진 총독관저의 앞쪽에는 한강이 유유히 흐르는 아름다운 풍경이 펼쳐졌지만 노인은 그쪽으로는 눈길도 주지 않고 바로 안으로 들어섰다. 총독관저 안은 이미 불이 환하게 밝혀진 상태였다. 프록코트 차림의 젊은 일본인이 느린 그의 발걸음에 맞춰서 뒤따랐다.

1908년 조선주차군 사령관이자 훗날 제2대 조선총독이 되는 하세가와 요시미치가 러일전쟁을 치르고 남은 전비 50만 원을 이용해서 지은 이 건물은 원래 조선통감의 관저로 사용될 예정이었다. 아울러 남산의 왜성대에 있던 통감부 역시 이곳으로 옮길 예정이었다. 하지만 경성에서 너무 멀리 떨어져 있어서 정작 완공해놓고도 사용할 수가 없었다. 지나치게 크고 웅장한 탓에 전기료만 매달 4백 만 원이 소요되었기 때문에 대표적인 예산 낭비라는 지적이 이어지기도 했다. 결국은 피로연이나 연회를 비롯한 각종 행사가 열릴 때나 사용되는 중이었다.

화려하게 지어진 용산 총독관저의 현관 안쪽으로는 조선총독부의 중앙대홀처럼 넓은 홀이 자리 잡고 있었는데 좌우에는 크고 작은 사무실과 양쪽으로 연결된 통로가 있었다. 홀 끝에는 기둥들이 양편에 자리 잡은 넓은 복도가 나타났고, 그 끝에는 대리석으로 치장한 계단이 보였다.

젊은 일본인의 부축을 거절하고 계단을 오른 도쿠토미 소호는 2층 왼편에 자리 잡은 서재로 들어섰다. 프록코트 차림의 젊은이가 서재의 문을 조심스럽게 열었다. 그가 들어서자 미리 와 있던 다른 일본인들이 일제히 자리에서 일어나 인사를 했다.

"일이 있어서 좀 늦었네."

참석자 중 한 명인 미노베 도시키치 경성일보 고문이 담배를 들고 있던 손을 흔들면서 대답했다.

"아닙니다. 저희들도 방금 도착했습니다. 이쪽으로 앉으십시오."

노인이 그가 권한 의자에 앉자 아까 그를 안내했던 프록코트 차림의 젊은 일본인이 주전자와 찻잔을 들고 나타났다. 그에게 자리를 권한 미노베 도시키치 고문이 앉은 탁자 쪽에는 위스키 잔과 한반도 모양의 재떨이가 놓여 있었고, 다른 참석자들도 모두 술이나 차를 마시던 중이었다. 찻잔에 따른 차를 한 모금 마신 노인이 입을 열었다.

"열흘 전 총독부 건설 현장에서 불미스러운 일이 벌어졌소이다. 다들 들어서 알고 계시겠지요?"

제일 먼저 반응을 보인 것은 조선총독부 경무국장인 마루야마 쓰루기치였다. 탁자에 내려놓은 중절모를 만지작거리던 그는 눈살을 찌푸리면서 입을 열었다.

"일본의 조선 지배를 공고하게 할 신성한 공간이 더럽혀졌습니다. 하루빨리 범인을 찾아서 엄하게 처벌할 생각입니다."

그의 얘기를 들은 노인이 가볍게 고개를 저었다.

"흥분하지 마시구려. 일단 이 일이 밖으로 번지면 조선인들이 무슨 반응을 보일지 모르니까 비밀리에 조사를 한다는 방침은 유지했으면 좋겠소."

마루야마 쓰루기치 경무국장이 고개를 끄덕거렸다.

"담당 부서인 종로경찰서 쪽에 비밀을 유지하라고 지시했습니다."

"잘하셨소."

두 사람 사이의 대화를 듣던 검은색 양복 차림의 유아사 구라헤이 조선총독부 정무총감이 끼어들었다.

"그나저나 그 일로 저희들을 보자고 하신 겁니까?"

질문을 받은 노인은 자리에서 일어나 창가 쪽으로 향했다. 그리고 아까 자동차에서 내릴 때는 거들떠보지도 않았던 한강을 물끄러미 내려다봤다.

"어쩌면 이번 일이 우리에게 큰 도움이 될지 모른다는 생각에 여러분을 불렀소이다."

그의 말을 들은 유아사 구라헤이 정무총감이 이해가 안 간다는 표정으로 물었다.

"총독부 안에서 벌어진 토막살인이 어떻게 우리 일에 도움이 된다는 말씀이십니까? 거기다 토막 난 시신이 대 자 형태로 흩어졌다고 들었습니다. 종로경찰서 쪽에서는 이 일이 상해의 불령선인들로 구성된 의열단과 관련이 있을지 모른다고 우려하고 있습니다."

창밖을 보던 시선을 서재 안으로 옮긴 노인이 대답했다.

"바로 그 점을 이용하자는 게 내 의견이오."

그러자 한반도 모양의 재떨이에 담배를 비벼서 끈 미노베 도시키치 고문이 물었다.

"비밀리에 수사를 해야 하는데 어떻게 이용한다는 말입니까?"

그의 물음에 노인은 구석 자리에 앉아 있던 마루야마 쓰루기치 경무국장을 바라봤다.

"종로경찰서 쪽을 비밀리에 움직일 수 있겠나?"

뜻밖의 질문에 그는 헛기침을 했다.

"서장에게 별도로 지시를 내리면 됩니다만, 무슨 일을 하시려는 겁니까?"

그때 누군가가 그들이 있는 서재의 문을 두드렸다. 참석자들의 시선이 쏟아지는 가운데 천천히 문이 열리면서 아까 노인과 함께 시보레 자동차를 타고 온 사내가 모습을 드러냈다. 그를 알아본 유아사 구라헤이 정무총감이 물었다.

"이와이 조사부로 과장. 여긴 어쩐 일인가?"

바짝 긴장한 이와이 조사부로 과장을 대신해서 노인이 입을 열었다.

"이와이 군이 내게 괜찮은 계획을 들려주었네. 이번 사건은 잘못된 문화통치를 바로잡고 조선인의 콧대를 꺾을 좋은 기회가 될 걸세."

류경호와 정수일 기자가 갈아입은 옷을 본 잡지사 기자들은 웃음을 참지 못했다. 두 사람도 서로의 모습을 보고는 웃음을 터트렸다. 류경호는 토막민을 취재할 때 얻은 낡은 양복바지에 한 치수 큰 두루마기를 걸쳤다. 두루마기는 아래쪽을 잘라서 프록코트처럼 만들었는데 그게 더 눈에 띄었다. 정수일 기자는 얼룩덜룩하게 때가 탄 한복바지에 고무신을 신고 그 위에 낡은 셔츠를 걸쳤다. 그 셔츠 위에는 넝마주이들이 입을 법한 구멍 난 모직 조끼를 걸쳤다. 머리에 쓴 낡은 중절모는 덤이었다.

유대수와 장정환은 웃느라 정신이 없었다. 낡은 중절모를 삐 딱하게 고쳐 쓴 정수일 기자가 웃고 있는 기자들에게 말했다.

"그럼 다녀올게요."

류경호는 넉살 좋게 인사한 정수일 기자의 뒤를 따라서 거리로 나왔다. 9월 하순의 오후 햇살은 적당하게 뜨거웠다. 두 사람은 방산정에 있는 경성부 위생과로 가기 위해 발걸음을 재촉했다. 그러다 조선극장 앞에서 인력거꾼과 중년 신사가 옥신각신하는 광경을 목격했다. '경성일보'라는 글씨가 큼지막하게 박힌 검은 옷차림의 인력거꾼이 중년 신사의 소매를 꽉 붙잡았다.

"오늘은 주셔야 합니다. 전당포에 맡길 게 없어서 인력거를 맡겨야 할 판이라굽쇼."

"알았다니까, 누가 안 준데?"

"세상에 떼어먹을 돈이 없어서 저 같은 인력거꾼의 돈을 떼먹습니까?"

두 사람을 비롯해서 길을 가던 구경꾼들이 하나둘 모여들자 소매를 잡힌 중년 신사의 얼굴이 붉게 달아올랐다. 사람들의 동정 어린 시선이 모이자 인력거꾼의 목소리가 높아졌다.

"오늘은 외상값의 반이라도 주십시오. 안 그러면 계속 따라다닐 겁니다."

"이 사람아! 내가 언제 안 준다고 했어? 길거리에서 이러지 말고 집으로 오면 준다고 했잖아."

인력거꾼에게 삿대질을 하면서 탁한 목소리로 얘기한 중년 신사는 서둘러 그 자리를 벗어나려고 했다. 하지만 인력거꾼은 붙잡은 소매를 꽉 잡고 놓지 않았다.

"집에 갔다가 허탕 친 게 한두 번이 아닙니다. 하루 벌어서 하루 먹고사는 저 같은 사람한테 무슨 억하심정이 있다고 15원씩이나 주지 않으시는 겁니까? 당장 주시든지, 아니면 그 외투라도 벗어주십시오."

"어허, 이 사람이 못하는 말이 없네. 외투를 벗어달라니!"

"외투를 달라는 게 못할 짓이면 외상값을 차일피일 미루는 건 무슨 짓이랍니까? 오늘은 무슨 일이 있어도 받아내고야 말겠습니다."

인력거꾼의 완강한 태도에 결국 중년 신사가 혀를 찼다.

"알았네. 알았으니까 따라오게. 집에 가서 주지."

중절모를 고쳐 쓴 중년 신사가 자리를 뜨자 인력거꾼이 서둘러 뒤를 따라갔다. 멈춰서서 바라보던 구경꾼들도 삼삼오오 흩어졌다. 정수일 기자가 류경호의 옆구리를 찔렀다.

"이거 내가 기사로 쓸 거야."

"그러세요."

짧게 대꾸한 류경호는 앞장선 중년 신사를 놓칠세라 종종걸음을 치는 인력거꾼의 굽은 등을 말없이 바라보다가 발걸음을 옮겼다.

방산정에 있는 경성부 위생과는 일을 마치고 돌아온 일꾼들로 바글거렸다. 울타리가 쳐진 마당 한쪽에는 분뇨와 쓰레기를 치우는 도구와 손수레를 넣어두는 창고가 있었고, 그 옆에는 위생과 사무실이 있었다. 마당에 있는 사람들은 하나같이 입에 담배를 물고 손에는 종이쪽지를 들고 있었다.

지치고 멍한 표정의 그들을 지나서 사무실 안으로 들어갔다. 경성의 분뇨와 쓰레기를 치우는 일은 하루 일당을 받는 일꾼들의 몫이었다. 경성부는 도시의 미관과 전염병을 이유로 청결과 위생을 강조했지만 정작 치우는 일꾼들이 적어서 늘 지저분했다. 얼마 전에 동아일보에서 이 문제에 대해서 경성부의 안일함을 지적하는 기사를 실었다. 기사 말미에 위생과 과장이 부족함을 시인하고 앞으로 고쳐나가겠다고 했지만 공염불에 그칠 가능성이 높았다. 그들에게 조선인은 세금을 내는 개돼지에 불과했으니까 말이다.

착잡한 마음을 품은 류경호는 정수일 기자의 뒤를 따라 유리문을 열고 사무실 안으로 들어갔다. 널빤지로 만든 좁은 사무실 안에는 양복에 장화 차림을 한 대여섯 명의 위생과 사무원들이 바쁘게 일하는 중이었다. 일을 마치고 돌아온 일꾼들에게 줄 임금을 계산하는 중이라 주판을 튕기고 전표를 적었다. 입구에는 품삯을 받기 위해 줄을 선 일꾼들에게 건네받은 종이에 도장을 찍는 사람도 있었다.

눈코 뜰 사이 없이 바쁜 와중이라 두 사람이 들어섰는데도 무슨 일로 왔느냐고 묻는 사람조차 없었다. 머쓱해하는 류경호와는 달리 정수일 기자는 적극적이었다. 주변을 두리번거리던 그는 가장 만만해 보이는 위생과 사무원 곁으로 다가가서 낮은 목소리로 말했다.

"저, 일거리를 찾아왔습니다."

하지만 상대방은 한 손으로 파리를 쫓는 시늉을 했다.

"지금은 바빠. 좀 이따가."

정수일 기자는 뒤통수를 긁으면서 뒤로 물러났고 류경호는 그 모습을 보고 살짝 웃었다. 일꾼들에게 품삯을 주는 일이 끝나자 한숨을 돌린 아까의 위생과 사무원이 구석에 엉거주춤 서 있는 두 사람을 보고는 말을 건넸다.

"어이, 무슨 일이야?"

쓰고 있던 중절모를 재빨리 벗은 정수일 기자가 굽실거렸다.

"여기 오면 일을 할 수 있다고 해서요."

"여기가 뭐 하는 곳인 줄은 알아?"

"위, 위생과 아닙니까?"

정수일 기자가 일부러 눈을 껌뻑거리면서 바보스럽게 대답하자 말을 건 상대방이 피식 웃고 말았다.

"글자는 읽을 줄 아는 모양이군. 여긴 경성의 똥이랑 쓰레기를 치우는 곳이야. 넝마주이 같은 것보다 몇 배는 힘들다고."

"이것저것 다 해봤습니다. 죽지 못해 사는데 뭔들 못 하겠습니까."

정수일 기자의 얘기를 들은 위생과 사무원이 잠시 고민하다가 고개를 들었다.

"내일부터 일할 수 있겠어?"

"아이고, 하고말고요."

"그럼 내일 아침 10시까지 여기로 와. 그때 일할 곳을 나누는

데 아마 빈자리가 있을 거야."

"감사합니다. 그런데 분뇨보다는 쓰레기를 치우고 싶습니다
만……."

"알았어. 임금은 70전이고 일을 마치고 돌아오면 준다. 대신
게으름을 피우거나 중간에 도망치면 감옥에 갈 줄 알아."

총독부나 경성부의 하급 관리들은 툭하면 감옥에 보내겠다
고 조선인들을 협박한다. 그들은 감옥에 보낼 힘이나 권력이 없
었다. 하지만 관리의 말 한마디에 벌벌 떠는 조선 사람들은 허
투루 들을 수가 없는 일이었다. 정수일 기자는 연신 고개를 숙
이며 알겠다고 대답했다. 위생과 사무원이 내일 보자고 얘기하
고는 나가라는 손짓을 하자 두 사람은 사무실 밖으로 나왔다.

나오자마자 똑같이 한숨을 돌린 두 사람은 처마 아래 섰다.
정수일 기자가 주머니에서 담배를 꺼내서 불을 붙였다. 그리고
류경호에게도 건넸다. 류경호는 고개를 저었다. 깊게 담배를 빨
아들인 정수일 기자가 류경호를 힐끔 바라봤다.

"그런데 말이야. 왜 신문사 같은 데로 안 가고 여기 붙어 있는
거야?"

"재밌잖아요."

"난 도통 모르겠다."

"뭐가요?"

"네가 왜 별세계에 있는지 말이야."

"여기가 뭐 어때서 그럽니까."

"나 같으면 최남선 사장 발목을 잡아서라도 조선이나 동아로

옮기겠다. 아니면 경성일보 같은 데도 갈 수 있잖아."

"낯을 많이 가려서요."

하도 많이 받은 질문이라 농담으로 받아넘긴 류경호는 입을
굳게 다물었다. 어린 시절부터 천재 소리를 들었던 그는 주변
의 기대를 한 몸에 받았다. 특히 어머니는 하나밖에 없는 외아
들인 그에게 항상 기대에 찬 눈빛을 보냈다. 하지만 현실은 냉
혹했다.

어머니는 아버지가 거느린 수많은 첩들 중에 한 명에 불과했
다. 경성으로 중학교 유학을 왔을 무렵 어머니가 떠난 이후 시
골의 집은 그에게 더없이 낯선 곳이 되었다. 형들은 혹시나 똑
똑한 그가 자기에게 돌아올 재산을 가져갈까봐 노골적으로 적
대감을 드러냈다. 류경호가 순조롭게 일본 유학을 가서 게이오
대학교를 무리 없이 다닐 수 있었던 것은 고향에 내려오지 않는
조건으로 학비를 풍족하게 보내준 큰형 덕분이었다.

아무것도 모르는 연로한 아버지만 계속 고향으로 내려와서
장가를 가라는 전보를 보내왔다. 집에 쌓이는 전보들을 볼 때마
다 류경호는 갈 수 없는 고향과 가족의 정이라고는 눈곱만큼도
느끼지 못하는 가족들을 떠올렸다.

남들에게 보이는 것과 실제 현실의 차이에서 오는 괴리감이
유령처럼 그의 주변을 떠돌았다. 그런 것들이 쌓이면서 남들과
의 관계를 넓히는 대신 점점 자신만의 세상 속으로 숨어들게 되
었다. 다른 사람들의 말을 쉽사리 받아들이지 못하고, 마음을
열지 못한 것이다.

그런 그에게 숨을 쉬게 해준 것은 다름 아닌 정탐소설이었다. 그러면서 차츰 정탐소설의 주인공처럼 추리하는 버릇이 생겼다. 똑똑하고 관찰력이 좋았던 그는 주변의 사소한 문제들을 해결해주곤 했다. 하숙집 주인의 잃어버린 지갑을 찾아주고, 주인집의 우유를 훔쳐 마셨다는 유학생 친구의 누명을 벗겨줬다.

귀국해서 시대일보사에 들어간 이후에도 마찬가지였다. 감추고 숨어들수록 더 많은 비밀들이 그에게 찾아왔고, 그것을 해결하고 나면 또다시 홀로 숨어드는 일이 반복되었다. 그런 측면에서 속물처럼 보이지만 넉살 좋고 사람들과 사이가 좋은 정수일 기자가 부러웠다. 정작 정수일 기자는 아무것도 모르는지 부러운 눈으로 그를 바라보기 바빴다.

3

1926년 9월 24일
금요일, 경성

어제저녁 늦게까지 싼 짐을 마당에 내려놓고 가방을 챙긴 류
경호는 원래의 하숙집을 나서서 이인도가 살던 원서동의 하숙
집으로 향했다. 출근해서 옷을 갈아입은 다음에 위생과로 가려
면 서둘러야만 했다.

먼저 하숙비를 치를 돈을 찾기 위해 남대문통 1정목*에 있는
조선상업은행 종로지점을 찾았다. 전차를 타고 조선상업은행
앞을 뜻하는 상은전역에서 내리자 나지막한 가로수 너머에 바
로 은행이 보였다. 조선상업은행과 대동생명, 한성은행이 나란
히 붙어 있고, 광교 건너편에는 동일은행까지 있어서 그런지 주
로 멀쑥한 양복 차림의 남자들이 오가고 있었다.

가로수와 전신주가 쭉 이어진 북쪽 끝으로는 종로의 보신각
이 희미하게 보였다. 원래 대한천일은행이었지만 합병 후 대한

* 南大門通1丁目, 현재 남대문로1가의 일제 강점기 당시 명칭.

이라는 용어를 쓰지 못하면서 지금의 이름으로 바뀌게 된 이 은행은 조선인들이 주로 이용해서 그런지 행원들도 대부분 조선 사람이었다. 이곳에 드나드는 조선인들은 조선 사람이 세운 은행을 이용한다는 자부심이 있었다. 하지만 실상은 몇 년 전부터 일본인 임원이 들어오면서 일본 자본에 침투당한 상태였다.

작게 한숨을 쉰 류경호는 문을 열고 안으로 들어갔다. 월말인데다 금요일이라서 그런지 은행에서 돈을 찾는 사람들이 제법 많았다. 전표를 쓰고 한참을 기다렸다가 창구에 제출하고 돈을 받은 류경호는 가방에 집어넣고는 밖으로 나왔다.

날이 추워져서 그런지 스카프로 치장했던 모던 걸들은 두툼한 숄이나 목도리로 바꿔서 두르고 다녔다. 그 옆에는 갓과 도포 차림의 노인이 지팡이를 짚고 휘청휘청 걷는 중이었다. 좁은 골목길 안쪽 이인도의 하숙집에 들어서자 대청을 걸레로 닦고 있던 하숙집 여주인이 호들갑을 떨면서 그를 맞이했다.

"어이구, 어서 와요. 내가 방을 깨끗하게 정리해놨어요."

고맙다는 인사를 남긴 류경호는 미닫이문을 열고 이인도가 쓰던 방 안으로 들어갔다. 옷들은 치워져 있지만 책장의 책이나 책상의 물건들은 그대로였다.

방 안 상태를 확인한 그는 들고 온 가방에서 보증금격인 두 달 치를 포함한 석 달 치 하숙비를 꺼내서 하숙집 여주인에게 건네줬다. 신이 난 표정으로 돈을 센 하숙집 여주인이 앞치마 주머니에 넣으면서 말했다.

"아침 안 먹었으면 내가 차려줄까요?"

"아닙니다. 빨리 출근을 해야 해서요. 잠시 후에 학생이 수레에 제 짐을 가져올 겁니다. 방 안에 넣어두시면 제가 정리해놓겠습니다."

"염려 말고 다녀와요."

하숙집을 나선 류경호는 방금 걸어왔던 골목길을 빠져나와 별세계로 향했다. 아직 출근 전이라 그런지 사무실은 한가로웠다. 홀로 사무실을 지키고 있던 어린 사환이 책상에서 꾸벅꾸벅 졸고 있다가 서둘러 고개를 들었다.

씩 웃으면서 자리로 돌아간 류경호는 아무도 없는 틈을 타서 최남선이 건네줬던 총독부 건축과 직원들의 신상명세를 들여다봤다. 이와이 조사부로 과장부터 모두 일본인이었고, 조선인 직원은 박길룡 기수와 이인도뿐이었다. 촉탁으로 고용된 조수들 중에는 홍창화를 비롯한 조선인이 눈에 띄었지만 이들 중에서 과연 몇 명이나 정식 직원으로 채용될지는 의문이었다.

일본은 조선의 주권을 강탈하면서 문명화시켜주겠다고 약속했다. 하지만 조선인에게만 적용되던 태형이 금지된 건 정작 3·1만세운동 이후, 소위 문화정치로 전환한 이후였다. 허울뿐인 보살핌의 실체를 깨달은 이후 선택지는 얼마 없었다. 상해나 만주로 망명해서 독립운동을 하든지 아니면 일본에 협력해서 살길을 찾든지, 아니면 이도저도 아닌 상태에서 모른 척 살아가야만 했다.

도전하든가 참든가 어느 쪽이든 치명적이고 고통스러웠다. 특히 지식인으로 분류된 이들은 친일파와 독립운동가 사이에서 끊임없이 선택을 강요받았다. 정작 대다수의 조선 사람들은 그런 것보다는 먹고사는 일, 그리고 가족을 돌보고 자식들을 키우는 일이 주 관심사였다. 그건 지식인들도 마찬가지였다.

이런저런 생각에 잠겨 있던 사이, 기자들이 한두 명씩 출근했다. 담배를 피우면서 왁자지껄하게 얘기를 주고받던 기자들은 양복 상의를 한쪽 어깨에 걸친 손상섭 부주간이 나타나자 입을 다물고 자기 자리로 돌아갔다. 그런 기자들을 못마땅한 눈으로 바라보던 손상섭 부주간은 자기 자리로 가서는 의자에 몸을 기댄 채 신문을 읽었다. 적당한 때를 기다리던 류경호는 의자에서 일어나 손상섭 부주간에게 다가갔다.

"부주간님. 이번 위생과 탐방 기사 끝내고 새로 짓는 조선총독부를 취재해보는 건 어떨까요?"

"조선총독부를 취재하겠다고?"

신문을 접은 손상섭 부주간이 눈살을 찌푸린 채 류경호에게 되물었다.

"네. 10년 동안이나 공사를 한 건물이 곧 완성되는데 특집 기사 한 번쯤은 내보내야죠."

아무래도 총독부를 드나들기 위해서는 핑계가 있어야만 했고 특집 기사를 쓴다는 것만큼 좋은 명목은 없었다.

"총독부라……."

손상섭 부주간이 손가락으로 낡은 책상을 치면서 고민에 빠지는 걸 본 류경호가 얼른 말을 이었다.

"종로통의 조선 사람들이라면 총독부가 올라가는 걸 봤을 겁니다. 틀림없이 궁금해할 겁니다."

그러자 손상섭 부주간이 고개를 들고 물었다.

"총독부 안의 사진도 찍을 수 있겠나?"

"알아보겠습니다. 안 되면 스케치라도 해 오겠습니다."

"좋아. 최대한 양념을 빼고 건조하게 써봐."

손상섭의 승낙을 받은 류경호는 고개를 꾸벅 숙이고 자리로 돌아왔다. 책상에는 사환이 박길룡 기수가 전화한 내용을 옮겨 적은 쪽지가 놓여 있었다. 낮에는 어렵지만 저녁때 방문하면 보여줄 수 있다는 내용이었다. 쪽지를 접어서 주머니에 넣은 류경호는 때맞춰 출근한 정수일 기자와 눈이 마주쳤다. 벽시계를 힐끔 본 정수일 기자가 어서 옷을 갈아입자는 눈짓을 보냈다.

어제처럼 옷을 바꿔 입은 두 사람은 손상섭 부주간에게 인사를 하고는 밖으로 나왔다. 혹시나 일할 때 사람들이 알아볼까봐 노점에서 챙이 넓은 밀짚모자를 하나씩 사서 나눠 썼다. 9월 말의 아침이라 한겨울만큼은 아니라고 해도 제법 쌀쌀했다. 양쪽 겨드랑이 사이로 손을 집어넣은 정수일 기자가 종종걸음으로 움직이면서 투덜거렸다.

"젠장, 남들은 잡지사 기자라고 대접받으면서 일하는 줄 알겠지?"

방산정에 있는 위생과 사무실 마당은 어제저녁보다 더 붐볐다. 한눈에 봐도 일꾼들이 두 패로 나눠진 걸 알 수 있었는데 아마 한쪽은 분뇨, 다른 한쪽은 두 사람이 일할 쓰레기를 처리하는 쪽 같았다. 양쪽은 비슷하면서도 묘하게 다른 분위기를 풍겼다. 정수일 기자가 류경호의 옆구리를 찔렀다.

"사무실로 들어가자."

어제처럼 정수일 기자가 앞장서서 유리문을 열고 안으로 들어섰다. 정수일 기자가 우렁찬 목소리로 인사를 하면서 들어서자 전표를 정리하던 위생과 사무원들이 일제히 고개를 들었다. 그중 어제 얘기를 나눴던 사무원이 반색을 했다.

"왔군."

"예. 일하러 왔습니다."

"마침 빈자리가 있었는데 잘됐네. 이 상!"

사무원의 외침에 구석에서 전표를 세고 있던 감독관인 듯한 남자가 고개를 돌렸다. 발목을 덮은 고무장화에 양복바지를 입었고, 위에는 꽉 끼는 조끼 차림이었다. 머리에는 갈색 도리우치를 푹 눌러썼다. 세고 있던 전표를 조끼 주머니에 쑤셔 넣은 그는 위생과 사무원의 손짓을 보고는 이쪽으로 걸어왔다. 아마 이 씨 성을 가진 조선인인 것 같았다. 위생과 사무원이 허름한 차림의 정수일 기자와 류경호를 가리키면서 말했다.

"사람 없다고 했죠? 두 사람 데려다 쓰세요."

그러자 두 사람을 위아래로 살펴본 이 상이 탁한 목소리로 말했다.

"따라 나와."

이 상은 밖으로 따라 나온 두 사람을 보면서 구석에 놓인 손수레를 가리켰다. 아까부터 있던 일꾼들은 대부분 일터로 나갔는지 보이지 않았고 서너 명만 남아서 담배를 피우는 중이었다.

"저걸 끌고 가서 쓰레기를 치운다. 한 번에 70관*을 담아서 광희문 밖에 있는 쓰레기 처리장으로 가져가서 전표에 확인 도장을 받는다. 알았지?"

조끼 주머니에서 전표를 꺼낸 감독관 이 씨의 얘기에 두 사람은 거의 동시에 대답했다.

"네."

"그걸 네 번 하면 하루 할당량이 끝난다. 손수레를 끌고 여기로 돌아와서 전표를 보여주면 일당 70원씩을 지급한다. 만약 할당량을 못 채우면 일당에서 그만큼 제한다. 그리고 손수레를 내팽개치고 도망치면 붙잡아서 감옥에 처넣는다. 알겠어?"

이번에도 두 사람이 대답하면서 고개를 끄덕거리자 감독관이 씨는 손에 든 전표를 정수일 기자에게 건넸다.

"창고로 가서 덮개랑 삽, 갈퀴를 가지고 나와서 손수레에 싣고 출발한다. 내가 따라가면서 지켜볼 거니까 게으름 피울 생각은 하지 않는 게 좋아."

"그, 그런데 저희 어디로 갑니까?"

정수일 기자가 더듬거리면서 묻자 감독관 이 씨가 눈살을 찌푸렸다.

"본정. 어디를 치워야 할지는 가서 알려준다. 어서어서 움직여."

이 씨의 재촉에 두 사람은 서둘러 창고로 가서 삽과 갈퀴 같

---

* 약 262킬로그램.

은 것들을 챙겼다. 처음에는 류경호가 앞에서 끌고 정수일 기자가 뒤에서 밀기로 했다. 손잡이를 잡고 힘을 준 류경호가 뒤에 있는 정수일 기자에게 말했다.

"이거 생각보다 무거운데요?"

"뒤에서 끄는 것도 편하지 않다. 감독관이 보고 있으니까 어서 가자."

낑낑대면서 손수레를 끌고 위생과 밖으로 나온 두 사람은 황금정이 있는 조선은행 쪽으로 방향을 잡았다. 오전이라 그런지 길거리에는 사람들이 별로 보이지 않았고, 전차도 드문드문 보였다. 혹시나 알아볼 사람이 있을까봐 밀짚모자를 푹 눌러쓴 류경호가 정수일 기자에게 말했다.

"뭐가 문제인지 알 거 같아요."

"우리가 엄청나게 힘들다는 거 말고 또 문제가 있을까?"

"쓰레기 치우는 일을 어떻게 하는지는 하나도 알려주지 않고 손수레를 버리고 가면 감옥에 가둔다는 얘기만 했잖아요."

"그러네. 뭘 어떻게 치울지는 안 알려줬어."

"거기다 직원이 치우는 게 아니라 찾아온 일꾼들을 일당을 주고 고용한 거잖아요. 일이 힘들다고 나오지 않으면 쓰레기는 누가 치워요. 일당 받고 일하는 일꾼이 제대로 일할 리도 없고요."

"하긴, 손수레 버리면 감옥에 보낸다고 하는 걸 보니까 힘들면 그냥 버리고 가는 사람들도 많은 모양이야."

"일을 제대로 할 여건은 안 만들어놓고 처벌만 한다고 으름장을 놓으니까 문제죠."

"이 와중에 그런 생각까지 하고 역시 대단해."

이런저런 얘기를 주고받는 사이 본정으로 들어가는 조선은행 앞 광장에 도달했다. 마치 육중한 중세 유럽의 성처럼 생긴 조선은행과 벽돌과 화강암이 섞여 알록달록하게 보이는 경성우편국이 마주 보고 있었다. 그 옆에는 르네상스풍으로 지은 3층짜리 미쓰코시 경성출장소가 자태를 뽐냈다. 세 건물이 둘러싼 삼각형의 광장에는 자동차와 버스, 전차가 쉴 새 없이 지나갔다. 오가는 사람들도 제법 많아서 경성 제일의 번화가라는 느낌을 줬다.

경성우편국 옆으로 본정으로 들어가는 좁은 입구가 보였다. 입구에는 본정이라는 한문과 일장기를 형상화한 철제 구조물이 세워져 있었다. 오가는 사람들은 대부분 기모노와 양복 차림의 일본인이었다. 두루마기에 중절모를 쓰고 지팡이를 든 한 무리의 조선 남성들이 마치 적진에 들어가는 병사처럼 주변을 두리번거리면서 본정 안으로 스며들어갔다. 본정 입구 근처에서 손수레를 세우고 숨을 헐떡거리는 두 사람 앞에 감독관 이 씨가 불쑥 나타났다.

"이럴 줄 알았어. 얼른 안 움직여!"

화들짝 놀란 정수일 기자와 류경호는 손수레를 끌고 본정 안으로 들어갔다. 시골에서 상경한 조선 노인이 왜각시가 파는 눈깔사탕을 사기 위해 오는 곳, 모던 보이들과 모던 걸들이 데이트를 하기 위해 찾아오는 경성 제일의 번화가인 본정은 본래 진고개로 불렸다. 비만 오면 언덕이 모두 진흙으로 변해버렸기 때문이었다. 한양에서도 남쪽의 외딴곳이라 가난한 남산골 선비들이 사는 곳이었다.

모든 것이 변한 건 일본인 때문이었다. 한양으로 들어온 일본인들은 운종가로 진출하지 못하고 남산 자락에 자리 잡아야만 했다. 비만 오면 진흙 언덕으로 변해버리는 버려진 땅이었기 때문이다. 하지만 세월이 흐르고 그들이 조선의 주인이 되면서 진고개는 본정이라는 이름을 얻었다. 제과점과 카페, 신기한 서양 문물들을 파는 가게들이 들어서면서 조선 사람들도 몰려들었다.

반면 조선 시대 내내 제일의 번화가로 명성을 떨치던 종로는 급격하게 쇠락했다. 그리고 일본은 마치 선심을 쓰듯 그곳에 총독부를 지었다. 류경호는 잡지사를 오갈 때마다 마주치는 거대한 총독부 건물을 보면서 위압감과 더불어 반발심이 들었다. 물론 낙후된 종로 일대를 개발한다는 명목이었지만 총독부를 짓기 위해 광화문을 다른 곳으로 옮긴 데다가 경복궁을 완벽하게 가리는 곳에 짓고 있었다. 거기다 그 안에서 일하던 조선인 기수가 토막살인을 당했다.

"조선 땅 안에서 조선인이 마음 놓고 지낼 곳이 없다는 게 말이 돼?"

류경호가 중얼거리자 정수일 기자가 물었다.

"뭐라고?"

"아, 아닙니다. 저쪽에 쓰레기통 있네요."

골목길의 쓰레기통 모습은 비슷했다. 널빤지로 만들어놓고 뚜껑을 붙여놔서 여닫을 수 있도록 했다. 큰 쓰레기통은 손수레가 들어갈 정도였고, 작은 쓰레기통은 석유 궤짝으로 만들어놓기도 했다.

두 사람은 담장 아래에서 손수레를 멈췄다. 그러자 두 사람보다 한발 앞서 쓰레기통을 뒤적거리던 넝마주이가 굵은 철사를 등에 짊어진 망태기에 넣고 어슬렁거리면서 사라졌다. 두 사람은 삽을 들고 쓰레기통 안에 든 것들을 손수레로 퍼 담았다. 아직 겨울이 되기 전이라 난방을 한 재는 없었지만 낡은 가발부터 부서진 손거울 같은 것들이 나왔다. 손부채로 풀풀 날리는 먼지를 쫓아낸 정수일 기자가 익살스럽게 말했다.

"동전이나 금붙이 같은 거 있는지 잘 찾아봐."

"시계 같은 거나 나왔으면 좋겠네요."

둘이 주거니 받거니 하면서 쓰레기를 퍼 나르는데 골목길 입구에 감독관 이 씨가 모습을 드러냈다.

"잡담 그만하고 얼른 일해!"

시간이 지나면서 일에 지친 두 사람은 차츰 말을 잃었다. 제과점과 음식점들을 거쳐 일반 민가로 접어들면서 그나마 쓰레기양이 줄어들었다. 하지만 쓰레기가 쌓인 손수레가 점점 무거워지면서 한 바퀴를 굴리는 것도 힘이 들었다. 몇 개의 골목길을 치우면서 숨을 헐떡거리는데 아무 말 없이 나타난 감독관 이 씨가 손수레를 힐끔 보더니 한마디 했다.

"70관 된 거 같으니까 광희문 밖에 있는 쓰레기 처리장으로 가져가."

"감사합니다."

고개를 꾸벅 숙여서 인사를 한 두 사람은 손수레에 쌓인 쓰레기에 덮개를 씌워 가렸다. 그리고 황금정을 지나 훈련원으로 손수레를 몰았다. 엄청나게 무거워진 손수레를 번갈아 끌면서 정수일 기자는 이를 갈았다.

"내가 아무리 못 배워도 그렇지 명색이 기자인데 이런 걸 시켜!"

그런 정수일 기자의 모습을 보면서 류경호는 묵묵히 손수레를 끌었다. 광희문을 지나자 쓰레기 처리장으로 가는 손수레와 분뇨를 실은 수레들이 보였다. 야트막한 오르막길이었지만 두 사람에게는 절벽보다 더 한 높이였다. 겨우 쓰레기 처리장에 도착한 두 사람은 그곳에 있는 감독관에게 전표를 내밀어서 도장을 받았다. 손수레를 끌고 터덜터덜 고개를 내려가는데 정수일 기자가 볼멘소리로 말했다.

"어차피 탐방기는 한 번만 운반해도 쓸 수 있잖아."

"선배가 쓸 거예요?"

"후배를 고생시킬 수는 없잖아. 대신 입 다물기다."

어차피 저녁때 총독부로 가야 했기 때문에 적당히 마무리하는 게 좋겠다는 생각이 든 류경호가 맞장구를 쳤다.

"하늘같은 선배 말을 따라야죠."

결국 두 사람은 위생과 사무실로 빈 손수레를 끌고 돌아갔다. 밖에서 담배를 피우고 있던 위생과 사무원은 그럴 줄 알았다면서 혀를 찼다.

"하여튼 조센징들은 끈기가 없어요, 끈기가."

밀짚모자를 벗어서 한 손에 쥔 정수일 기자가 고개를 저었다.

"무슨 말씀을 하셔도 더는 못 하겠습니다."

"전표 가지고 들어와. 한 번 갔다 온 건 쳐줘야지."

한참 잔소리를 듣고 나서 두 사람이 받은 돈은 각각 16전이었다. 엄청 선심을 베푼 것 같은 표정으로 돌아선 위생과 사무원의 뒤통수를 노려보던 정수일 기자가 중얼거렸다.

"내가 기사 쓸 때 넌 꼭 쓴다."

지칠 대로 지친 두 사람은 인력거를 타고 가기로 했지만 자기들보다 더 꾀죄죄한 차림의 두 사람을 태울 인력거꾼은 없었다. 결국 해문빌딩에 있는 별세계까지 걸어서 가야만 했다.

두 사람이 들어서자 장정환과 유대수는 물론 다른 기자들까지 박수를 쳐줬다. 책상에 앉아서 마코 담배를 피우면서 원고지를 들여다보던 손상섭 부주간만 꼼짝도 하지 않았다. 그 모습을 보고 짜증 나는 표정을 지은 정수일 기자가 의자에 털썩 주저앉으면서 중얼거렸다.

"우리 독자들이 경성에서 똥이랑 쓰레기를 어떻게 치우는지 궁금해할지 모르겠네."

그 얘기를 들은 손상섭 부주간이 담배를 문 채 고개를 들었다. 그리고 두 손을 깍지 긴 채 정수일 기자를 노려보며 말했다.

"르포르타주는 일반 신문이 하지 못하는 심층 보도를 통해 사회상을 드러내는 거야. 우리 같은 잡지가 할 일이지."

"심층 보도요? 말이 나왔으니까 하는 말이지 신문에 실렸으니까 따라간 거 아닙니까? 사람들이 웃습니다."

"그럼 정 기자 생각에 우리 잡지의 정체성은 뭔 거 같나?"

"그거야 당연히 옐로저널리즘이죠. 우리에게 이것저것 시키지만 결국 잡지에는 매음굴 기사나 창기들의 엽색 행각 같은 걸 실을 거잖아요. 어차피 독자들도 그걸 원하는 거 아닙니까?"

류경호는 팔짱을 긴 채 두 사람의 얘기에 귀를 기울였다. 그가 다니던 시대일보에서는 상상도 못 할 모습이지만 이곳에서는 그런 얘기들이 스스럼없이 오갔다. 아마 대부분의 기자들이 종교색이 짙고 사회를 고발하는 내용을 주로 싣던 새벽 시절부터 일했던 터라 가능한 것 같았다. 정수일 기자의 반박을 받은 손상섭 부주간은 입에 문 마코 담배를 힘껏 빨아들였다.

"나도 인정하네. 사실 새벽이 정간당하고 나서 어쩔 수 없이 시작한 게 별세계일세. 처음에는 큰 기대를 하지 않았는데 하다 보니까 여기까지 왔네. 나라고 해서 그런 것들을 싣는 게 좋겠나? 하지만 별세계가 유지되어야 언젠가 새벽을 다시 낼 수 있기 때문에 참는 거라네."

논쟁은 그걸로 끝이었다. 새벽 출신들의 자괴감과 당당함을 읽어낸 류경호는 슬며시 미소를 지었다. 손상섭 부주간은 미소를 짓는 류경호를 무심한 눈으로 바라봤다. 잠깐 더 투덜거린 정수일 기자는 곧 원고지를 펼치고 기사를 쓰기 시작했다.

류경호 역시 지난번에 끝내지 못했던 종로 YMCA 탐방 기사를 쓴 원고지를 들여다봤다. 하지만 마음은 조선총독부에서 일어난 끔찍한 이인도 기수의 토막살인에로 기울어졌다. 살인 자체가 너무 끔찍한 탓에 가려져버렸지만 그 안에 숨겨져 있는 메시지 역시 강렬했다.

범인은 10년 동안의 공사 끝에 완공을 코앞에 둔 조선총독부 안에서 끔찍한 형태로 살인의 흔적을 남겨놨다. 특히 이인도의 시신을 토막 낸 전기톱을 사용했을 때 소리가 들리지 않았다는 점이 마음에 걸렸다. 그 얘기는 범인이 이인도의 시신을 어딘가에 완벽하게 은닉할 수 있는 곳을 가지고 있다는 걸 의미했기 때문이다.

이인도를 죽이는 게 목적이었다면 그곳에서 살인을 저지른 후에 감춰야 하는 게 정상이었다. 하지만 살인자는 시신을 토막 내서 마치 전시를 하듯 총독부 곳곳에 뿌려놨다. 그것도 마치 대한제국을 상징하는 형태로 말이다. 어떤 일이 벌어질지 충분히 알고 있는 자의 소행이었다. 명백한 도전이자 조롱이었다. 그리고 그것이 가져올 파장을 아마 가까이서 지켜보고 있을 것이 분명했다. 제대로 밝혀지지 않으면 그곳에서 일하는 조선인들이 모두 쫓겨날 것이라고 최남선이 우려할 법했다.

류경호는 잔인하게 토막 난 시신들을 찍은 사진들을 떠올렸다. 그리고 그 사진처럼 시신을 흩뿌려놓은 정체불명의 살인자가 가까이서 지켜보는 모습을 상상했다. 생각이 꼬리를 물고 이어지자 머리가 아파왔다. 그만두고 싶다는 생각이 들었지만 그것보다는 총독부 안에서 무슨 일이 벌어지고 있는지에 대한 강렬한 호기심과 송태백의 속내를 들을 수 있는 기회라는 생각이 더 앞섰다.

이런저런 생각에 마음이 복잡해진 탓인지 원고지에 쓴 글이 눈에 들어오지 않았다. 건너편의 자기 책상에 앉아 있던 정수일 기자도 기사가 안 풀리는지 원고지를 뜯어서 꾸겨버린 다음에 바닥에 내동댕이쳤다. 그러자 사환이 잽싸게 일어나서 바닥에 떨어진 원고지를 챙겨 갔다. 그렇게 퇴근 시간이 가까워지자 손상섭 부주간을 필두로 하나둘씩 자리를 비웠다.

다 쓴 원고를 사환에게 넘겨준 류경호도 잡지사를 빠져나와 명치정 입구에서 안국동으로 가는 전차에 몸을 실었다. 총독부에 가서 살인이 들려주는 이야기에 귀를 기울여야 할 시간이 찾아온 것이다. 왁자지껄한 전차 안에서는 교모를 삐딱하게 쓴 학생들이 나무 의자에 앉아 있는 모던 걸을 상대로 수작을 부리고 있었다.

종로를 거쳐 안국동의 학생 육거리*에서 내린 류경호는 스틱을 쥐고 총독부 쪽으로 걸어갔다. 박길룡 기수는 초소 앞에서 담배를 피우면서 기다리는 중이었다. 멀리서 걸어오는 그를 본 박길룡 기수가 담배꽁초를 버렸다.

"어서 오십시오."

"오래 기다리셨습니까?"

"아뇨. 저녁 당직이라서 밥 먹고 들어오는 길이었습니다. 따라오시죠."

간단하게 인사를 나눈 두 사람은 초소를 지나 현장으로 향했다. 류경호는 박길룡 기수의 뒤를 따라가면서 궁금했던 점을 물

---

* 현재 안국동 로터리의 일제 강점기 당시 명칭.

었다.

"죽은 이인도는 어떤 사람이었습니까?"

그러자 박길룡 기수가 새 담배를 꺼내면서 말했다.

"처음에는 별로 눈에 띄지 않는 친구였는데 시간이 지날수록 기량이 늘더군요."

"평소 성격은 조용한 편이었습니까? 아니면 활달한 편이었습니까?"

잇따른 질문에 주머니에서 꺼낸 성냥으로 피존 담배에 불을 붙인 박길룡 기수가 대답했다.

"좀 애매한 성격이었어요. 어떨 때는 만담꾼 저리 가라고 할 정도로 수다스러웠다가 어떤 날은 벙어리처럼 아예 말을 안 했습니다."

"가까이하기 어려운 성격이었군요."

류경호의 말에 그는 담배를 문 채 피식 웃었다.

"한 귀로 듣고 한 귀로 흘리는 성격이라 이와이 조사부로 과장의 폭언에 스트레스를 덜 받았습니다. 전 조센징 소리만 나와도 울컥하는 성격이라 부럽기도 했습니다."

"건축과는 두 분 빼고는 모두 일본인뿐이었죠?"

질문을 받은 그는 고개를 끄덕거렸다.

"그나마 건축과에서 조선 사람들을 뽑은 것도 몇 년 안 됐습니다. 기껏 뽑아봤자 다들 오래 버티지 못하고 나가버리곤 하죠. 속사정을 모르는 사람들은 그 좋은 자리를 왜 때려치우느냐고 혀를 차곤 합니다만 쉽게 견딜 수 있는 곳은 아닙니다."

"이인도 기수와 사이가 유독 나쁜 직원이 있었습니까?"

그 질문에 박길룡 기수가 고개를 절레절레 저었다.

"안 나쁜 쪽을 얘기하는 게 더 빠르겠네요. 물론 살인까지 저지를 만한 악감정을 가진 직원을 얘기하시는 거겠죠?"

류경호는 애매한 미소로 대답을 대신했다. 그러자 담배를 깊이 한 모금 빤 박길룡 기수가 총독부 건물을 바라보면서 대답했다.

"저도 며칠 동안 계속 고민해봤습니다. 하지만 건축과의 일본인 직원들은 우리를 소 닭 보듯 하는 편이라서 딱히 갈등 같은 건 없었습니다. 딱 한 명 꼽으라면 이와이 조사부로 과장을 지목하겠습니다."

"그 정도인가요?"

담배 연기를 세차게 내뿜은 박길룡 기수가 새끼손가락으로 이마를 잔뜩 찌푸렸다.

"직접 당해보지 않으면 모르실 겁니다. 건축과에 들어온 조선 사람들이 못 배겨나는 건 9할이 그 사람 탓입니다. 저랑 이인도 기수만 버티는 중이죠."

일본이 내세우는 문화정치의 맨얼굴을 본 류경호는 씁쓸한 기분을 애써 억누른 채 물었다.

"그중에서 전기톱을 다룰 줄 아는 사람은 몇 명이나 됩니까?"

그러자 걸음을 멈춘 박길룡 기수가 잠시 생각을 하다가 대답했다.

"건축과 직원들이라면 작동법은 다 압니다. 거기다 조수들도 다룰 줄 알고 있습니다."

"어떤 게 살인에 쓰였는지는 알 수 있습니까?"

"아뇨. 고가의 장비라 아침이 되면 분해해서 기름으로 깨끗하게 청소를 합니다."

대답을 들은 류경호가 고개를 갸웃거렸다.

"피가 묻어 있을 텐데 그냥 닦았다는 얘깁니까?"

"그 부분에 기름을 뿌렸다면 안 보였을 겁니다. 어차피 돌아가면서 사용을 해서 누가 어떻게 썼는지는 다들 모르니까요."

결국 전기톱을 가지고 범인을 잡아야겠다는 계획을 포기한 류경호는 이야기의 방향을 돌렸다.

"총독부를 설계하면서 뭔가 문제가 있거나 갈등이 벌어진 적이 있었나요?"

담배를 있는 힘껏 빨아들인 박길룡 기수가 총독부를 올려다보면서 대꾸했다.

"갈등이라는 건 서로 어느 정도 대등해야 벌어지지 않습니까? 그렇다면 여긴 갈등은 없습니다. 되지도 않는 억지와 따돌림 같은 것만 있죠."

"일에서도 차별을 받으셨습니까?"

"총독부의 설계 작업에서도 중요한 공간에 대한 설계는 제외되곤 했습니다. 예컨대 지하 공간 같은……."

말을 하던 박길룡 기수가 갑자기 입을 다물었다. 더 얘기할수 없다는 그의 눈빛을 읽은 류경호는 다른 질문을 던졌다.

"최근에 두 분은 무슨 일을 하셨습니까?"

"저는 총독부에 난방을 맡은 기관실을 설계했습니다. 이인도 기수는……."

잠시 생각을 하던 그가 고개를 갸웃거리면서 덧붙였다.

"그러고 보니 요즘 뭘 했는지 저한테 얘기를 하지 않았네요."

대답을 못 하는 그에게 류경호가 조심스럽게 물었다.

"두 분 사이가……."

그러자 박길룡 기수가 호탕하게 웃었다.

"그 친구랑 저랑은 성격이 많이 다르긴 합니다. 그 친구 소원이 뭐였는지 아십니까? 모험가였습니다."

"모험가요?"

"네. 《어린이》라는 잡지에 북극성*이라는 작가가 연재 중인 〈칠칠단의 비밀〉을 빼놓지 않고 읽었죠. 모험소설이라면 뭐든 다 좋아했습니다. 약간 몽상가적인 기질이 있었거든요."

뜻밖의 얘기를 들은 류경호가 말했다.

"몽상가라니, 설계를 하는 기수와는 어울리지 않는군요."

"저도 그게 궁금해서 물어봤더니 몽상이라도 하지 않으면 살수 없을 것 같다고 했던 적이 있습니다. 마침 저도 정탐소설을 좋아해서 그거 가지고 얘기를 많이 나눴습니다."

이런저런 얘기를 주고받는 사이 두 사람은 총독부의 현관에 도착했다. 계단을 오르려는 찰나 안쪽에서 낯선 말소리가 들려왔다. 걸음을 멈춘 류경호의 눈에 현관을 빠져나오는 한 무리의

* 방정환의 필명이었다.

일꾼들이 보였다. 일이 끝났는지 도구를 들고 있었는데 그들 사이에서 낯선 중국어가 들려왔다. 류경호가 의아해하자 앞장선 박길룡 기수가 입을 열었다.

"석공으로 쓰는 중국인들입니다. 조선인도 써봤는데 열심히 안 한다고 해서 돌려보내고 저들만 남았죠."

박길룡 기수가 곁을 스쳐 지나가는 중국인 일꾼들을 보면서 중얼거리자 류경호가 피식 웃었다.

"일본이 조선 땅에 총독부를 만드는 데 중국인들을 쓰다니, 묘하군요."

"일이라는 게 다 그렇죠. 더 재미있는 게 뭔지 아십니까?"

류경호가 바라보자 박길룡 기수가 대답했다.

"작년에 일본인 석공들이 중국인 석공을 쓰지 말고 자신들의 임금을 올려달라면서 동맹 파업을 했다는 겁니다. 없는 놈들은 민족을 떠나서 서로 물고 물리는 셈이죠."

총독부 앞에는 한 손으로 들 수 있는 기름 램프를 든 젊은 조수 김석준이 기다리고 있었다. 조수에게 램프를 넘겨받은 박길룡 기수가 김석준에게 돌아가도 좋다고 말했다. 모자를 벗고 인사를 한 김석준이 계단 아래로 멀어지는 걸 보던 류경호가 램프를 받아 든 박길룡에게 물었다.

"건축과는 어떻게 구성되어 있습니까?"

"건축과는 몇 개의 계로 나뉘어 있습니다. 기사가 계장으로 임명되어서 책임자로 있고, 도면을 검토하는 원로 기수 한 명, 그리고 도면을 그리는 기수 서너 명과 고원이라고 부르는 조수가 한 명씩 딸려 있습니다. 그렇게 열 명 안팎이 한 계를 이룹니다. 1계, 2계 이런 식으로 나뉘어 있습니다. 원래는 영선과에 있다가 내무국으로 바뀌면서 조직이 좀 커졌습니다."

"그중에 조선인은 몇 명이나 있습니까?"

류경호의 물음에 한쪽 눈을 찡그린 박길룡 기수가 대답했다.

"기수로는 저와 이인도가 있었고, 조수는 홍창화 군을 비롯해서 몇 명 더 있습니다."

"두 분 다 경성고공 출신이시죠?"

"그렇습니다. 기사들은 대개 동경제대 출신이고, 이와이 조사부로 과장도 그곳을 졸업했습니다."

얘기를 들어가면서 단서가 될 만한 것들을 머릿속으로 차곡차곡 정리해나간 류경호는 질문을 이어갔다.

"두 분은 어떤 곳 설계를 맡으셨습니까?"

"자잘한 부분이죠. 기사들이 전체적인 설계와 시공을 감독하고, 기수들은 각 분야의 설계도와 사양서를 만들고 승인이 떨어지고 시공사가 결정되면 설계안대로 잘 진행되고 있는지 관리하는 일을 맡았습니다."

"실질적인 일은 기수들이 한다고 보면 되겠군요."

류경호의 물음에 박길룡 기수가 고개를 끄덕거렸다.

"그렇다고 보시면 됩니다."

얘기를 나누는 사이 두 사람은 정원을 가로질러 총독부 현관에 도착했다. 들고 있던 램프의 불빛이 갑자기 희미해지자 박길룡 기수가 멈춰 서서는 뚜껑을 살짝 열었다. 그사이 류경호가 질문을 던졌다.

"최근 이인도 기수가 평소와는 다른 모습을 보인 적이 있습니까?"

"다른 모습이요?"

램프의 불이 밝아지는 것을 본 박길룡 기수가 잠시 뜸을 들이다가 대답했다.

"그러고 보니 좀 불안해하긴 했습니다. 최근에 이와이 조사부로 과장에게 꾸중을 많이 들었던 터라 의기소침해서 그런 건지 모르겠지만 말입니다."

"사귀는 여자나 다른 건 없었습니까?"

"얼굴이 제법 사내답게 생겼고, 직업도 괜찮아서 카페나 바의 여급이 들러붙긴 했지만 딱히 누가 찾아오거나 누굴 만나러 가는 일은 없었습니다. 술과 담배는 좀 즐기는 편이긴 했지만 심한 정도는 아니었고요."

박길룡 기수의 대답을 들은 류경호는 주저하다가 질문을 던졌다.

"도박이나 다른 건요?"

"없었습니다. 그쪽으로는 딱히 흥미도 없었고, 그럴 시간도 없었습니다. 이제 안으로 들어갈 겁니다. 마음의 준비는 되셨습니까?"

무슨 뜻인지 몰라 의아해하는 류경호에게 고개를 돌린 박길룡 기수가 희미하게 웃었다.

"좀 으스스할 겁니다. 이인도가 죽은 이후에 귀신이 나타난다는 소문이 계속 돌고 있거든요."

긴장한 류경호가 침을 꿀꺽 삼킨 채 고개를 끄덕거리자 박길룡 기수는 너털웃음과 함께 현관의 계단을 걸어 올라갔다.

"다리가 발견된 곳부터 보여드리죠. 이쪽입니다."

지난번에 중앙대홀에 들어가기 위해 지나쳤던 작은 홀에서 멈춰 선 박길룡 기수가 오른쪽을 가리켰다. 사각형의 대리석 기둥 사이로 통로와 나무문이 자리 잡고 있었다. 그를 안내한 박길룡 기수가 설명했다.

"가운데 통로는 회랑 쪽으로 이어지는 복도고, 그 옆문은 경비실입니다. 반대쪽도 같은 구조고 거기는 회계과에서 쓸 사무실이 있죠. 우리는 여기를 전면 홀, 그리고 양쪽의 작은 홀을 좌우 홀이라고 부릅니다."

"시체가 발견된 곳은 어딥니까?"

"정확하게는 양쪽 발이죠. 이쪽으로 오십시오."

오른쪽 복도를 가리킨 박길룡 기수가 앞장섰다. 손에 든 램프의 희미한 빛이 어둠이 깔리기 시작한 복도에 짙은 그림자를 드리웠다. 복도 중간쯤까지 걸어간 박길룡 기수가 걸음을 멈췄다.

"여기가 위쪽으로 올라가는 계단입니다. 계단 오른쪽이 엘리베이터입니다. 시신의 발들은 여기랑 반대쪽 엘리베이터 앞에 버려져 있었습니다."

박길룡 기수는 램프를 든 손을 휘저으면서 설명했다. 그는 설명을 들으면서 하야시 곤스케 경부가 보여준 사건 현장의 사진들을 떠올려봤다. 얼음같은 대리석 바닥 위에 덩그러니 놓인 발은 한참이나 비정상적으로 보였다. 그는 박길룡을 두고 계단 옆의 엘리베이터 앞으로 갔다.

"이탈리아의 스티글러 사에서 수입한 엘리베이터입니다. 조선에서는 조선호텔과 철도호텔에 이어서 세 번째로 설치된 것이죠. 총 아홉 대가 설치되어 있는데 그중 하나는 화물용입니다."

자부심이 섞여 있는 박길룡의 묘한 말투로 설명을 들은 류경호는 한쪽 무릎을 꿇고 적색 대리석으로 마감된 바닥을 내려다봤다. 흠집 하나 없이 깨끗해서 토막 난 시신의 일부분이 놓였던 곳이라고는 상상이 가지 않았다.

"엘리베이터는 운행 중입니까?"

"시범운행은 했지만 현재는 전기를 끊어서 작동이 안 됩니다."

"반대쪽도 여기와 같은 구조입니까?"

"그렇습니다."

박길룡 기수가 고개를 끄덕거리며 대답하자 류경호는 한 걸음 뒤로 물러나서 양쪽 복도를 바라봤다. 어디서 살인이 시작되었는지 도무지 짐작할 수가 없었다.

"시신이 발견된 아침 7시 정도면 여기 상황은 어떻습니까?"

"당직자들이 현장을 둘러볼 시각입니다. 시신도 그때 발견되었고요."

박길룡 기수의 설명을 들은 류경호가 복도를 천천히 살펴보면서 물었다.

"살인자는 이인도의 시신이 그때 발견된다는 것을 알고 있었다는 얘기군요."

"아마도 그럴 겁니다. 현장을 발칵 뒤집어놓기에 가장 적당한 시각이죠."

"살인자는 왜 살인을 감추지 않고 드러냈을까요?"

그의 물음에 박길룡 기수는 우울한 표정으로 고개를 저었다.

"저도 모르겠습니다. 확실한 건 어떻게 해야 여기를 뒤흔들어놓는지 잘 아는 자의 소행이라는 거죠. 덕분에 저뿐만 아니라 이곳에서 일하는 조선인들 모두 이인도 기수의 죽음을 드러내놓고 슬퍼하지도 못하고 있습니다."

울분에 가득한 박길룡 기수의 말에 류경호는 착잡함을 느꼈다. 자신이 자꾸 피하기만 하는 사이 또 다른 누군가는 조선인이라는 이유만으로 터무니없는 모함과 고통을 당하는 중이었다. 살인자는 어쩌면 지금 이 모습을 즐기고 있을지도 몰랐다. 류경호가 조심스럽게 물었다.

"분위기가 어려워졌다고 들었습니다."

"그 정도면 다행이게요. 일본인 관리들은 자기들끼리 대놓고 우리 중 한 명이 범인일 것이라고 수군거리고 있습니다."

"조선인이 조선인을 죽일 이유가 뭐가 있다고 그런답니까?"

"친일파를 죽이려고 그런 거랍니다. 몇 년 전에 종로경찰서에 조선인이 테러를 일으킨 걸* 대놓고 들먹거리는 자도 있습니다."

불안하고 억울한 사연을 쏟아내는 박길룡 기수의 목소리는

---

* 1923년 김상옥 의사 종로경찰서 폭파사건.

점점 떨려왔다.

"경찰은 뭐라고 합니까?"

박길룡 기수의 물음에 류경호는 하야시 곤스케 경부와의 대화를 떠올렸다.

"그쪽은 아예 의열단 소행이라고 단정 짓고 있더군요."

"그럴 줄 알았습니다. 열심히만 하면 언젠가는 인정받을 거라고 생각했는데……."

허공을 향해서 넋두리를 한 박길룡 기수가 그를 바라봤다.

"다 보셨으면 다음 현장으로 가시죠."

무릎을 편 류경호는 앞장서 가는 박길룡을 뒤따라 중앙대홀로 들어섰다. 엊그제 봤을 때보다는 덜했지만 넓고 높은 공간이 주는 위압감은 여전했다. 중앙대홀의 중간에 멈춰 선 그가 양쪽의 기둥 사이에 있는 작은 문들을 가리켰다.

"측면 복도로 통하는 문입니다. 바로 수세식 화장실로 연결되죠. 죽은 이인도의 양쪽 팔, 그러니까 어깨부터 그 아랫부분들은 양쪽 화장실에서 발견되었습니다."

설명을 한 박길룡 기수가 기둥 사이로 걸어가서 문을 열어줬다. 크고 작은 하얀색 타일로 마감된 화장실은 조선에서 흔히 볼 수 없는 수세식이었다. 바닥에 램프를 내려놓은 박길룡 기수가 말했다.

"여깁니다."

설명을 들은 그는 머릿속으로 그림을 그려봤다. 그러는 사이 램프를 집어 들고 일어난 박길룡 기수가 앞쪽에 자리 잡은 쌍둥이 계단 쪽으로 걸어가더니 계단 사이에 멈췄다. 지난번에 봤을 때는 모르고 지나쳤던 계단 사이의 작은 문이 보였다.

"몸통은 여기 계단 사이에 있었습니다."

"거기라면 눈에 잘 띄었을 텐데요?"

류경호의 반문에 박길룡 기수가 고개를 저었다.

"그건 환한 낮에나 해당되는 얘기고 시신이 발견된 시각은 아침 7시라서 지금만큼이나 어두울 때입니다. 현장이라 이런저런 물건들이 많이 흩어져 있어서 멀리서 봤다면 그냥 지나쳤을 겁니다. 그나마 피 냄새가 나는 바람에 발견된 것이죠."

박길룡 기수의 얘기를 들은 류경호는 머리로 시신들이 발견된 곳들을 정리해봤다. 그리고 그가 서 있는 곳 뒤편의 문을 가리키면서 물었다.

"다리가 현관 좌우측, 중앙대홀의 양쪽 회랑에 있는 화장실에서 팔들이 발견되었고, 몸통이 여기 있었다면 머리는 저쪽에 있었겠군요."

박길룡 기수는 그의 얘기를 듣고는 고개를 저었다.

"아닙니다. 계단 위쪽의 대회의실에서 발견되었습니다."

"팔다리와 몸통까지 여기에 놨으면서 왜 머리만 위층에 갔다 놨을까요?"

류경호의 물음에 박길룡 기수가 대답했다.

"작업일지를 확인해보니까 아래층에 있는 취사실과 연결하는 리프트를 설치하고 있던 중이었습니다. 만약 아래층에 머리를 놨다면 누군가와 마주쳤을지도 모릅니다."

생각보다 치밀한 살인자의 행보에 류경호는 오싹 소름이 돋았다.

"그것까지 알고 있었을까요?"

그의 물음에 박길룡 기수가 어깨를 으쓱거리며 대답했다.

"글쎄요. 작업일지는 마음만 먹으면 얼마든지 볼 수 있어서요."

류경호가 현장을 충분히 둘러봤다는 눈짓을 하자 박길룡 기수가 계단을 올라갔다. 서양의 궁전에서나 볼 법한 하얀색 대리석 계단을 올라가자 벚꽃이 새겨진 커다란 나무문 세 개가 나란히 서 있는 게 보였다. 가운데 문으로 성큼성큼 걸어간 그가 양손으로 문을 활짝 열어젖혔다.

대회의실이라고 불리는 공간은 중앙대홀만큼이나 크고 화려했다. 벽과 천장 모두 하얀 석회로 마감되었고, 곳곳에 장식된 조각에는 금가루를 뿌려놓은 듯 황금색으로 반짝거렸다. 천장 가운데에는 커다란 유리 샹들리에가 매달려 있었다. 마치 유럽의 성 같은 화려한 장식에 넋이 나간 류경호가 두리번거리는 것을 본 박길룡 기수가 동쪽 벽면을 가리켰다.

"머리는 저쪽 옥좌 아래쪽에서 발견되었습니다."

"옥좌요?"

그의 반문에 박길룡 기수가 천으로 가려진 동쪽 벽면 가운데를 가리켰다.

"천황의 어진을 봉안해놓은 옥좌가 있는 곳입니다. 멀리 바다 건너에 있지만 이곳도 천황의 지배하에 있다는 것을 보여주려고 만든 것이죠."

더없이 싸늘해진 박길룡 기수의 말투가 대회의실 안에 울려 퍼졌다. 그제야 정신을 차린 류경호는 가방에서 수첩을 꺼내서 시신이 발견된 장소들을 그려봤다. 그러고는 아까 들어왔던 문으로 걸어가면서 말을 건넸다.

"정확하게 대 자는 아니군요. 팔과 다리, 그리고 몸통의 위치로 봐서는 여기 가운데나 문 근처에 있어야 하는데요."

"옥좌라는 상징성을 감안한 거 같습니다."

박길룡 기수가 낮은 목소리로 대답했다. 문까지 걸어갔다가 되돌아온 류경호가 질문을 던졌다.

"아직 이인도가 죽은 장소가 확인되지 않았습니다. 어디쯤일지 짐작 가는 곳이 없습니까?"

질문을 받은 박길룡 기수가 눈을 감은 채 잠시 생각하다가 고개를 저었다.

"글쎄요. 워낙 넓은 곳이라서……."

"그렇다고 해도 남의 눈에 띄지 않게 사람을 죽이고 시신을 토막 낼 수 있는 곳은 많지 않습니다. 더군다나 전기톱을 사용했다면 낯선 소음이 났을 겁니다. 거기다 피까지 묻어 있다면 범인을 찾을 수 있지 않겠습니까?"

박길룡 기수가 고개를 갸웃거렸다. 사실 오늘 방문한 이유도 그것 때문이었다. 총독부가 아무리 넓은 곳이라고 하지만 요란하고 낯선 굉음이 나는 전기톱으로 아무도 모르게 시신을 토막 낼 만한 곳이 있을까 하는 의문이 계속 든 것이다. 만약 그 장소를 알아낸다면 용의자를 대폭 줄일 수 있다는 기대감도 있었다.

류경호의 물음에 손가락을 턱에 대고 한참을 생각하던 박길룡 기수가 고개를 저었다.

"아무리 생각해도 떠오르지 않아요. 여긴 넓다고 해도 일하는 사람만 수백 명이 넘는 곳입니다."

"잘 생각해봐요. 그 문제만 풀면 의외로 쉽게 해결될 수 있습니다."

박길룡 기수가 대답을 하려는 찰나, 문이 열리는 소리와 함께 날 선 호통이 들려왔다.

"자리를 안 지키고 여기서 뭐 하고 있는 건가? 박길룡 기수!"

바짝 깎은 머리에 양복 차림의 사내가 두 사람이 열고 들어온 문 앞에 서 있는 게 보였다. 그를 본 박길룡 기수는 안절부절못하는 표정으로 대답했다.

"손님이 오셔서 현장을 둘러보는 중입니다. 이와이 조사부로 과장님."

"손님이라니? 당신 누구야?"

류경호가 날카로운 눈매로 위아래를 쏘아보는 상대방에게 대답할 말을 찾으려는 순간 귀에 익은 목소리가 들려왔다.

"별세계 잡지사에 근무하는 게이오 대학교 졸업생입니다."

놀란 류경호가 고개를 돌리자 문밖에서 모습을 드러낸 종로 경찰서 하야시 곤스케 경부가 씩 웃는 게 보였다.

"여기서 또 보는군."

"어쩐 일입니까?"

류경호의 질문을 무시한 하야시 곤스케 경부가 박길룡에게 다가갔다.

"당신이 박길룡인가?"

"그렇습니다만?"

"살인죄로 체포한다."

별일 아니라는 투로 얘기한 하야시 곤스케 경부가 바지 주머니에서 수갑을 꺼내 그의 손목에 채웠다. 어안이 벙벙해진 류경호가 황급히 다가가서 물었다.

"살인죄라니요?"

하야시 곤스케 경부는 굳은 표정으로 얘기했다.

"이곳 조선총독부에서 일어난 토막살인사건의 용의자야. 그리고 이건 보도관제가 걸릴 거니까 기사 쓸 생각은 꿈에도 하지 말라고."

류경호에게 대답을 한 하야시 곤스케 경부가 수갑을 찬 박길룡 기수의 등을 떠밀었다. 뒤를 돌아보고 뭔가를 말하려던 박길룡 기수가 체념한 표정으로 고개를 떨궜다. 갑자기 들이닥친 상황에 놀란 그는 끌려 나가는 박길룡을 하염없이 바라봤다. 그런 그에게 이와이 조사부로 과장이 차갑게 말했다.

"당신도 이만 나가시오."

"잠시만요. 박길룡 기수가 왜 체포된 겁니까?"

다급한 류경호의 물음에 이와이 조사부로 과장이 버럭 소리를 질렀다.

"살인죄라는 얘기 못 들었나! 조센징!"

"아무 설명 없이 다짜고짜 끌고 갔잖습니까!"

류경호도 지지 않고 목소리를 높이자 이와이 조사부로 과장이 코를 실룩거리면서 대꾸했다.

"명백한 증거가 발견되어서 긴급 체포를 한 것이다. 공범으로 조사받고 싶지 않으면 어서 돌아가라. 조센징!"

울컥한 것이 목까지 차올랐지만 류경호는 일단 물러서기로 했다. 몸을 돌린 류경호는 문을 열고 나가서 계단을 밟고 중앙 대홀로 내려갔다. 그리고 살인과 절단이 벌어진 현장에서 벗어났다. 눈앞에서 벌어진 어처구니없는 일에 화가 머리끝까지 치밀어 올랐다.

어쨌든 현장에서 수갑으로 채우면서 체포했다는 것은 명백한 증거가 있다는 것을 의미했다. 혹은 조작할 만한 증거를 찾았다는 뜻일 수도 있다. 불안감을 안은 채 총독부를 나온 류경호는 곧장 종로의 양복점으로 들어갔다. 하품을 하면서 문을 닫으려는 주인에게 동전을 건네줬다.

"전화기 좀 씁시다."

동전을 받은 주인이 문 옆의 전화기를 가리켰다. 교환에게 최남선의 집 전화번호를 불러준 그는 신호음이 울리는 동안 어떻게 설명할지 고민했다. 하지만 전화를 받은 식모는 최남선을 찾는 그에게 시큰둥하게 대답했다.

"주인어른은 아직 안 들어오셨어요."

"어디 계신 건가요?"

"잘 모르겠어요. 저한테 그런 건 말씀 안 해주시거든요."

메모를 남겨놓겠다는 식모의 얘기에 류경호는 잠시 주저하다가 이름을 알려주고 내일 아침 별세계에 전화를 해달라는 말을 남겨놓고 수화기를 내려놨다.

4

**1926년 9월 25일
토요일, 경성**

이인도의 하숙집으로 돌아온 류경호는 밤새 잠을 이루지 못했다. 그리고 아침이 되자마자 곧바로 별세계로 출근했다. 아무도 출근하지 않은 별세계에서 류경호는 자리에 앉아 밀린 원고를 썼다.

시계가 9시를 넘기자 기자들이 한두 명씩 출근했다. 마지막에는 손상섭 부주간이 들어섰다. 정신없이 원고지에 글을 쓰고 있던 그의 귀에 잡지사에 딱 한 대 있는 전화기가 울리는 소리가 들렸다. 쪼르르 달려가 전화를 받은 사환이 큰 목소리로 외쳤다.

"류경호 기자님! 최남선 씨에게 전화 왔습니다."

그가 기다렸다는 듯 일어나서 전화기 쪽으로 다가가자 부주간 손상섭과 정수일 기자가 하던 일을 멈추고 쳐다봤다. 오해를 살 수도 있는 상황이긴 했지만 상황이 워낙 급박해서 어쩔 수가 없었다. 사환에게서 수화기를 받아 든 류경호에게 최남선의 목소리가 들렸다.

"어젯밤에 전화를 했다고 하더군. 조선사편찬위원회 회식 때문에 늦게 들어오느라 전화를 못 받았네. 무슨 일인가?"

"어제 박길룡 기수와 사건 현장을 둘러보다가 총독부 이와이 조사부로 건축과장과 종로경찰서 하야시 곤스케 경부가 들이닥쳤습니다."

"무슨 일로 말인가?"

마른침을 삼킨 최남선의 물음에는 불안감이 고스란히 묻어 나왔다.

"박길룡 기수를 살인혐의로 체포하기 위해서였습니다."

"뭐라고?"

최남선의 놀란 목소리가 수화기를 타고 그의 귓가에 전달되었다. 수화기를 고쳐 잡은 그가 어제 보고 들은 것들을 얘기해 줬다.

"다른 얘기는 안 했지만 명백한 증거가 발견되어서 살인죄로 체포한다고 했습니다. 하야시 곤스케 경부까지 동행한 것으로 봐서는 상당히 신빙성이 있는 걸 찾은 모양입니다."

"말도 안 되는 얘기야. 박길룡 기수가 왜 이인도를 죽인단 말인가?"

"저도 그렇게 생각해서 항의했는데 강경하게 나왔습니다."

"큰일이군. 가만있지는 않을 것 같긴 했지만 이렇게 노골적으로 나올 줄은 몰랐어."

"최대한 빨리 종로경찰서에 가서 박길룡 기수를 만나봐야겠습니다. 손 좀 써주실 수 있겠습니까?"

"하야시 곤스케 경부에게 바로 연락을 넣겠네. 얘기가 끝나면 이 번호로 알려주지."

"기다리겠습니다."

통화를 끝낸 류경호가 자리에 돌아오는데 정수일 기자가 물었다.

"요즘 최남선 사장이랑 자주 엮이는군. 진짜로 신문사 다시 차린대?"

"빚더미에 올라앉았다고 볼 때마다 징징거리던데요."

농담으로 받아친 류경호는 자리에 앉아서 원고지를 들여다봤다. 3·1만세운동을 겪은 일본은 무단통치 대신 문화통치로 전환했다. 가장 큰 변화는 조선인이 언론사를 자유롭게 세울 수 있도록 한 것이다. 조선일보와 동아일보가 세워지고, 그 뒤를 따른 것은 최남선의 시대일보였다.

1922년 3·1만세운동을 주도했다는 죄목으로 수감되었다가 1년 만에 출옥한 그는 1922년 동명사를 세우고 동명이라는 이름의 주간지를 발행했다. 그리고 1924년 3월 31일 일간지인 시대일보를 발행했다. 조선일보나 동아일보와는 달리 1면이 사회면이었고, 시평을 게재하는 등 새로운 시도를 했다. 그 외에도 엉석바지라는 미국 만평만화를 싣기도 했다. 사장 겸 주간이 최남선이었고, 정치부장이 안재홍, 사회부장으로 염상섭이 있었기 때문에 후발주자였지만 만만치 않은 실력을 자랑했다.

게이오 대학을 졸업하고 귀국해서 일자리를 찾던 그에게 기자로 일할 것을 권유했던 것도 바로 최남선이었다. 그리고 그는 남의 눈에 띄지 않으려는 류경호를 주목했다. 언젠가 왜 자신에게 관심을 기울이느냐는 물음에 최남선은 자신과 닮았다고 짤막하게 대답했다. 평생 외로웠다는 그의 말에 류경호는 아무 대꾸도 할 수 없었다.

최남선이 이끌고 류경호가 일했던 시대일보는 후발주자임에도 불구하고 한때 일일 발행부수가 2만 부를 넘길 정도로 인기를 끌었지만 곧 심각한 경영난을 겪었다. 최남선이 문인으로서는 탁월했지만 경영자로서는 여러모로 낙제점이었기 때문이다. 운영자금을 지원해준 천도교 계열의 종교단체인 보천교에서 신문사의 경영권을 인수하면서 최남선은 사장 자리에서 물러나야만 했다. 남은 기자들이 보천교의 간섭에 반발하면서 신문은 휴간에 들어갔고, 이런저런 일에 시달리면서 지쳐버린 류경호는 먼저 별세계로 간 정수일 기자의 얘기를 듣고 옮겨 왔던 것이다.

한동안 은거하던 최남선은 동아일보에 사설을 쓰면서 복귀했다. 민족대표였음에도 불구하고 총독부와 가까운 사이를 유지하는 그의 행보는 사람들의 비난을 받았다. 하지만 류경호는 현실과 타협해야 한다는 그의 마음도 얼핏 이해가 갔다. 어쨌든 일본의 지배는 현실이었으니까 말이다.

류경호는 생각에 잠긴 채 원고지를 뚫어지게 들여다봤다. 토요일임에도 불구하고 좀처럼 일이 끝날 기미가 보이지 않자 눈치를 살피던 정수일 기자가 코를 킁킁거렸다.

"젠장. 어제 몸에 밴 쓰레기 냄새가 아직도 나네. 목욕 좀 갔다 오겠습니다."

그러자 손상섭 부주간이 놓치지 않고 끼어들었다.

"어디로 갈 건데? 갈 거면 목욕탕 탐방기 써 와."

"네, 알겠습니다."

입을 삐죽 내민 정수일 기자가 옷걸이에 걸린 양복 상의를 챙겨서 밖으로 나갔다. 눈으로 인사를 나눈 류경호는 원고지를 들여다봤다. 30분쯤 후 최남선에게 다시 전화가 왔다.

"하야시 곤스케 경부에게 얘기를 해놨으니 찾아가보게."

"면회를 시켜준답니까?"

"대답을 안 해줬어. 자기 입장을 고려해달라는 말만 계속하더군."

"알겠습니다. 일단 가서 얘기를 들어봐야겠군요."

전화를 끊으려는 그에게 최남선이 덧붙였다.

"오늘 나도 시내에 있을 예정이네. 12시 반에 경성역 2층 그릴에서 보세. 점심을 먹으면서 얘기하지."

"끝나고 그쪽으로 가겠습니다."

통화를 끝낸 류경호는 손상섭 부주간에게 다가갔다. 딴청을 피우던 그는 류경호가 다가오자 먼저 물었다.

"최남선 씨를 만나러 가는 건가?"

"네. 어제 총독부 취재하는 데 도움을 주셔서요."

"사교성이 떨어지는 줄 알았는데 보기와는 완전 딴판이군. 최남선 씨 인터뷰를 우리 잡지에 실어도 되는지 여쭤봐주게."

"그렇게 하겠습니다."

"그리고 말이야."

자리로 돌아가려는 류경호를 붙잡은 손상섭 부주간이 의자에서 일어나 잡지사 안을 쭉 훑어봤다.

"마감이 밀렸으니까 내일 오후에 출근들 해."

여기저기서 비명과 신음이 들렸다. 손상섭과 얘기를 마치고 자리로 돌아온 류경호는 옷과 가방을 챙긴 다음, 분위기가 어두워진 잡지사 밖으로 나왔다. 몇 걸음 떨어진 곳에 있던 인력거꾼이 그의 손짓을 보고는 부리나케 달려왔다. 인력거에 올라탄 그가 말했다.

"종로경찰서로 가주게."

이마에 천을 질끈 동여맨 깡마른 인력거꾼이 알겠다고 대답하고는 부지런히 달리기 시작했다. 활동사진처럼 지나가는 주변의 풍경을 바라보면서 머릿속으로는 끊임없이 생각을 했다. 사건에는 손도 대지 못한다고 했던 하야시 곤스케 경부가 갑자기 나타나 박길룡을 살인죄로 체포해 갔다. 그것은 명백한 증거가 나왔거나 혹은 윗선의 수사지침이 바뀌었다고 봐야 할 것이다. 빨리 만나서 얘기를 들어봐야 상황을 파악할 수 있다는 초조함이 밀려왔다.

며칠 전에 왔던 YMCA를 지나자 바로 종로경찰서가 보였다. 서서히 속도를 줄이다가 문 앞에서 멈춘 인력거에서 내린 류경호는 돈을 주고 돌아섰다. 지난번처럼 정문을 지키고 있는 경찰에게 신분증을 보여주고 안으로 들어가려는 찰나, 계단 위 현관

문이 열리고 한 무리의 형사와 경찰들이 우르르 나왔다.

제일 앞에는 쥐색 코트를 입은 하야시 곤스케 경부가 보였다. 뒤따르던 형사와 애기를 나누며 계단을 내려온 하야시 곤스케 경부는 정문 옆에 서 있는 류경호를 보고는 걸음을 멈췄다.

"게이오 대학 졸업생 아닌가? 토요일 아침부터 어쩐 일인가?"

"박길룡 기수를 만나러 왔습니다. 최 사장님께서 전화를 하셨다고 들었습니다."

그러자 하야시 곤스케 경부가 귀찮다는 표정을 지었다.

"그놈의 영감탱이는 한 번 신세 진 걸 가지고 두고두고 우려먹는단 말이야."

"그나저나 무슨 증거가 있어서 체포를 한 겁니까? 이와이 조사부로 과장 말로는 명백한 증거가 있다고 했는데 지난번에 제가 왔을 때는 손도 못 대고 있다고 하지 않았습니까?"

류경호가 궁금했던 점들을 쏟아내자 하야시 곤스케 경부는 혀를 찼다.

"성미가 급하군. 증거는 만년필일세. 이인도의 머리가 발견된 어진 근처에서 박길룡 소유의 만년필이 발견되었지."

애기를 듣고 어처구니가 없어진 류경호가 쏘아붙였다.

"맙소사. 그게 증거라는 겁니까?"

그러자 하야시 곤스케 경부가 얼굴을 바짝 들이밀었다.

"물론 몇 가지 증거들이 더 있지만 기자인 자네에게 그걸 애기할 정도로 멍청하진 않아. 그 만년필이 박길룡 기수의 것이라고 이와이 조사부로 과장이 똑똑히 증언했네."

시대일보에 근무할 때 일본경시청의 최첨단 수사기법인 지문감식을 조선에도 도입했다는 기사를 취급했던 기억을 떠올린 류경호가 물었다.

　"그렇다면 지문은 확인해보셨습니까?"

　"이런 바보 같으니……."

　하야시 곤스케 경부가 어이가 없다는 표정으로 류경호를 쏘아봤다.

　"당연히 지문 같은 건 없었네. 설마 박길룡 기수가 지문을 남겨놨을 리가 있겠나? 깨끗해! 아무것도 없다 이 말이야."

　"지문도 없는 만년필을 가지고 범인으로 지목했다는 말입니까?"

　"안 될 게 뭐가 있나? 어차피 박길룡 기수는 용의자 중 한 명이었네. 현장을 누구보다도 잘 알고 있었고, 마음대로 드나들 수 있었지."

　버럭 소리를 지른 하야시 곤스케 경부가 독사 같은 눈으로 류경호를 쏘아봤다. 그러고는 살짝 웃으면서 덧붙였다.

　"거기다 조선인이고 말이야."

　"박길룡 기수가 이인도를 죽일 만한 이유라도 있습니까? 같은 조선인끼리 말입니다."

　"조선인끼리 서로 질투하고 증오하는 건 어제오늘 일이 아니야. 두 사람은 같은 기수로서 서로 기사로 먼저 진급하려고 신경전을 벌였다고 하더군."

　"맙소사. 그걸 증거라고 살인죄로 체포한 겁니까?"

"지금 박길룡 기수가 의열단이나 상해의 불령선인 단체와 연관되어 있는지 조사 중이야."

"박길룡 기수는 평범한 사람입니다. 툭하면 독립운동가라고 덮어씌우는 게 경찰이 할 일입니까?"

류경호가 목소리를 높이자 하야시 곤스케 경부가 불쾌한 표정을 지었다.

"우리 경찰은 증거와 증인에 따라서 움직인다. 그러니 박길룡 기수의 무죄를 증명하고 싶으면 증거를 가져오란 말이야! 난 그 증거를 보고 판단하겠다."

억지 쓰지 말라고 반박하려던 류경호는 얼굴을 바짝 들이민 하야시 곤스케 경부의 눈빛을 읽고는 입을 다물었다. 말은 거칠게 내뱉고 있었지만 눈빛은 의외로 차분하게 가라앉아 있었다. 주변에 보는 눈이 있어서 목소리를 높이고는 있지만 자신의 뜻은 아니라는 암시였다. 류경호가 알아듣겠다는 듯 조심스럽게 고개를 끄덕거리자 하야시 곤스케 경부가 살짝 웃으면서 쏘아붙였다.

"긴급 출동 중이니 방해하지 말아주겠나?"

그때 정문 앞 차고에서 나온 경찰차들이 멈췄다. 다른 형사와 경찰들이 차에 올라타는 걸 본 류경호는 한발 물러섰다.

"알겠습니다. 박길룡 기수를 만나게 해주십시오."

그러자 씩 웃은 하야시 곤스케 경부가 지나가는 조선인 경찰 보조원에게 손짓으로 불렀다.

"김 상. 여기 이 친구를 박길룡 기수와 면회시켜주게."

김 씨 성을 가진 경찰 보조원은 발뒤꿈치를 딱 붙이면서 "하이"라고 대답했다. 지시를 내린 하야시 곤스케 경부는 정문 쪽으로 걸어가서는 경찰차의 조수석에 올라탔다. 문을 닫으면서 류경호를 잠깐 쏘아봤다가 시선을 거뒀다. 경찰차들이 떠나는 모습을 지켜보면서 허리를 굽혀 인사를 한 경찰 보조원 김 상이 류경호에게 말했다.

"따라오십시오."

류경호는 그를 따라 종로경찰서 안으로 들어갔다. 사방에서 울리는 전화벨 소리와 호통 소리가 뒤엉켜서 정신이 없었다. 복도를 가로질러 간 경찰 보조원은 지하로 향하는 계단의 철문을 열고는 앞장서서 내려갔다.

나선형 계단을 따라 내려가자 깊은 어둠이 도사리고 있었다. 계단 끝의 철문을 열고 들어서자 천장의 흐릿한 전구 아래 쇠창살로 막힌 유치장이 복도 양쪽으로 쭉 펼쳐졌다. 환한 햇빛을 받는 종로의 거리 바로 옆에 이런 음침한 어둠의 공간이 있다는 점이 너무나 놀라웠다.

앞장서 걷는 경찰 보조원 김 상의 뒤를 따라 복도를 걸어간 류경호는 제일 끝 방에 도착했다. 허리춤의 열쇠로 문을 연 김 상이 손짓을 했다.

"면회실입니다. 기다리시면 데리고 오겠습니다."

안으로 들어간 류경호는 책상과 의자가 덩그러니 놓여 있는 황량함과 맞닥뜨렸다. 겨우 정신을 차리고 의자에 앉자 멀리서 발소리가 들렸다.

잠시 후 문이 열리고 그림자가 문턱을 넘어왔다. 수갑을 차고 들어선 박길룡 기수는 초췌하고 넋이 나간 표정이었다. 그를 데리고 들어온 경찰 보조원 김 상이 박길룡을 맞은편 의자에 앉히고는 류경호에게 말했다.

"면회 시간은 5분입니다."

류경호가 고개를 끄덕거리자 김 상은 문 옆에 서서 두 사람을 지켜봤다. 그는 몸을 기울여서 책상 건너편에 앉은 박길룡에게 물었다.

"괜찮습니까?"

쾡한 눈을 깜빡거리다가 정신을 차린 박길룡 기수가 힘없이 말했다.

"전 죄가 없습니다. 이인도 기수를 죽이지 않았습니다."

"알고 있습니다. 하야시 곤스케 경부가 왜 당신을 체포했는지 설명했습니까?"

"만년필 때문이랍니다."

"처음 만났을 때 잊어버렸다고 한 플래티넘 만년필 말입니까?"

류경호가 묻자 박길룡 기수는 고개를 끄덕거렸다.

"잊어버린 지 며칠 되었다고 얘기했지만 들은 척도 안 했습니다. 애초부터 저를 용의자로 주목하고 있던 차에 결정적인 증거가 발견되었으니 자백을 하라더군요. 전 이제 어찌 되는 겁니까?"

박길룡 기수의 얘기를 들은 류경호는 마른침을 삼켰다. 박길룡을 이런 식으로 엮어서 용의자로 체포했으니 자백을 받아서 최대한 신속하게 처리할 것이 분명했다. 하야시 곤스케 경부는 지금 돌아가는 상황이 자신의 뜻과 무관하고 마음에 들지 않는다는 암시를 주긴 했지만 어디까지나 개인적인 의견일 뿐이다. 상부에서 압력이 내려온다면 버티지는 않을 것이다. 아까 밖에서 얘기한 대로 의열단이나 상해의 불령선인 단체와의 연관성을 캐낼 것이 분명했다. 친척이나 친구 중에 연루된 사람이 있으면 같이 엮어 넣을 것이고, 못 찾는다면 조작해낼 것이다. 그 와중에 협박은 물론 고문까지 이어질 것은 불 보듯 뻔했다. 박길룡 기수는 단지 그곳에서 일하고 있었다는 이유만으로 삶을 송두리째 파괴당할 위기에 처한 것이다.

류경호는 사건에 휘말린 이후 처음으로 분노를 느꼈다. 독립운동가도 아니고 친일파는 더더욱 아니었던 그는 정탐소설을 좋아하는 평범한 사람이었다. 죽은 이인도 기수는 모험가를 꿈꾼 몽상가였고 말이다. 그런 두 사람 중 한 명은 토막이 나서 비참하게 죽었고, 다른 한 명은 살인자로 몰렸다. 단지 그곳에서 일하는 조선인이라는 이유만으로 말이다. 부글거리며 끓어오르는 분노를 애써 참으며 류경호가 박길룡에게 물었다.

"그 만년필을 마지막으로 본 게 언제입니까?"

질문을 받은 박길룡 기수는 수갑을 찬 손으로 머리를 감싸 쥔 채 고민을 하다가 대답했다.

"일주일 전 건축과 회의에 들고 가면서 본 게 마지막입니다."

대답을 하는 박길룡 기수의 어깨너머로 두 사람을 지켜보던 경찰 보조원 김 상이 몸을 일으키는 게 보였다. 면회를 끝낼 기미를 본 류경호는 다급하게 물었다.

"만년필을 구입한 곳은 어딥니까?"

뜻밖의 질문에 어리둥절해하던 박길룡 기수는 경찰 보조원 김 상이 다가와 어깨를 짚자 서둘러 대답했다.

"황금정 2정목에 있는 미야코 상점입니다."

"알겠습니다."

그걸로 대화는 끝났다. 김 상에게 끌려간 박길룡 기수의 발소리가 복도 너머로 사라질 때까지 꼼짝하지 못하고 있던 류경호는 저도 모르게 중얼거렸다.

"어쩌다 이렇게 일에 휘말린 거지?"

잠시 후, 박길룡을 유치장에 수감한 경찰 보조원 김 상이 돌아왔다. 그를 따라가 1층으로 올라간 류경호는 현관을 통해 밖으로 나왔다.

정문을 통과해서 종로로 나온 류경호는 저도 모르게 참았던 숨을 내쉬었다. 가까스로 정신을 차린 류경호는 고개를 돌려서 종로경찰서의 첨탑에 붙은 시계를 확인했다. 12시를 조금 넘긴 시각임을 확인한 류경호는 최남선이 기다리고 있는 경성역으로 가기 위해 지나가는 인력거를 불러 세웠다. 경성역이 목적지라고 일러주고 의자에 앉은 류경호는 생각에 잠겼다. 살인은 명백한 의미를 지니고 있었고, 그것을 풀어야만 살인범과 만날 수 있었다. 인력거꾼이 숨을 헐떡거리는 소리 너머로 전통과 근대, 역사와 식민지를 모두 품고 있는 경성의 풍경이 빠르게 지나갔다. 인력거꾼이 빨리 달린 덕분에 생각보다 빨리 경성역에 도착할 수 있었다. 한숨을 쉰 류경호가 인력거꾼에게 말했다.

"여기 세워주게."

인력거에서 내린 류경호는 작년 9월에 새로 지어진 경성역 광장으로 들어섰다. 경성역 광장으로 들어가는 입구 옆에는 선풍적인 인기를 끌고 있는 화학조미료 아지노모도의 광고 간판이 보였다. 안경을 쓴 남편이 숟가락을 든 채 흡족한 표정을 하고 있고, 뒤에는 저고리를 입은 조선 여인이 사실 아지노모도를 넣어서 이 맛이 난다는 듯 배시시 웃고 있었다.

붉은 벽돌과 화강암으로 만든 경성역은 2천 평이 넘는 어마어마한 규모를 자랑했다. 특히 중앙 부분 지붕에 올린 거대한 돔은 며칠 전 본 조선총독부의 돔만큼은 아니지만 압도적인 크기였다. 거대한 경성역과 그 앞에서 개미처럼 보이는 조선 사람들을 본 류경호는 복잡한 의미가 담긴 한숨을 쉬었다. 경성역과 경성부청사, 그리고 조선총독부까지 완성되면 일본은 자신들의 조선 통치가 단단히 뿌리를 내렸다는 것을 대대적으로 선전할 게 뻔했다.

경성역 지붕에 있는 높다란 굴뚝에서 검은 연기가 피어올랐다. 광장 한쪽의 그늘 아래는 기차에서 내릴 손님을 기다리는 인력거와 서울에서 몇 대 안 되는 택시들이 옹기종기 모여 있었다.

안으로 들어서자 거대한 화강암 기둥이 지탱하는 넓은 홀이 그를 기다렸다. 지붕의 돔에 있는 스탠드글라스에서 걸러진 햇살이 홀에 서 있는 사람들을 얼룩지게 만들었다. 홀의 구석에는 검은색 제복에 칼을 찬 순사들이 지나가는 사람들을 유심히 살펴보는 모습이 보였다. 류경호는 사용하는 데 3전을 내야 하는 유료변소와 대합실을 지나 계단을 올라갔다.

2층에 있는 그릴의 문을 열고 들어서자 유성기에서 흘러나오는 노랫소리가 들려왔다. 하얀 제복에 포마드 기름으로 머리를 말끔하게 넘긴 보이가 입구에 서 있다가 꾸벅 인사를 했다. 자리를 안내해주겠다는 그에게 기다리는 사람이 있다고 얘기하고는 그릴 안을 둘러봤다. 주말이긴 하지만 경성에서 돈가스나 오므라이스 같은 경양식을 맛볼 수 있는 몇 안 되는 곳이라서 그런지 양복을 입은 모던 보이나 기모노나 하오리 차림의 일본인 천지였다. 덕분에 회색 두루마기 차림의 최남선은 금방 눈에 띄었다.

류경호는 창가 쪽 좌석으로 걸어갔다. 그가 맞은편 의자에 앉을 때까지 창밖에서 눈을 떼지 않던 최남선은 유리잔에 담긴 물로 목을 축였다. 들고 다닌 스틱을 창가에 기대어 놓으며 류경호가 물었다.

"언제 오셨습니까?"

"10분쯤 되었네. 출출할 테니 일단 식사부터 하세."

헛기침을 한 그는 보이가 내민 메뉴판을 펼쳤다.

"돈가스와 커피 부탁하네."

류경호는 오므라이스와 칼피스를 주문했다. 보이가 물러난 후 최남선이 그에게 물었다.

"박 군은 어떤가?"

"아직 고문을 당하지는 않았지만 범인으로 몰린 것 같습니다."

"아까 이와이 경부랑 통화할 때 명백한 물증이 있다고 했던데 말이야."

"현장에서 박길룡 기수의 만년필이 발견되었답니다."

"어떤 현장 말인가?"

"머리가 발견된 대회의실의 어진 옆이었답니다."

류경호의 얘기를 들은 최남선이 눈을 살짝 찡그렸다.

"고작 그걸 가지고 범인으로 단정했단 말인가?"

"확인해봤는데 지문도 나오지 않았답니다."

"범행 발생 후에 누군가가 박길룡 기수에게 누명을 씌우기 위해서 조작했다는 얘기군."

"건축과의 이와이 조사부로 과장이 의심스럽습니다. 박길룡 기수를 체포할 때도 현장에 나타났고요."

"그자는 나도 주목하고 있네. 유독 조선인을 미워하는 자로 소문이 나 있어서 말이야."

"그리고 그 만년필 건은 제가 사흘 전에 종로경찰서에서 봤던 현장 보고서에는 전혀 언급되지 않았던 겁니다."

"그럼 사건이 벌어진 후에 현장에 만년필을 가져다 놨다는 얘기가?"

"범인은 이인도 기수를 죽이고 전기톱으로 토막 내서 총독부 곳곳에 가져다 놓았습니다. 잔인하기도 하지만 그만큼 치밀한 자입니다."

"맞아. 덕분에 엉뚱한 사람이 범인으로 몰렸지."

"그런데 만년필 같은 걸 떨어뜨리는 실수를 저질렀다니 말도 안 됩니다."

"글자 그대로 실수일 수 있지 않은가?"

최남선의 반문에 류경호가 고개를 저었다.

"대리석 바닥이라 발소리도 크게 울렸습니다. 만년필이 떨어졌다면 분명 소리가 났을 거고, 그걸 못 들었을 리 없습니다."

"하긴."

"거기다 대회의실은 공사만 완료되었을 뿐 다른 가구 같은 전혀 없었습니다. 만약 떨어진 만년필이 책상 아래로 굴러가서 못 찾았다면 모를까, 그렇게 탁 트인 넓은 곳에서 못 볼 리가 없습니다."

류경호는 흥분한 나머지 점점 목소리가 높아졌다.

"가장 어처구니가 없었던 점은 지문이 나오지 않았다는 겁니다. 시신을 옮기다가 실수로 떨어뜨렸는데 지문이 안 나왔다는 게 말이 됩니까?"

"그게 사실인가?"

"네. 지문을 지울 정도의 여유가 있었다면 거기에 두고 갈 리가 없었겠죠. 앞뒤가 안 맞습니다."

"그럼 누명이란 얘기군."

"가장 이해가 가지 않는 건 하야시 곤스케 경부가 움직인 겁니다."

류경호의 말에 최남선도 같은 생각이라는 듯 고개를 끄덕거렸다.

"나도 그게 이상하네. 그래도 경찰 중에서는 나름 자존심도 있고, 원칙주의자라서 그자가 조사한다고 했을 때 조금 안심을 했거든."

"저와 만났을 때는 윗선에서 사건 조사를 막는다고 투덜거렸는데 며칠 만에 갑자기 태도가 돌변한 겁니다."

"나도 그 부분이 가장 이해가 가지 않네. 평소의 하야시 곤스케 경부답지 않아서 말이야."

최남선의 대답을 들은 류경호는 전차를 타고 오면서 내내 생각했던 이야기를 털어놨다.

"배후가 있는 게 분명합니다."

눈을 깜빡거리면서 입을 열려고 하던 최남선은 주문을 받아 간 보이가 쟁반을 들고 다가오자 입을 다물었다. 김이 모락모락 나는 돈가스와 오므라이스를 내려놓고는 보이가 멀어지자 최남선이 다시 입을 열었다.

"하야시 곤스케 경부를 조종할 정도로 말인가?"

"조종 정도가 아닙니다. 하야시 경부가 저에게 만년필에서 지문이 안 나왔다고 얘기하면서 증거를 가져오라고 고래고래 소리를 질렀습니다. 주변 사람들에게 들으라는 듯이 말입니다."

"마음에 들지 않지만 따를 수밖에 없을 정도의 존재가 버티고 있는 모양이군."

"이제 어떤 압력에도 버틸 수 있는 명백한 증거를 찾는 것밖에는 해결할 방법이 없습니다."

류경호의 얘기를 들은 최남선이 의미심장한 미소를 지었다.

"처음에는 별로 생각이 없더니 이제는 필사적으로 매달리는군."

"눈앞에서 한 사람이 인생이 망가지는 걸 그냥 두고 볼 수는 없으니까요. 평범하게 자기 일에 만족하면서 사는 사람입니다."

울컥한 류경호가 불끈 쥔 주먹을 테이블 아래로 감췄다. 그 모습을 본 최남선이 가볍게 한숨을 쉬었다.

"결국 걱정이 현실로 변했군. 그들이 이인도 기수의 죽음을 박길룡에게 뒤집어씌워서 처리하려는 모양이야."

"그들이 누구입니까?"

류경호의 예리한 질문에 최남선은 가방에서 만년필을 꺼내서 넵킨에 쓱쓱 글씨를 썼다. 그리고 류경호에게 내밀었다.

"일동회!"

"나도 소문으로만 들은 단체일세."

"뭐 하는 모임입니까?"

류경호가 묻자 주저하던 최남선은 어깨를 으쓱거렸다.

"정확하게는 잘 모르겠네. 조선으로 건너온 일본인 고위관료와 언론인, 경찰 간부들이 구성한 단체라는 정도밖에는 말이야."

"흑룡회*나 현양사** 같은 겁니까?"

"흑룡회나 현양사는 일본 해외진출의 첨병 역할을 하는 조직이고, 일동회는 해외에 진출한 일본인들의 이익을 대변하는 집단일세. 물론 일동회의 핵심 인물에는 흑룡회나 현양사 활동을 했던 자들이 포함되어 있네."

---

* 黑龍會, 일본어로는 고쿠류카이라고 읽는다. 일본의 우익 폭력조직으로 1901년 결성되었다.
** 玄洋社, 일본어로는 겐요샤라고 읽는다. 을미사변을 일으킨 일본의 우익단체다.

"자기들이 차지한 이권을 독점하기 위해 뭉친 거군요."

냅킨을 내려다본 류경호의 말에 최남선이 고개를 끄덕거렸다.

"사실 일동회는 흑룡회나 현양사 같은 조직에 비해서 굉장히 느슨한 편이네. 휘하 조직도 없고, 기관지를 내거나 자금을 모으지도 않아. 덕분에 외부에는 거의 알려지지 않았지."

"그럼 그 일동회는 어떤 식으로 움직이는 겁니까?"

"남들 눈에 띄지 않는 곳에서 정기적으로 회동을 열어. 거기에서 중요한 안건들을 논의하고 처리하지."

"안건을 처리할 하부조직이 없다는 건 참석자들의 권력이나 재력이 충분하기 때문입니까?"

잠시 생각하던 최남선이 고개를 끄덕거렸다.

"맞아. 참석자들의 직책이나 영향력은 충분하니까 굳이 하부조직을 둘 필요가 없지. 필요하면 흑룡회나 현양사의 조직을 이용할 수도 있으니까 말이야."

"그들의 존재는 어떻게 아셨습니까?"

"전기부영화운동 덕분일세. 그게 뭔지는 자네도 알고 있지?"

"조선와전에서 맡고 있던 전차와 전기의 운영을 부산부에서 맡으라고 한 운동 아닙니까?"

"맞네. 경성도 그렇고 평양과 부산 같은 대도시의 전기 공급이나 전차의 운영은 모두 민간회사가 맡고 있어. 문제는 수익을 내야 하는 회사다 보니까 주민들의 편의는 아랑곳하지 않았다는 거지."

최남선이 세운 시대일보에서 일할 때 경성 지역의 전기를 공급하는 경성전기주식회사에 관한 문제를 취재한 적이 몇 번 있던 류경호는 무슨 뜻인지 바로 알아차렸다. 한 지역에 하나의 회사만 있는 독점 공급 방식이다 보니 가격은 높고 서비스는 형편없는 경우가 많았다.

"부산은 그중 상태가 최악이었지. 부산 시내를 운행하는 전차들은 노선도 적었고, 너무 낡아서 운행 중에 서는 일이 부지기수였어. 교체 요구가 빗발쳤지만 조선와전에서는 정작 돈벌이가 되는 동래 온천과 연결되는 노선을 늘리는 데만 정신이 팔렸지. 조선와전 소유의 온천이 있었다는 소문이 돌 정도였으니까 말 다했지. 전기값도 너무 비싼 편이었고 말이야."

"그래서 전기부영화운동이 일어났군요."

"처음에는 전차 승무원들의 무례함이 원인이었지. 어쨌든 전차를 주로 이용하는 것은 조선 사람들인데 안내를 일본어로만 하니까 알아듣지 못할 수밖에. 거기다 조금만 느리게 움직이거나 머뭇거리면 욕설을 퍼붓는 바람에 원성이 자자했다네."

"경성이랑 비슷하군요."

경성에서 운행되는 전차의 승무원과 검표원들은 특유의 무례함으로 악명 높았다. 고래고래 소리를 지르거나 승객들을 걸어차는 일까지 벌어지는 바람에 경찰서에서 주의조치를 줄 정도였다. 거만하고 무례한 전차 승무원들을 비꼬거나 조롱하는 신문 만평은 늘 인기였고, 별세계에서도 그들을 조롱하는 기사를 몇 번 내보낸 적이 있었다.

"처음에는 조선 사람들이 주동이 되었다네. 시외에 살면서 시내로 들어가느라 전차를 자주 이용해서 더 큰 피해를 입었거든. 거기다 요금체계도 불합리해서 일본인보다 더 많은 요금을 내는 일까지 겹쳐서 말이야. 그래서 부산부나 조선와전에서도 크게 신경 쓰지는 않았지. 그러다가 몇 년 전부터 일이 묘하게 흘러갔지."

"어떻게 말입니까?"

"부산부에 사는 일본인들이 전기부영화운동에 끼어든 거야."

"일본인들이 왜요?"

"그들 역시 불편했거든. 처음 시작된 전차 문제에서 나중에는 전기요금 문제까지 확대되었던 게 결정적이었어. 부산부에서 전기를 많이 쓰는 건 일본인 공장주랑 가게 주인들이었으니까. 그래서 부산의 전기부영화운동에는 조선인과 일본인이 함께하게 되었네."

"결국 조선인이고 일본인이고 자기 눈앞의 이익 앞에서 뭉쳤군요."

류경호가 고개를 절레절레 젓자 최남선이 대답했다.

"이익이 아니라 손해를 안 보겠다는 마음이 컸지. 부산의 전기요금은 경성보다 비쌌거든. 일본인 유지들이 장악한 부산부협의회가 나서면서 전기부영화운동은 탄력을 받았다네."

"그렇겠죠. 부산은 일본과 가까워서 경성만큼 일본인이 많이 사는 곳이잖아요."

"맞아. 그래서 부산의 일본인들도 자기 이익에 따라서 전기부영화를 찬성하거나 혹은 반대했지. 찬성파를 부영파, 반대파를 전벌파라고 불렀지만 사실 9할 이상은 부영파였네. 거기다 부산부의 부윤들도 대개 부영화에 찬성하는 경향이 많았네. 그런데도 아직 결론이 안 난 이유가 무엇 때문일 거 같나?"

"일동회가 개입했다는 겁니까?"

가만히 고개를 끄덕거린 최남선이 창밖을 바라보면서 한숨을 쉬었다.

"조선와전 쪽이 일동회 라인일세. 그래서 찬성파인 부산 부윤이 자주 교체되고, 전벌파들이 그나마 버티는 중이지."

"무시무시하군요."

창밖을 내다보던 최남선이 류경호를 바라보면서 입을 열었다.

"그자들이 진짜 위험한 이유가 뭔지 알아?"

"뭡니까?"

"신념이 없다는 거지."

"그게 위험한 겁니까?"

"흑룡회를 만든 우치다 료헤이나 현양사를 만든 도야마 미쓰루 같은 자들은 명백한 신념이 있네. 그래서 어떻게 움직이는지 파악이 가능해. 하지만 이자들은 그런 신념 대신 자신들의 이익을 지키는 데만 열중하네. 스스로를 드러내지도 않고, 어떤 생각을 하는지도 알 수 없어. 가장 위험한 건 눈에 보이지 않는 적이라네."

"그들이 이번 일을 꾸밀 이유가 있습니까?"

질문을 받은 최남선은 포크와 나이프를 집어 들었다.

"지난번에 얘기했던 것처럼 총독부는 3·1운동 이후 문화정책을 펴고 있네. 신문과 잡지의 창간을 비롯해서 태형 금지령 같이 여러 가지 조치들이 취해졌고, 그중 하나가 조선인 관리의 채용 확대지. 그들은 총독부의 이런 방침에 반발하고 있지. 일본인의 일자리를 빼앗기게 되고, 미개한 조선인에게 쓸데없이 희망을 안겨준다는 이유로 말일세."

숟가락을 든 류경호가 고개를 갸웃거렸다.

"일본인 관료와 경제인들이 일본 정부의 방침에 반대한다는 말입니까?"

"조선인과 경쟁해야 한다는 사실이 마음에 안 드는 것이지. 대놓고는 못 하지만 그런 기류가 일본인, 특히 조선에 건너온 일본인 사이에서 광범위하게 퍼지고 있네."

"그들이 움직였다는 말씀이십니까?"

질문을 받은 최남선이 고개를 끄덕거렸다.

"합방 이전에 조선으로 건너온 일본인들은 오히려 그때가 좋았다고 말하고 있네."

"왜 그런 겁니까?"

"국가를 위해 희생했다는 자부심이 사라지고, 조선인과 똑같은 대접을 받게 된 점에 불만이 컸다네. 합방 이전에 조선에 건너오는 건 모험이자 도전이었어. 낯선 땅에서 자리 잡기도 쉽지 않았고, 의병들이 일어나서 생명의 위협을 느낀 적도 많았지."

"그들 입장에서는 그랬을 수도 있겠네요."

"청일전쟁과 러일전쟁 때 국가를 위해 헌신했는데 정당한 보상을 못 받았다는 피해의식이 좀 남아 있네. 거기다 을사년에 조약이 체결되면서 조선 땅에 이사청*이 세워지고 나서 이곳의 일본인들은 자신만의 세계를 구축했다네. 본국의 간섭도 덜하고, 조선인의 눈치는 보지 않았던 그때야말로 천국 같던 시기였다고 대놓고 말하는 자들이 많아."

"그런 사람들에게는 조선이 식민지가 된 게 불만일 수도 있다이 말인가요?"

류경호가 믿기지 않는다는 말투로 묻자 최남선이 희미하게 웃었다.

"생각해보게. 오래전부터 이 땅에 자리 잡고 있던 일본인들은 본국이 드디어 조선을 집어삼키자 자기 세상이 온 줄 알았겠지. 하지만 총독부는 조선인과 일본인을 구분하지 않고 통치의 대상으로 봤다네. 거기다 내지의 산업을 보호하기 위해 조선 땅에 공장을 짓지 못하게 만들었어. 기대했던 특권이나 이익 대신 오히려 탄압을 받는다고 생각할 여지가 충분하지 않겠나."

"그렇긴 하겠네요."

"3·1만세운동 전에 경성신문 같이 일본인이 운영하는 신문사에서 총독부의 무단통치를 비판하는 기사를 괜히 냈던 게 아닐세. 민족보다 앞선 게 자신의 이익이니까 말이야. 일동회는 그런 사람들의 목소리를 대변하기 위해서 만들어진 단체일세. 정확하게는 그걸 바탕으로 자신들의 이익을 지키기 위해서 움

* 理事廳, 을사늑약 체결 이후 조선에 거주하는 일본인을 관리 감독하기 위해 일본 통감부가 세운 관청.

직이지."

"그들이 움직이고 있다 이 말이군요."

류경호의 말에 최남선이 고개를 끄덕거렸다.

"하야시 곤스케 경부가 갑자기 태도를 바꾼 것을 보면 그들의 입김이 들어간 게 확실해."

"자존심 강한 그 사람이 입도 뻥긋 못 할 정도여서 엄청난 권력이 찍어 누르고 있다는 느낌을 받았습니다."

"맞아. 아무튼 이 사건을 핑계로 총독부의 조선인 관리들을 모두 몰아내려고 들겠지."

두려움 가득한 박길룡 기수의 얼굴이 떠오른 류경호는 숟가락으로 오므라이스를 폭 찔렀다. 그러고는 아무 말 없이 배를 채웠다. 그걸 본 최남선 역시 나이프로 자른 돈가스를 포크로 찍어서 입에 넣었다.

두 사람은 식사를 마칠 때까지 아무 말도 하지 않았다. 냅킨으로 입을 닦은 최남선이 치우라는 손짓을 하자 입구에 서 있던 보이가 다가와 빈 접시를 치웠다. 그리고 주방에 가서 커피와 칼피스를 내왔다. 가볍게 트림을 한 최남선이 입을 열었다.

"엎친 데 덮친 격이군. 나는 낙성식 전에만 해결하면 될 줄 알았는데 이런 일이 벌어질 줄이야."

"그렇다면 진범을 잡거나 박길룡을 모함한 사람을 잡아도 방법이 없겠군요."

"모함? 누구 짓인지 알아냈나?"

최남선이 눈빛을 반짝거리면서 묻자 류경호는 조심스럽게

대답했다.

"조사를 더 해봐야 되겠지만 이와이 조사부로 과장이 의심스럽습니다."

"그렇게 생각한 이유가 있는가?"

칼피스를 한 모금 마신 류경호가 창밖을 내다보면서 입을 열었다.

"아까 말씀드린 것처럼 종로경찰서에 가서 현장 보고서를 봤을 때 시신 주변에 만년필 같은 유류품이 발견되었다는 것은 보지 못했습니다. 그것은 즉, 누군가 사건 발생 이후에 만년필을 현장에 가져다 놨다는 얘기가 됩니다."

"그게 이와이 조사부로 과장인가?"

최남선의 말에 류경호는 어제저녁때 봤던 그의 모습을 떠올리면서 대답했다.

"좀 더 조사해봐야겠지만 만년필의 발견자가 이와이 조사부로 과장이라고 했으니까 그럴 가능성이 높습니다. 그리고 저 같으면 부하직원이 살인죄로 끌려가는 걸 지켜보면서 그렇게 통쾌해하지는 못할 겁니다."

"그렇다면 일단 이와이 조사부로 과장의 소행이라는 걸 밝혀내는 게 우선이겠군."

"밝혀내도 소용이 있겠습니까? 하야시 곤스케 경부가 지난번에 의열단 얘기를 했습니다. 이 건을 의열단이랑 엮기로 마음먹었다면 막는다는 건 불가능합니다."

냉소적인 류경호의 얘기에 최남선이 시선을 창밖으로 던졌

다. 열차가 방금 도착했는지 방금 전까지 조용했던 경성역 광장
은 오가는 사람들과 그들을 상대로 한 장사꾼들의 목소리가 메
아리쳤다. 개미 떼처럼 보이는 그들을 물끄러미 바라보던 최남
선이 시선을 떼지 않은 채 입을 열었다.

"사실 계란으로 바위 치기일지도 모르지. 하지만 한 사람의
경력과 인생이 걸린 문제일세. 그 사람은 범죄를 저지른 게 아
니고 독립운동가는 더더욱 아닐세. 지금 이 땅에 친일파와 독
립운동가만 살고 있겠는가? 대다수는 하루하루 살아가는 평범
한 사람들일세. 최소한 그들이 죽거나 다치는 일은 없도록 해
야지."

최남선의 얘기를 들은 류경호도 말없이 창밖을 바라봤다. 그
리고 겁에 질려 있던 박길룡 기수의 모습이 떠올랐다. 답답함에
목이 마른 그는 말없이 잔을 들어 칼피스를 한 모금 마셨다. 류
경호의 침묵을 지켜보던 최남선이 헛기침을 했다.

"나는 일동회에 대해서 알아보겠네. 자네는 이와이 조사부로
과장의 음모를 분쇄해주게."

그러자 잔을 내려놓은 류경호가 물었다.

"그게 무슨 의미가 있습니까? 어차피 죄를 뒤집어씌우기로
한 이상 진실을 밝힌다고 물러서지는 않을 텐데 말입니다."

뜻 모를 그의 물음에 최남선은 반쯤 비운 커피 잔을 내려다
봤다.

"겉으로 보이기에는 완벽한 것도 자세히 살펴보면 빈틈이 보
이기 마련이지. 일동회도 마찬가지일 거야. 그러니 진실을 무기

로 빈틈을 들쑤셔보도록 하세."

최남선의 얘기를 들은 류경호는 아까처럼 창밖으로 시선을 던졌다. 온 가족이 올라왔는지 초췌한 모습을 한 부부가 보따리를 들고 아이들의 손을 잡아끈 채 광장으로 나왔다. 어디로 가야 할지 갈피를 잡지 못하던 부부는 광장 끝에서 끝까지 오가면서 사람들을 붙잡고 길을 물어봤다. 하지만 깍쟁이 같은 경성 사람들은 낯선 사람들에게 좀처럼 친절을 베풀지 않았다.

갈팡질팡하는 그들의 모습을 물끄러미 내려다보면서 류경호는 생각을 정리했다. 당장 가장 시급한 건 박길룡에게 씌워진 누명을 벗기는 일이었다. 하지만 사건을 조사하는 동안 박길룡 기수가 고문을 견디리라는 보장이 없었다.

생각에 잠겨 있던 류경호의 머릿속에 만년필이 떠올랐다. 어처구니없게도 사라진 만년필을 증거라고 내민 이와이 조사부로 과장의 뻔뻔함에 화가 치밀어 올랐다가 퍼뜩 어떤 생각이 떠올랐다. 생각을 정리한 류경호가 최남선에게 시선을 돌렸다.

"내일 오전 11시에 하야시 곤스케 경부의 사무실에 관련자들을 모두 모이게 해줄 수 있으십니까?"

"관련자들이라고 하면?"

"하야시 곤스케 경부와 이와이 조사부로 과장, 사장님과 저, 그리고 박길룡 기수 말입니다. 그리고 30분 전에 제가 박길룡 기수를 면회할 수 있게 손을 써주십시오."

"그렇게 하면 문제를 해결할 수 있겠나?"

간절함이 담긴 최남선의 눈길을 본 류경호는 쓴웃음을 지으며 말했다.

"말씀하신 대로 박길룡 기수가 의열단이나 독립운동단체와 연관이 되었다는 자백을 하면 그대로 끝납니다. 고문이 시작되면 얼마나 버틸 수 있겠습니까?"

"종로경찰서의 고문은 악명 높으니까 오래 견디지는 못할 거야."

"맞습니다. 그 전에 일단 누명부터 벗어야 합니다."

"그게 가능하겠나?"

"상대방이 너무 어처구니없는 방법을 썼습니다. 우리도 같은 방식을 쓰면 됩니다. 일단 박길룡 기수의 무죄를 증명하고 난 이후 진범을 찾아야 합니다."

그러자 최남선이 고개를 끄덕거렸다.

"그럼 자네만 믿고 일을 진행하겠네. 내일 오전에 보세."

커피를 마저 마신 최남선이 계산을 하기 위해서 출입문 옆 계산대로 향했다. 최남선이 그릴의 문을 열고 나간 후에도 류경호는 한동안 창밖을 내다보면서 생각을 정리했다. 그러다가 남은 칼피스를 마시고는 나른한 음악이 흘러나오는 그릴을 나섰다. 보이의 무미건조한 인사를 뒤로한 채 계단을 내려온 류경호는 광장으로 나왔다. 아까 창밖에서 봤던 시골뜨기 가족들은 제 갈 길을 찾아갔는지 보이지 않았다. 광장을 가로질러 전차 정거장으로 향한 류경호는 털컹거리며 다가오는 전차를 탔다. 좌우 성벽이 모두 잘려져 나간 남대문을 스쳐 지나간 전차는 남대문통을 지나서 경성의 일본인 주거지인 황금정으로 향했다.

황금정 2정목 정류장에서 내린 류경호는 숨을 고른 채 주변을 살폈다. 청계천 너머 조선인 주거지인 종로와는 딴판이었다. 일본식, 혹은 양식으로 지은 건물들이 길 양쪽으로 펼쳐졌다. 종로통은 아직 큰길조차 가로등이 제대로 설치되어 있지 않은 반면, 이곳은 좁은 골목길 안쪽까지 은초롱꽃 모양의 가로등과 함께 제과점과 음반가게, 카페와 양과자점, 귀금속점들의 간판이 보였다.

주말이라 그런지 길을 오가기가 불편할 정도로 사람들이 많았다. 좌우의 간판들을 쭉 따라가던 그는 마침내 원하는 곳을 찾았다. 문을 열고 안으로 들어가자 하얀 기모노를 차려입은 일본 아가씨가 인사를 건넸다. 가볍게 눈인사를 한 류경호는 백발의 주인이 있는 유리 진열장 쪽으로 다가갔다. 돋보기를 낀 채 시계를 들여다보던 주인이 눈을 들자 류경호는 일본어로 물었다.

"플래티넘 만년필을 사러 왔습니다."

"혹시 눈여겨보셨던 게 있습니까?"

"넘버 51 골드 모델을 보러 왔습니다."

돋보기를 뺀 주인이 진열장 안에서 검은색 만년필 한 개를 조심스럽게 꺼냈다. 그리고 그중 하나를 들고 뚜껑을 열었다.

"좋은 만년필이지요. 손으로 쥐고 글을 쓰기에 가장 적당합니다."

뚜껑을 진열장 위에 조심스럽게 세워놓은 주인이 황금색 펜촉을 류경호의 눈앞에 들이밀었다.

"14K로 만든 펜촉은 또 어떻고요? 시중에서 파는 싸구려 펜촉과는 비교할 수 없을 정도의 촉감으로 글씨를 쓸 수 있습니다. 플래티넘 만년필은 별다른 기교를 부리지 않아서 겉모양이 투박하고 화려한 맛은 없지만 사각거리는 필기감 하나는 최고라고 할 수 있죠."

자부심이 가득한 주인의 설명이 끝나자 류경호는 만년필을 잠시 들여다봤다. 그러고는 고개를 들어서 주인에게 말했다.

"이걸로 하겠습니다."

"좋은 선택이십니다, 손님."

공손히 고개를 숙인 주인이 만년필을 케이스에 넣었다. 값을 치르고 상점을 나온 류경호는 별세계로 돌아갔다. 오후 4시쯤이었는데 사무실 안은 그야말로 침묵에 빠져 있었다. 매주 이 시각에 기자들이 가장 싫어하는 원고 기획회의가 있기 때문이었다.

자리에 앉은 그는 원고지를 펼쳤다. 그리고 새로 사 온 만년필을 꺼내서 쓱쓱 글을 써나갔다. 벽시계가 4시를 알리는 소리를 내자 여기저기서 한숨이 들려왔다. 담배를 꺼내 입에 문 손상섭 부주간이 기자들에게 말했다.

"다들 어디 아파? 왜 이 시간만 되면 죽지 못해 사는 얼굴들을 하고 그래."

그의 말에 기자들이 아무 대꾸 없이 책상에 놓인 원고지만 들여다봤다. 매일 마감하는 신문사와 달리 한 달에 한 번만 잡지를 내면 되는 탓에 별세계의 마감은 촉박함 같은 것은 찾아볼 수 없다. 하지만 손상섭 부주간은 일주일에 한 번씩 주말마다 이런 식으로 압박감을 주는 회의를 열면서 기자들을 옥죄었다. 서랍을 열고 그동안 완성된 원고들을 꺼낸 손상섭 부주간이 한 손으로 원고 뭉치 위에 올려놨다.

"지금까지 마감한 원고랑 앞으로 들어올 것까지 원고지로 2백 장 정도가 더 필요해. 다음 주까지 마무리하지 못하면 경성 야간 대탐방으로 마무리를 지을 거니까 알아서들 해."

야경꾼을 따라다녀야 하는 야간 대탐방은 기자들이 질색해하는 일이었다. 껌껌한 밤중에 경성 시내를 돌아다녀야 하는 데다가 이야깃거리도 생각보다 많지 않았기 때문이다. 다들 눈치를 보는 가운데 헛기침을 크게 한 정수일 기자가 말했다.

"저랑 류 기자가 위생과 체험 기사를 좀 길게 써볼까요?"

"똥이랑 쓰레기 얘기를 길게 하면 누가 좋아한다 그래? 좀 신선한 걸 해야지."

퇴짜를 맞은 정수일 기자가 입을 다문 가운데 지켜보던 유대수가 손을 들었다.

"경성 시대 카페 여급들 얘기는 어떨까요? 올 초 기사 나왔을 때 반응 좋았잖아요."

얘기를 들은 손상섭 부주간이 가만히 고개를 끄덕거렸다.

"그냥 소개 기사는 밋밋하니까 재미있는 얘기들을 양념으로 넣어봐. 카페 여급이랑 손님이랑 이러쿵저러쿵 얽인 얘기들 있을 거 아냐? 정사사건 같은 거면 더 좋고."

"찾아보겠습니다."

"그럼 월요일부터 타이거 다방부터 싹 뒤져봐. 자극적인 거

더 찾아서 1백 매 채워."

"예."

"그리고 총독부 탐방 기사는 어떻게 됐어, 류 기자?"

손상섭 부주간의 질문의 화살에 류경호가 대답했다.

"지금 쓰고 있는 중입니다. 월요일까지 마감하겠습니다."

"50매 정도 채울 수 있겠어?"

"해보겠습니다."

"그러면 50매 정도 남았는데 뭐로 채울까?"

질문을 받은 기자들은 서로의 얼굴을 바라봤다. 얘기를 하는 것은 별로 어렵지 않지만 입 밖으로 꺼내는 순간 책임을 져야 했기 때문이다. 아무 얘기들이 없자 손상섭 부주간이 우울한 표정으로 말했다.

"이럴 줄 알았어. 월요일 날 오후에 각자 밖으로 나가서 기삿거리들 찾아오는 걸로 하지. 제일 늦게 쓰는 기자가 다음 달 탐방 기사를 맡을 줄 알아. 그리고 내일 오후에 나와서 일들 마무리해."

엄포 아닌 엄포에 기자들이 바짝 긴장하는 모습을 지켜본 손상섭 부주간이 히죽 웃었다. 류경호는 아까 들어오면서 산 만년필로 원고지에 기사를 썼다. 그러면서 총독부에서 보고 들었던 정보들, 그리고 내일 어떻게 해야 할지를 계속 생각했다. 그렇게 시간을 보내다가 퇴근이 가까워지자 손상섭 부주간에게 다가갔다.

"내일은 현장으로 바로 출근했다가 와도 되겠습니까?"

"육당 선생 만나러 가는 건가?"

기대에 찬 손상섭의 말에 류경호는 고개를 끄덕거렸다.

"긍정적으로 생각해보신다고 했습니다."

"알겠네. 다음 호에 실을 수 있게 추진해주게."

자리로 돌아온 류경호는 퇴근 준비를 했다. 그리고 한잔하자는 정수일 기자의 제안을 뿌리치고 원서동에 있는 이인도의 하숙집이자 자신의 임시 거처로 향했다. 골목길 초입에 있는 설렁탕 집에서 저녁을 해결한 그는 대문을 열고 안으로 들어갔다. 좁은 마당이 스쳐 지나가는 햇살을 조금 머금고 있었다. 툇마루에 앉아서 신발을 벗은 그는 마당을 보면서 잠깐 한숨을 쉬었다. 죽은 자의 방에서 또 다른 죽음을 막아야 한다는 사실이 못내 부담스러웠다. 그때 장을 보고 오는지 채소를 한 보따리 든 하숙집 여주인이 집으로 들어섰다.

"오늘은 일찍 들어오셨네?"

"네. 일이 별로 없네요."

"그래도 샐러리맨들은 바쁜 게 좋은데."

이런저런 얘기를 하면서 부엌으로 들어간 하숙집 여주인을 잠시 바라보던 류경호는 몸을 일으켜 미닫이문을 열고 방으로 들어갔다. 그리고 들어서는 순간 미묘한 변화를 느꼈다. 모든 것이 그대로였지만 누군가가 방 안에 들어왔었다는 느낌을 지울 수가 없었던 것이다. 머리 위의 전구를 켜고 방 안을 천천히 살펴봤다. 딱히 꼬집을 수는 없었지만 누군가가 방을 뒤진 게 확실했다.

가방을 구석에 내려놓은 류경호는 미닫이문을 살짝 열고 바깥을 살폈다. 감시하는 눈길은 보이지 않았다. 미닫이문을 닫은 류경호는 다시 방 안을 살펴봤다. 별다른 이상한 점을 찾지 못했지만 분명 그가 이곳에 온 것을 불편하게 생각하거나 혹은 의심하는 사람이 주변에 있는 게 분명했다. 미닫이문을 살짝 열고 바깥 동정을 살펴봤지만 하숙집 안은 조용했다.

포기하고 문을 닫으려는 찰나, 대각선 쪽의 미닫이문이 열리고 황장석이 모습을 드러냈다. 구멍 난 메리야스 차림의 그는 마당에 서서 담배 파이프를 입에 물고 불을 붙였다. 자연스러운 모습이긴 했지만 쌀쌀한 날씨에 왜 방이 아니라 밖으로 나와서 담배를 피우는지 알 수 없었다.

일단 바깥을 바라보던 시선을 거둔 류경호는 재차 방 안을 살펴봤다. 그의 짐이 어느 정도 가려버렸지만 이인도의 흔적들이 방 안 곳곳에 남아 있었다. 특히 건축 관련 책들을 빼고도 적지 않은 책들이 있었다. 모험가가 꿈이었다는 박길룡 기수의 말대로 그는 책을 통해 공상에 빠져들었던 것 같았다.

5

1926년 9월 26일
일요일, 경성

아침에 눈을 뜬 류경호는 옷을 차려입고 나갈 준비를 했다. 코트를 입은 다음 가방을 챙겨서 마지막으로 방을 둘러보고 나서려는데 문득 생각이 하나 떠올랐다. 그는 서랍을 열어서 지난번 하숙집에서 챙겨 온 잉크병을 꺼냈다. 뚜껑을 조심스럽게 연 다음 서랍 안쪽과 책장 뒤쪽에 조금씩 묻혔다. 잉크병을 도로 넣은 다음 미닫이문을 열고 나서는데 때마침 하숙집 여주인이 쟁반을 들고 부엌에서 나왔다.

"일요일인데 출근하세요?"

"회사 일이 바빠서 나가보려고요."

"아이고, 한가한 거보다야 바쁜 게 훨씬 좋죠. 이거 몇 개 드시고 가세요."

"그게 뭡니까?"

류경호의 물음에 하숙집 여주인이 정철수의 방을 흘끔 쳐다보면서 대답했다.

"정철수 학생이 파는 갈돕만주예요. 가끔씩 하숙집 사람들 먹으라고 남겨 오네요."

하나를 들어서 살펴보니 길가에서 파는 만주에 서로 손을 잡은 모양의 갈돕회 로고를 찍은 것이었다. 때마침 맞은편 방에서 낡은 교복 차림의 정철수가 나오는 게 보였다. 갈돕만주를 하나 집어 든 류경호가 잘 먹겠다고 하자 정철수가 해맑게 웃으면서 대문 밖으로 나갔다. 몇 개를 더 집어 먹은 류경호도 일어났다.

골목길을 빠져나온 류경호는 전차를 타고 종로경찰서로 향했다. 털컹거리는 전차 밖으로 주위 풍경이 흔들리면서 지나갔다. 안국동으로 향한 내리막길을 조심스럽게 내려가는 전차의 왼편으로 안동별궁이 보였다. 조선의 마지막 임금인 순종이 세자 시절 민 씨와 가례를 치르기 위해 세운 이 별궁에서 조선왕조를 통틀어서 가장 화려하고 성대한 가례가 치러졌다.

하지만 몇 달 후 터진 임오군란부터 갑신정변, 청일전쟁을 거치면서 조선왕조는 바람 앞의 등불처럼 위태로워졌다. 결국 을미년에는 일본 낭인들과 훈련대가 경복궁으로 쳐들어와서 중전 민 씨를 살해하는 일이 벌어졌다.

나라와 시어머니의 비참한 운명을 지켜보던 세자빈 민 씨는 세상을 떠났다. 순종은 다음 해, 윤 씨를 두 번째 부인으로 맞이하면서 안동별궁에서 가례를 치렀다. 그리고 몇 년 후 헤이그 밀사사건으로 고종이 퇴위하면서 순종이 즉위했고, 윤 씨는 중전이 되었다. 하지만 몇 년 후 조선왕조가 막을 내렸고, 두 차례의 가례가 진행되었던 안동별궁은 버려졌다. 한때 왕과 중전,

세자가 드나들던 안동별궁은 이제 종로 주민들이 천연두 예방 접종을 받는 장소로 바뀌었다.

전차와 사람, 인력거와 수레가 뒤엉킨 학생 육거리를 관통한 전차가 종로 사거리 정류장에 멈췄다. 전차를 타고 내리는 사람들이 썰물과 밀물처럼 교차했다. 정류장에 내려선 류경호는 가방을 단단히 움켜쥐고 종로 2정목으로 향했다. '전차주의'라는 글씨를 지붕에 얹은 길 건너편 보신각 앞에도 출근하는 직장인과 학생들로 가득했다.

마침내 종로경찰서 앞에 도착한 류경호는 저도 모르게 한숨을 쉬었다. 다행히 정문 초소에는 어제 그를 박길룡에게 안내해준 경찰 보조원 김 상이 나와 있었다. 깍듯하게 인사를 한 그가 앞장섰다.

어제처럼 쇠창살로 가려진 지하로 내려간 류경호는 면회실에서 기다렸다. 문이 열리는 소리에 박길룡이 들어오는 것을 예상하고 고개를 든 그는 깜짝 놀라고 말았다. 그런 류경호를 향해 하야시 곤스케 경부가 희미하게 웃었다.

"왜 그렇게 놀라나? 게이오 대학 졸업생."

중절모를 벗으면서 의자에 앉은 그가 류경호를 똑바로 바라봤다.

"어제 최 씨 영감한테 전화를 받고 나서 곰곰이 생각해봤지. 대체 이게 어떻게 돌아가는 건지 알아봤지. 내가 내린 결론은 양쪽에서 날 가지고 논다는 거였어. 이 하야시 곤스케 경부를 말이야."

류경호가 아무 말도 하지 않자 하야시 곤스케 경부는 손에 든 중절모를 내려다보면서 입을 열었다.

"어떻게 돌아가는 건지 정확하게 얘기하지 않으면 면회는 취소야."

마른침을 삼킨 류경호는 쇠창살 너머로 보이는 그를 응시했다. 뜻밖의 상황이었지만 어떻게든 설득을 해야만 박길룡을 만날 수 있었다. 잠시 뜸을 들인 류경호는 입을 열었다.

"박길룡 기수의 무죄를 증명할 만한 증거를 찾았습니다."

"그런데 그걸 왜 다들 모인 자리에서 공개한다는 거지?"

"아무도 믿을 수 없기 때문입니다. 증거로 제출하면 며칠 안에 사라져버리겠죠. 그리고 고문을 가해서 받은 거짓자백을 바탕으로 박길룡 기수는 살인죄로 기소될 거고요."

"그건 내가 결정한다. 애송아."

"아뇨. 저는 그걸 누가 결정하는지 압니다."

단호하게 얘기한 류경호는 위를 쳐다보는 시늉을 했다. 자존심이 강한 그의 마음을 움직이기 위한 제스처였다.

"일한합방 이전부터 이곳에 와서 경찰로 잔뼈가 굵은 몸이야."

"그러면 지금 상황이 어떤지 잘 아시겠네요. 그들이 이런 식으로 이번 사건을 처리하면 앞으로도 계속 압력을 넣을 겁니다. 그들에게는 잔뼈가 굵은 경찰 같은 건 안중에도 없다 이 말입니다."

"그럼 자네는 그자들과 맞서서 뭘 얻겠다는 얘기야?"

"세상이 자기 뜻대로 돌아가지 않는다는 걸 보여줄 겁니다."

"그게 가능할까?"

비아냥인지 진심인지 모를 하야시 곤스케 경부의 물음에 류경호는 손가락을 들어서 자신의 옆머리를 톡톡 쳤다.

"이걸 쓸 겁니다."

류경호의 대답을 들은 하야시 곤스케 경부가 중절모를 머리에 쓰면서 일어났다.

"행운을 비네. 게이오 대학 졸업생."

"이번에 제 편을 들어주시면 진짜 범인을 찾는 데 협조하겠습니다."

"범인은 내가 잡을 거야. 자네 머리가 좋은 건 인정하지만 그것만 가지고는 범인을 잡을 수는 없어."

시큰둥하게 대답한 하야시 곤스케 경부에게 류경호가 쐐기를 날렸다.

"지금 벌어지고 있는 상황들은 모두 살인자가 의도한 겁니다. 박길룡 기수가 살인자로 처벌받으면 진짜 살인자를 잡을 기회는 영영 사라져버립니다."

"자네가 왜 그걸 걱정하지? 박길룡 때문인가?"

그의 물음에 잠시 고민하던 류경호가 고개를 저었다.

"범인이 이대로 숨어버리는 게 싫습니다. 그자 때문에 죄 없는 사람이 엉뚱하게 피해를 보는 것도 싫고요."

대답을 들은 하야시 곤스케 경부가 한 손으로 문을 열면서 말했다.

"자네가 일본인이었다면 좀 더 친해졌을 텐데 아쉽군. 좀 이

따 보세."

하야시 곤스케 경부가 나가고 잠시 후에 박길룡 기수가 들어왔다. 그는 어제보다 더 초췌해진 얼굴로 류경호를 바라봤다. 어제처럼 문 옆에 선 경찰 보조원 김 상을 곁눈질로 바라본 류경호는 바짝 몸을 기울였다.

"잠시 후에 하야시 곤스케 경부의 방으로 갈 겁니다."

"거기서 조사를 받는 건가요?"

박길룡 기수의 물음에는 두려움이 물씬 풍겼다. 고개를 저은 류경호는 코트 안에 넣어온 만년필을 슬쩍 보여줬다.

"이게 뭔지 아시죠?"

몇 번 눈을 깜빡거린 박길룡 기수가 고개를 끄덕거렸다.

"이따가 조사를 받을 때 무조건 제 얘기가 맞다고 하십시오."

"그렇게만 하면 됩니까?"

"한 가지 더 있습니다."

류경호는 지켜보고 있던 경찰 보조원 김 상의 눈을 피해 귓속말로 계획을 전달했다. 그러고는 거듭 당부했다.

"조금이라도 실수를 하면 모든 게 물거품이 됩니다. 마음 단단히 드세요."

박길룡이 알겠다고 대답하면서 면회가 끝났다. 경찰 보조원 김 상이 박길룡을 유치장에 도로 수감시킨 후, 그를 1층으로 인도했다. 류경호는 계단을 올라가는 내내 가슴이 두근거렸다. 나름 완벽하게 짜보려고 했지만 계획에는 빈틈이 많았다. 특히 하야시 곤스케 경부가 어떻게 나올지가 문제였다.

이런저런 생각을 하면서 201호에 도착했다. 가볍게 노크를 한 후 문을 열고 들어서자 하야시 곤스케 경부와 최남선이 앉아서 얘기를 나누는 게 보였다. 가볍게 고개를 숙여 인사를 하자 최남선이 고개를 돌렸다.

"만나봤는가?"

"네."

짧게 대답한 류경호는 창가로 걸어갔다. 그러면서 오늘 할 말들을 머릿속으로 차분하게 정리했다.

잠시 후, 노크 소리가 들리더니 문이 열렸다. 회백색 코트에 검은색 중절모 차림의 이와이 조사부로 과장이 들어섰다. 뒤에는 회색 코트에 도리우치를 쓴 두 사람이 뒤따라 들어왔다. 방 안의 풍경을 슬쩍 살핀 이와이 조사부로 과장이 얼굴을 찡그리면서 하야시 곤스케 경부에게 말했다.

"조센징들이 온다는 말은 하지 않으셨잖습니까?"

하야시 곤스케 경부가 헛기침을 하더니 받아쳤다.

"당신도 동행이 있다는 말은 하지 않았소만?"

"제 부하 직원들입니다."

얼굴을 붉힌 이와이 조사부로 과장의 말에 하야시 곤스케 경부도 류경호와 최남선을 곁눈질로 보면서 대답했다.

"이쪽은 내 손님이자 이번 사건의 당사자들이오. 문을 닫고 들어와서 자리에 앉으시기 바랍니다."

잠시 주저하던 이와이 조사부로 과장이 안으로 들어와서는 류경호와 최남선의 반대편 의자에 앉았다. 따라온 두 명은 이와이 조사부로 과장 옆에 섰다.

불편한 침묵이 흘렀다. 류경호는 창가에 서서 길가를 내려다봤고, 최남선은 눈을 감은 채 짧게 자른 머리를 가볍게 쓰다듬었다. 창가를 등지고 앉은 하야시 곤스케 경부도 내내 말이 없었다. 참다못한 이와이 조사부로 과장이 입을 열었다.

"사람을 불러놓고……."

그때 문을 똑똑 두드리는 소리가 들려왔다. 하야시 곤스케 경부가 들어오라고 소리치자 문이 열리고 수갑을 찬 박길룡 기수의 모습이 보였다. 그걸 본 이와이 조사부로 과장이 자리에서 벌떡 일어났다. 경찰 보조원 김 상과 함께 방으로 들어온 박길룡 기수는 불안함을 감추지 못했다. 박길룡 기수가 최남선의 옆에 있던 빈 의자에 앉자 침묵을 지키고 있던 하야시 곤스케 경부가 드디어 입을 열었다.

"11일 전 조선총독부 건설현장에서 총독부 건축과에 근무 중인 이인도 기수가 살해당하고 시신이 토막 난 사건이 벌어졌소이다. 이에 시국을 감안하여 보도관제를 걸고 조사하던 중, 이틀 전에 총독부 건축과의 이와이 조사부로 과장이 결정적인 제보를 하였소. 당시 상황을 직접 설명해주시겠소?"

하야시 곤스케 경부의 말에 헛기침을 한 이와이 조사부로 과장이 입을 열었다.

"종로경찰서에서 오기 전에 현장을 먼저 둘러봤습니다. 그러다가 대회의실에 있는 천황폐하의 어진 뒤편에서 문제의 만년필을 발견했습니다. 처음에는 누구 것인지 모르다가 나중에 박길룡 기수의 것임을 확인하고 바로 하야시 곤스케 경부님께 연락을 취한 것이죠."

얘기를 들은 하야시 곤스케 경부가 서랍을 열더니 천으로 감싼 문제의 만년필을 꺼냈다. 그러고는 류경호를 바라봤다. 이야기를 시작하라는 뜻의 눈빛을 읽을 류경호는 창가를 향해 있던 몸을 돌렸다. 그리고 책상 너머의 이와이 조사부로 과장을 바라봤다.

"이게 박길룡 기수의 만년필이라고 믿는 이유가 있습니까?"

그러자 한쪽 눈을 꿈틀거린 이와이 조사부로 과장이 입을 열었다.

"그런 얘기가 나올 줄 알고 동행을 데려왔지. 나가이 군!"

이와이 조사부로 과장의 오른쪽에 서 있던 사내가 재빨리 대답했다.

"그 만년필은 박길룡 기수의 것이 맞습니다. 회의나 작업할 때 늘 가지고 다니던 겁니다."

이와이 조사부로 과장이 의기양양한 표정으로 류경호를 바라봤다. 최남선 옆에 앉아 있는 박길룡을 힐끔 바라본 류경호가 입을 열었다.

"어제 면회를 했을 때 박길룡 기수가 저에게 그 만년필이 어디 있는지 생각이 났다고 말했습니다."

그러자 방 안의 모든 시선이 박길룡에게 향했다. 고개를 든 박길룡 기수가 나지막하게 대답했다.

"보름쯤 전에 이인도 기수에게 빌려줬다고 합니다."

뜻밖의 얘기를 들은 이와이 조사부로 과장과 일행의 표정이 일그러졌다. 류경호는 품속에서 만년필 하나를 꺼내서 책상 위에 놓인 만년필 옆에 나란히 놨다.

"마침 제가 사는 곳과 이인도 기수의 하숙집이 가까운 곳에 있어서 그곳에 방문해서 이 만년필을 찾았습니다. 이게 당신 만년필이 맞습니까?"

질문을 받은 박길룡 기수는 천천히 책상 위에 놓여 있는 만년필을 바라보다가 가볍게 고개를 끄덕거렸다.

"제 만년필이 맞습니다."

의자를 박차고 일어난 이와이 조사부로 과장이 버럭 소리를 질렀다.

"말도 안 되는 거짓말하지 마!"

그러자 류경호가 이와이 조사부로 과장을 쏘아봤다.

"당사자가 자기 만년필이라 하는데 무슨 근거로 아니라고 합니까?"

말문이 막힌 이와이 조사부로 과장이 재미있다는 표정으로 두 사람을 지켜보던 하야시 곤스케 경부에게 말했다.

"이 조센징들의 말을 믿는 겁니까?"

"나는 증거와 증인을 믿소. 어차피 당신이 건넨 만년필에는 지문이 검출되지 않았기 때문에 박길룡 기수의 것이라고 특정하기는 곤란하오."

"그렇다면 저자가 제시한 만년필이 박길룡 기수의 것이라고 어떻게 장담합니까?"

이와이 조사부로 과장의 얘기에 류경호가 대답했다.

"그건 박길룡 기수가 확인해줄 겁니다."

류경호의 시선을 받은 박길룡 기수가 더듬거리는 목소리로 말했다.

"제가 쓰는 만년필 뚜껑 안쪽에 P라는 영문 이니셜을 새겨놓았습니다."

박길룡 기수의 대답을 들은 류경호가 하야시 곤스케 경부를 바라봤다.

"경부님이 직접 확인해주시겠습니까?"

하야시 곤스케 경부는 귀찮다는 표정으로 두 만년필의 뚜껑을 열어서 안쪽을 확인했다. 그러고는 류경호가 들고 온 만년필의 뚜껑을 손에 쥐고 말했다.

"이 뚜껑 안에 P 자가 새겨져 있소."

하야시 곤스케 경부의 말에 주먹을 불끈 쥔 이와이 조사부로 과장의 표정이 일그러졌다. 서랍에서 꺼낸 만년필의 뚜껑을 열고 안쪽을 하야시 곤스케 경부가 고개를 저었다.

"이와이 과장이 건넨 만년필 뚜껑에는 아무 표시도 없소."

하야시 곤스케 경부에게서 증거품인 만년필에서 지문이 나오지 않았다는 얘기를 듣고 계획한 속임수였다. 어차피 상대방이 제시한 증거 역시 허술한 속임수였기 때문에 그것만 깬다면 가능한 일이었다. 이번 일을 마땅찮게 생각한 하야시 곤스케 경부에게 그럴 듯한 증거를 들고 오라는 암시를 받은 것도 이번 계획을 짠 이유 중 하나였다. 류경호가 파놓은 함정에 빠진 이와이 조사부로 과장이 하야시 곤스케 경부에게 소리쳤다.

"교활한 조센징들의 속임수입니다! 속으시면 안 됩니다!"

그의 얘기를 들은 하야시 곤스케 경부가 굳은 표정으로 물었다.

"내가 조센징에게 속기나 하는 어수룩한 사람으로 보입니까?"

"그, 그게 아니라."

이와이 조사부로 과장이 수그러든 틈을 타서 류경호가 나섰다.

"당사자가 자기 만년필이라고 하고 알아볼 수 있는 표시까지 해놨는데 굳이 아니라고 우기는 이유가 뭡니까?"

"너 같은 조센징과는 얘기하고 싶지 않다!"

코웃음을 친 이와이 조사부로 과장의 말에 류경호는 피식 웃었다.

"얘기하고 싶지 않은 게 아니라 거짓말을 했기 때문에 두려운 것이겠죠."

"뭐라고! 감히 총독부 과장인 나를 거짓말쟁이로 보는 거냐!"

"그렇다면……."

책상을 쾅 내려친 류경호가 이와이 조사부로 과장을 쏘아보면서 덧붙였다.

"당신이 발견한 만년필에는 왜 지문이 남아 있지 않은 겁니까?"

류경호의 질문을 받은 이와이 조사부로 과장의 얼굴이 파랗게 질렸다.

"그, 그거야 범행이 들통날까봐 저자가 지문을 지웠겠지."

"아까는 현장에서 발견되었다고 하지 않았습니까? 그건 일부러 놓고 간 게 아니라 실수로 떨어뜨렸다는 얘기가 됩니다. 그런데 그런 와중에 꼼꼼하게 지문까지 지웠다는 얘깁니까? 거기다 그 만년필을 손으로 집었다면 당신의 지문이 남아 있어야 정상일 텐데 말입니다. 그리고 이상하다고 느꼈다면 왜 현장을 조사하러 온 하야시 곤스케 경부에게는 아무 말도 하지 않고 있다가 나중에 그 사실을 밝힌 겁니까?"

얼굴이 벌겋게 변한 이와이 조사부로 과장이 주먹을 쥔 손을 부르르 떨었다. 그런 이와이 조사부로 과장에게 류경호가 치명타를 날렸다.

"당신이 현장에서 발견했다는 만년필은 박길룡 기수의 것이 아니었습니다. 이 상황을 이용해서 그를 곤경에 몰아넣으려고 당신이 꾸민 술수였던 거죠."

류경호는 아무 말도 못 하는 이와이 조사부로 과장의 곁에 서 있던 나가이라는 일본인 직원을 쏘아봤다. 우물쭈물하던 그가 입을 열었다.

"저는 그냥 과장님이 박길룡 기수의 것이라고 해서 믿은 것밖에는 없습니다."

비로소 곤경에 몰렸다는 것을 느낀 이와이 조사부로 과장이 의자에서 일어나 문을 열었다. 하지만 문밖에는 김 상을 비롯한 경찰 보조원들이 막고 있었다. 몸을 돌린 이와이 조사부로 과장이 하야시 곤스케 경부에게 비굴한 표정으로 말했다.

"설마 조센징들의 말을 믿는 건 아니시겠죠? 경부님."

"거듭 얘기하지만 난 증거와 증인만 믿소. 어쩐지 어설프다 싶었는데 개인적인 감정 때문에 감히 경찰 수사에 혼선을 주려고 했던 셈이군. 대일본제국의 경찰은 공정함을 모토로 하고 있소. 아래층으로 내려가서 조사를 받으시오. 당신 상사에게는 내가 직접 연락을 취하겠소."

울상이 된 이와이 조사부로 과장이 하야시 곤스케 경부에게 말했다.

"조, 조사는 받을 테니까 제발 연락만은……."

이와이 조사부로 과장의 말을 무시한 그가 손짓을 하자 경찰 보조원들이 이와이 조사부로 과장과 부하들을 끌고 아래층으로 내려갔다. 당황하던 그의 부하직원들은 눈치를 보다가 뒤따라 나갔다. 그동안 내내 침묵을 지키고 있었던 최남선이 옆자리에 앉아 있던 박길룡 기수의 어깨를 토닥거렸다.

"고생했네."

그러자 수갑을 찬 손으로 얼굴을 감싼 박길룡 기수가 울음을 터트렸다. 그 모습을 지켜보던 류경호가 하야시 곤스케 경부에게 말을 건넸다.

"도와주셔서 감사합니다."

"내가 뭘?"

"지문이 안 나왔고 다른 증인이 없었다는 얘기를 해주시지 않았다면 꼼짝없이 당했을 겁니다."

가볍게 코웃음을 친 하야시 곤스케 경부가 의자에서 일어났다.

"오해하지 말게. 난 자네를 도와준 게 아니라 감히 경찰을 농

락한 저자를 혼낸 것뿐이야. 이러다 일이 틀어지면 경찰만 골탕을 먹거든. 그리고 이런 일들은 우리 일본의 조선 통치에 아무런 이득이 없는 일이야. 그리고."

잠시 말을 끊은 하야시 곤스케 경부가 박길룡에게 말했다.

"일단 석방을 하겠지만 집에서만 지내고 경성 밖으로는 나가지 말게. 며칠 후에 다시 조사를 해야 하니까 말이야."

뜻밖의 얘기에 놀란 최남선이 물었다.

"무슨 조사를 한단 말이오?"

"어제 체포한 의열단 연락책이 총독부와 경성부청에서 근무하는 조선인들을 포섭해서 사보타주를 한다는 계획을 진행 중이라고 자백했소이다."

"그건 계획에 불과하지 않소!"

최남선이 거듭 반박했지만 하야시 곤스케 경부는 들은 척도 하지 않고 자기 할 말만 했다.

"거기다 시신이 흩어진 장소가 대한제국을 상징할 수 있다는 점도 묵과할 수 없소이다. 지난 몇 년간 의열단의 테러 활동이 극심해지는 와중이고, 저들이 새로 건설되는 조선총독부를 노리지 말라는 법은 없으니까 말이오."

두 사람의 얘기 중간에 낀 박길룡 기수는 와들와들 떨기만 했다. 둘의 말싸움을 지켜보던 류경호는 화를 참지 못하고 문을 박차고 나갔다. 종로경찰서 밖으로 나온 류경호는 헐레벌떡 달려온 최남선에게 따라잡혔다.

"이보게. 어딜 가는 건가?"

몸을 돌린 류경호가 참았던 분노를 쏟아냈다.

"이게 당신이 말한 협력의 결과물입니까?"

최남선이 굳은 얼굴로 대답했다.

"할 말이 없네."

"하나도 변한 게 없는데 속임수를 파헤치면 뭐합니까? 단지 의심을 간다는 이유만으로 이제 막 누명을 벗은 사람에게 조사를 받게 하다니요."

"사안이 워낙 엄중하니 그렇다고 말하더군. 큰일은 아니니까 화 풀게."

지나가는 사람들의 무심한 눈길을 바람처럼 스쳐 지나갔다. 류경호가 화를 누그러뜨리는 기미를 보이자 최남선이 그의 손을 꼭 잡았다.

"참게. 아직 일이 완전히 끝나지 않았어. 살인범을 찾지 못하면 이런 일이 또 벌어지지 않는다고 누가 장담하겠나?"

결국 화를 가라앉힌 류경호가 최남선에게 말했다.

"알겠습니다."

"고생했네. 자네가 아니었으면 일이 크게 번질 뻔했어."

"아직 풀어야 할 일들이 많습니다. 일동회의 개입 여부도 알아봐야 하고, 진짜 살인범도 찾아야 하니까 말입니다."

류경호의 말에 최남선이 같은 생각이라는 듯 고개를 끄덕거렸다.

"하야시 곤스케 경부에게 얘기해서 이와이 조사부로 과장에게 일동회에 대해서 따로 물어보겠네."

"입을 다물 겁니다."

"그렇긴 하지만 어떻게든 실마리를 찾아봐야지. 어디 가서 점심이나 먹지."

잠시 고민하던 그는 고개를 저었다.

"박길룡 씨나 챙겨주십시오. 전 회사로 돌아가겠습니다."

"일요일인데 출근하나?"

류경호는 쓴웃음을 지었다.

"일이 밀렸다고 해서 오후에 출근하라고 했습니다."

"알겠네. 내가 이따가 잡지사로 전화를 하지."

길거리에서 인사를 나누고 돌아선 류경호는 종로 3정목 쪽으로 걸어갔다. 일요일 낮 종로 거리는 한적했다. 사람들은 조만간 화려하게 꽃을 피울 벚꽃을 어디서 볼까 하는 얘기들을 주고받으면서 지나쳐 갔다.

잡지사에 들어서자 손상섭 부주간이 한바탕해댔는지 기자들이 자리에 앉아서 열심히 원고를 쓰는 중이었다. 자기 자리로 돌아간 류경호도 펜을 들고 원고지를 내려다봤다.

류경호의 뒷모습을 바라보던 최남선은 발걸음을 돌려서 종로경찰서로 향했다. 1층 조사실에는 방금 전까지 기세등등하던 이와이 조사부로 과장이 풀 죽은 모습으로 앉아 있었다. 바깥에서는 함께 온 총독부 직원 두 명이 하야시 곤스케 경부에게 협박을 당하는 중이었다.

"제군들은 경찰의 조사를 방해하고 거짓 증언을 하면 어떤 처벌을 받는지 아는가?"

두 사람 중에 아까 박길룡 기수의 만년필이 맞다고 증언했던 나가이 군이 떨리는 목소리로 대답했다.

"저희들은 단지 과장님이 시키는 대로 했을 뿐입니다."

그 광경을 본 최남선은 저도 모르게 쓴웃음을 지었다. 일본 경찰이 독립운동가들을 조사할 때 쓰는 방식이었다. 당사자 대신 주변 사람들을 괴롭혀서 막다른 골목으로 몰아간다. 그럼 죄책감에 시달린 당사자는 자백을 하고 협조를 할 수밖에 없게 된다.

최남선은 수사를 맡은 하야시 곤스케 경부가 이번 일을 마땅찮게 생각하는 것을 간파하고 대처한 류경호의 유연함과 순발력에 감탄했다. 한참을 윽박지르던 하야시 곤스케 경부는 갑자기 표정을 풀더니 관리들의 고충을 털어놨다. 거기에 넘어간 두 사람이 맞장구를 치자 담배나 피우자면서 말했다. 그러면서 이번 일에 대한 속사정을 파악할 생각으로 보였다. 곰 같은 외모와는 달리 여우같이 머리를 쓰는 하야시 곤스케 경부의 모습을 보던 그는 조심스럽게 말을 건넸다.

"괜찮으면 내가 먼저 얘기를 나눠봐도 좋겠나?"

손가락에 담배를 끼운 하야시 곤스케 경부는 거드름을 피우며 대답했다.

"담배 피우고 올 때까지만이오."

"알겠네."

하야시 곤스케 경부와 세 사람이 담배를 피우기 위해 창가로 가는 모습을 본 최남선은 재빨리 이와이 조사부로 과장이 있는 조사실로 들어갔다. 분한 표정으로 의자에 앉아 있던 그는 문을 열고 들어선 최남선을 이글거리는 눈으로 노려봤다. 맞은편 의자에 앉은 최남선이 입을 열었다.

"자네 경력은 이제 끝났네. 누구 지시를 받았는지 혹은 자네 혼자만의 생각이었는지는 모르겠지만 말이야."

"조센징 따위가 날 걱정해주다니 가소롭군."

코웃음을 친 이와이 조사부로 과장이 시선을 돌렸다. 최남선은 몸을 살짝 앞으로 기울였다.

"일동회가 배후에 있는 걸 알고 있네. 거기에 대해서 알려주면 내가 하야시 곤스케 경부에게 선처를 부탁하겠네."

그의 말을 들은 이와이 조사부로 과장이 갑자기 고개를 들고 큰 소리로 웃었다. 그러고는 갑작스러운 웃음에 놀란 최남선을 바라봤다.

"내가 처벌받는 것을 걱정하는 것처럼 보이나? 주어진 사명을 다하지 못한 것이 분할 뿐이야."

경력을 목숨처럼 여기는 관리가 그런 얘기를 쉽게 하는 태도에 최남선은 모골이 송연해졌다. 어떻게든 설득을 해야겠다는 생각에 다시 입을 열려는 찰나, 조사실의 문이 벌컥 열렸다. 하야시 곤스케 경부가 생각보다 일찍 돌아왔다는 생각에 고개를 돌린 최남선은 뜻밖의 인물이 문 앞에 서 있는 것을 보고 입을 다물지 못했다.

사무실로 돌아온 류경호는 원고지에 글을 쓰면서 전화기를 계속 바라봤다. 기다리던 전화는 오후 5시쯤이 되어서야 왔다. 사환이 수화기를 들고 몇 마디 나누더니 류경호를 바라봤다. 의자에서 일어난 그는 전화기가 있는 곳으로 다가가서 수화기를 들고 "여보세요"라고 말하자 최남선의 목소리가 들렸다.

"날세. 방금 박길룡 군이 집으로 돌아갔네. 추후에 있을 조사는 최대한 편의를 봐주겠다는 하야시 곤스케 경부의 약조를 받았고 말이야."

수화기를 고쳐 잡은 그가 물었다.

"이와이 조사부로 과장과는 얘기를 나눠봤습니까?"

"조사가 끝나고 따로 물어보려고 했는데 총독부에서 쳐들어오는 바람에 그러지 못했네."

"이와이 조사부로 과장은 풀려났습니까?"

류경호가 묻자 수화기 너머의 최남선은 씁쓸함이 담긴 목소리로 대답했다.

"종로경찰서 과장과 총독부 토목부장이 한참 얘기를 나누더니 조사가 중단되고 풀려났네."

예상했던 결론이긴 했지만 어이가 없기는 매한가지였다. 류경호가 혀를 차자 최남선이 얘기를 이어갔다.

"그래도 이걸로 저쪽의 음모는 일단 막았네. 이제 섣불리 움직이지는 못할 테니까 그 틈에 이인도를 죽인 진짜 살인범을 찾도록 하세."

결국 변한 건 없다는 생각에 씁쓸한 미소가 저절로 지어졌다. 알겠다고 짧게 대답한 류경호는 사환에게 수화기를 건네고 자리로 돌아왔다. 사무실 분위기는 더없이 무거웠지만 생각에 지칠 대로 지쳐 있던 그에게는 오히려 위안이 되었다.

패종시계가 6시를 넘기자 손상섭 부주간이 먼저 일어나서 밖으로 나갔다. 그러자 여기저기서 한숨이 터져 나오면서 다들 하던 일을 멈추고 퇴근할 준비를 했다. 투덜거리면서 모자를 쓴 정수일 기자가 여전히 자리를 지키고 있는 그에게 물었다.

"야근하게?"

"써야 할 원고가 좀 남아서요."

정수일 기자를 필두로 다른 기자들이 모두 떠난 이후에도 류경호는 한동안 잡지사를 지켰다. 써야 할 글도 남아 있었지만 그것보다 생각을 정리하기 위해서였다. 속임수를 쓰면서 위기를 넘기기는 했지만 진범을 잡지 못한 이상 위기가 계속될 것은 뻔했다. 살인이 벌어진 장소도 그렇고, 그것이 상징하는 것, 그리고 그 뒤에 숨겨진 어둠들이 가리키는 것은 한결같았다.

한참을 생각하던 그는 저도 모르게 한숨을 쉬었다. 그러다가 그가 퇴근하기만을 기다리던 사환의 부스럭거림에 퍼뜩 정신을 차렸다. 주섬주섬 옷과 가방을 챙긴 류경호는 잡지사 밖으로 나왔다. 거리에는 벌써 어둠이 깔려 있었다. 섣부른 시각이었지만 거리에는 벌써 얼큰하게 술에 취한 행인들이 일요일 오후의 여유를 만끽하는 중이었다. 우미관과 조선극장에서 영화가 끝나는 시각인지 유독 젊은 학생들과 여성들이 많았다. 류경호는 그들의 재잘거림과 함께 하숙집으로 돌아갔다.

복잡한 심경 탓인지 원서동 하숙집에 도착했을 무렵에는 지칠 대로 지쳐버렸다. 그런 그의 마음과는 달리 하숙집 대청에서는 웃음꽃이 피었다. 하숙집 여주인이 광주리에 삶은 감자를 잔뜩 쌓아놓고 있었고, 옆에는 오동진과 정철수, 그리고 황장석이 나란히 앉아서 얘기를 나누는 중이었다. 그가 문을 열고 들어서자 오동진이 한 손을 번쩍 들어 말을 걸었다.

"어서 오게. 샐러리맨 양반."

낡은 교복 차림의 정철수도 그를 반겼다.

"와서 감자 드세요."

잠시 고민하던 류경호는 가방을 툇마루 쪽에 던져놓고 대청으로 향했다. 네 사람이 조금씩 움직여서 그의 자리를 마련해줬다. 피곤한 상황이긴 했지만 그의 정체를 알고 있고, 방 안을 뒤진 자가 누구인지를 알아내야만 했기 때문이다. 때마침 가장 유력한 용의자들이 있어서 피곤함을 참고 자리를 함께했다.

세 사람의 주제는 단연 곧 만개할 벚꽃이었다. 창경원이 최고라는 둥 진해가 더 멋지다는 둥 얘기가 오갔다. 가만히 이야기를 듣던 류경호가 오동진에게 물었다.

"박가분은 요즘 잘 팔립니까?"

감자를 한 입 깨문 오동진이 고개를 절레절레 저었다.

"말도 마슈. 장사가 된다고 하니까 일본에서 들어온 왜분에 중국에서 들어온 청분, 거기다 서가분이나 장가분 같은 유사품까지 팔리고 있어서 난리도 아니라오. 거기다 박가분에 든 납이 얼굴에 안 좋다는 헛소문까지 퍼지고 있어서 죽을 맛이라오."

오동진의 얘기를 들은 하숙집 여주인이 끼어들었다.

"아! 그러니까 돈이 좀 될 만한 매약상*이나 통신판매를 하라고 했잖아요. 잡지를 보니까 그런 거 하면 돈 많이 번다고 하던데요."

"거참, 잡지에 나오는 얘기 고대로 믿지 말라고 내가 몇 번이나 얘기를 해."

하숙집 주인과 하숙인이 아니라 흡사 부부가 나누는 얘기 같았다. 가만히 얘기를 듣던 류경호는 씩 웃고 있던 정철수와 눈이 마주쳤다. 고학생치고는 나이가 많아 보여서 궁금했던 것을 물었다.

"갈돕회라는 곳은 무슨 단체야?"

그러자 손가락에 붙은 감자 껍질을 떼어내며 정철수가 설명했다.

"갈돕회는 대정 9년**에 만들어졌습니다. 고향을 떠나 풍찬노숙을 하면서 공부하는 고학생들의 친목과 자립을 돕기 위해서 만든 단체죠. 처음에는 관철동의 어느 허름한 하숙집에 간판을 내걸었죠. 그런데 웃기게도 갈돕이라는 이름이 문제가 되었습니다."

"문제가 되다니?"

그의 반문에 정철수가 고개를 절레절레 흔들었다.

"단체 신고를 하러 경찰서에 갔더니 갈돕이라는 이름이 마름쇠의 영어 명칭인 캘트럽(Caltrop)이랑 비슷하다고 안 된다고

* 賣藥商, 완성된 약품을 파는 직업.
** 대정은 일본의 연호로 서기 1920년을 가리킨다.

한 겁니다. 그 얘기를 듣고 다들 경찰서로 몰려가서 사정을 설명했죠. 갈은 서로라는 뜻이고 돕은 돕는다는 뜻의 조선어라고 얘기해서 겨우 통과가 된 겁니다."

어처구니없다는 표정으로 감자를 한 입 크게 베어 먹은 정철수가 설명을 이어갔다.

"지난번에 드신 갈돕만주라는 걸 팔아서 고학생들의 학비를 보태고 남는 걸로 끼니를 때웠죠. 그러다 사정이 좀 나아져서 운니동으로 이사를 갔습니다. 회원들이 늘어나면서 만주 장사로는 지탱하기가 힘들어서 집을 짓는 일을 하기도 하고 공사장에 우리 회원을 인부로 보내기도 했죠. 지금이야 하도 가짜들이 많아져서 시원찮지만 그때까지만 해도 고학생이라고 하면 다들 도와주려던 분위기였습니다. 우리끼리 순회공연단도 만들어서 전국을 돌기도 했고, 기관지도 제법 오래 냈죠. 그러다가 재작년에 안 좋은 일이 생기면서 거의 와해되었어요. 저랑 몇 명만 남아서 만주를 팔면서 근근이 지탱하고 있죠."

"꽤 오랫동안 갈돕회 일을 했군."

"어쩌다 보니 이게 본업 아닌 본업이 된 셈이죠. 그래도 언젠가는 떵떵거리고 살 겁니다."

얘기는 자연스럽게 마지막 남은 황장석에게로 넘어갔다. 감자를 씹어 먹던 황장석이 겸연쩍은 표정으로 입을 열었다.

"난 뭐 자랑할 게 있어야지. 소 잡는 백정 일이잖아."

그러자 정철수가 끼어들었다.

"요즘 세상에 귀하고 천한 게 어디 있어요. 백정들도 형평사*

를 조직해서 운동하는 판국인데요."

다른 하숙생들의 얘기를 듣던 류경호는 광주리에 담긴 감자를 하나 집어 들고는 껍질을 벗겼다. 그러면서 사람들의 손을 유심히 살폈다. 그들 중 두 명의 손에 잉크가 묻어 있는 걸 발견했다. 그중 한 명은 예상 밖의 인물이어서 속으로 조금 놀랐지만 일단 태연하게 넘겼다. 그리고 황장석에게 말을 건네면서 세 사람을 조금 더 관찰해보기로 했다.

"도축장은 어디 있는 겁니까?"

"서대문 형무소 옆에 있어요. 전차 역에서 내려서 쭉 걸어가면 나옵니다."

"소나 돼지들을 꽤 많이 잡는다고 들었습니다만……."

"그럼요. 하루에 소만 60~70마리씩 잡지요. 명절 때가 되면 100마리 넘게 잡을 때도 많고요. 잡을 소들이 너무 많아서 도축장 밖에 있는 민가의 축사를 빌려서 잠시 놔두기도 합니다."

"그 정도면 꽤 규모가 크네요."

"도축장 주임님 말로는 동경에 있는 도축장만큼이나 크다고 하던데요."

"일하신 지는 얼마나 되신 건가요?"

"한 3년 됐어요. 고향에서 올라왔는데 할 게 없어서 그 일로 먹고살고 있죠."

황장석이 딱히 더 말하고 싶지 않은 눈치라 얘기는 그걸로 끝

---

* 衡平社. 1923년 진주에서 조직된 단체로 백정들의 사회적 지위 향상에 노력했다.

났다.

류경호는 남은 감자를 썹으면서 두 사람이 왜 방에 들어왔는지를 생각해봤다. 사라진 물건은 없으니까 도둑질이 목적은 아니었다. 류경호의 가방을 열어본 자와 동일했다면 아무래도 그를 때려눕힌 오동진이 가장 유력했다. 하지만 그가 기절하고 혼란스러웠던 와중에 다른 사람이 열어봤을 가능성도 배제할 수는 없었다. 가방을 뒤진 사람과 방을 뒤진 사람이 동일 인물일 것이라고 추측했었다. 그런데 한꺼번에 두 명이나 걸려들 줄은 예상하지 못했다.

문제의 당사자들을 내일 미행해보기로 결심한 류경호는 웃는 얼굴로 이야기를 이어가다가 피곤하다는 핑계를 대고 방으로 돌아왔다. 문을 닫고 슬쩍 바깥 동정을 살핀 다음 아침에 나가기 전 잉크를 바른 곳을 살펴봤다. 예상대로 서랍 안쪽에 발라둔 잉크를 만진 흔적이 보였다. 대체 무슨 이유로 죽은 이인도의 방에 관심이 있었는지 궁금했다.

대청에서는 여전히 세 사람의 웃음소리가 들려왔다. 방 안을 살피던 류경호는 책장에 있던 이인도의 책 중에서 한 권이 없어진 것을 발견했다. 다른 책이었다면 눈치채지 못했겠지만 너무 이질적인 책이라 사라진 걸 알 수 있었다. 없어진 책은 바로 아동용 잡지인《어린이》였다.

회의는 예전처럼 용산 총독관저 2층에 있는 서재에서 열렸다. 다른 점이 있다면 분위기가 가라앉았다는 것이다. 제일 늦게 서재에 들어서서 노인에게 인사를 한 유아사 구라헤이 정무총감이 그의 옆에 앉아 있던 이와이 조사부로 과장에게 화를 냈다.

"자네 때문에 내가 종로경찰서의 일개 경부한테 아쉬운 소리를 해야만 했네. 어찌할 건가?"

그러자 초췌한 표정의 이와이 조사부로 과장이 고개를 푹 숙이고는 말했다.

"면목이 없습니다. 하야시 곤스케 경부가 조센징 편을 드는 바람에 일을 망쳤습니다."

이와이 조사부로 과장의 얘기를 들은 마루야마 쓰루기치 경무국장이 혀를 찼다.

"그 사람은 자기 할 일을 했을 뿐이네. 증거도 없이 어거지로 집어넣었다가 재판과정에서 폭로되면 누가 그 화를 뒤집어쓸 것 같나?"

"하지만……."

"확실한 물증을 가지고 있다고 해서 일을 진행했는데 고작 가짜 만년필로 뭘 하려고 했나? 재판이 진행되면 조선인들이 발행하는 신문에서 크게 다룰 게 뻔하고, 그러면 불필요하게 민심만 자극하게 된다네."

말을 마친 마루야마 쓰루기치 경무국장이 혼잣말처럼 "한심한 놈"이라고 말했다. 구석에서 위스키 잔을 기울이고 있던 미노베 도시키치 경성일보 고문도 끼어들었다.

"이번 일로 조센징들이 우리를 우습게 볼 겁니다."

그러자 잠자코 듣고 있던 노인이 나섰다.

"자자, 이와이 군에 대한 성토는 나중에 해도 늦지 않네."

노인의 말에 유아사 구라헤이 정무총감이 반발하고 나섰다.

"저 멍청한 놈 때문에 우리 계획이 보기 좋게 무너져버렸는데 가만있으라는 말씀입니까?"

얘기를 들은 노인이 아무 말 없이 쏘아보자 찔끔한 그가 입을 다물었다. 분위기를 휘어잡은 노인이 천천히 의자에서 일어났다.

"이와이 과장은 이제 그만 돌아가게. 당분간 집에서 머물도록 하게."

"알겠습니다."

절도 있게 고개를 숙인 이와이 조사부로 과장이 회의실 안에 있는 참석자들에게 일일이 인사를 하고는 문을 열고 나갔다. 문이 닫히는 소리가 들리자 노인이 입을 열었다.

"첫 번째 계획이 실패로 돌아간 것은 인정하겠네. 하지만 우리에게는 그다음 계획이 있다는 걸 명심하게."

노인의 말을 들은 마루야마 쓰루기치 경무국장이 물었다.

"의열단이랑 엮으실 계획입니까?"

"살인사건은 명백한 물증과 증인이 있어야만 하네. 하지만 공포를 조성하기 위해서는 그런 것들이 필요 없지."

주름진 얼굴에 미소를 띤 노인의 얘기에 다들 고개를 끄덕거렸다. 손에 들고 있던 위스키 잔을 탁자에 내려놓은 미노베 도시키치 경성일보 고문이 거들었다.

"하긴, 남산의 총독부와 식산은행, 그리고 종로경찰서까지 폭탄 공격을 받은 적이 있으니까 총독부에도 그런 공작이 진행되었다고 하면 다들 믿을 겁니다.”

그의 말을 들은 노인이 마루야마 쓰루기치 경무국장을 바라봤다.

“얼마 전 종로경찰서에 의열단의 연락책이 잡혔다고 들었네.”

“별 볼 일 없는 잔챙이입니다.”

“원래 대어도 잔챙이에서 크는 법이지. 그자를 이용해서 의열단이 조선총독부 내부에 침투하려고 했다고 하게.”

노인의 얘기를 들은 그가 잠시 고민하다고 고개를 끄덕거렸다.

“하긴 돌다리도 두드려보고 건너라는 조선 속담이 있으니까 나쁠 건 없지요.”

흡족한 표정을 지은 노인은 미노베 도시키치 경성일보 고문을 바라봤다.

“미노베 군은 경성일보와 매일신보에 의열단에 관한 기사를 싣게. 그들이 총독부에 근무하는 조선인들을 통해서 내부에 침입하려고 했다고 말이야.”

“바람을 잡아라, 이 말씀이시군요.”

“그렇게 안팎으로 분위기를 조성한 다음에 유아사 군이 사이토 마코토 총독에게 건의를 해주게.”

지목을 당한 유아사 구라헤이 정무총감이 곰곰이 생각하다가 입을 열었다.

“총독부의 조선인 관리들을 모두 몰아내자고 말입니까?”

“맞네. 내가 내일 사이토 총독과 식사를 하면서 슬며시 언질을 주겠네. 총독 입장에서도 10년 만에 완공되는 총독부에서 살인사건이 벌어졌고, 그게 의열단과 연관이 있다고 한다면 겁을 내지 않겠나?"

"이왕이면 며칠 후에 있을 낙성식 때 일을 벌일지 모른다고 하면 더 좋겠습니다. 만에 하나 그런 일이 벌어지면 총독 자리도 위험해지니까 말입니다. 아! 어차피 사이토 총독은 경성역에서 강우규라는 불령선인에게 폭탄 테러를 당한 적이 있으니 아주 진지하게 받아들일 겁니다."

노인의 얘기를 들은 그가 콧수염을 만지작거리면서 씩 웃었다.

"총독부에서 조선인 관리들을 몰아내면 시중의 은행과 회사들도 뒤를 따를 겁니다. 그 자리는 우리 일본인들이 앉게 될 것이고 말입니다. 사실 저들에게 우리와 동등한 자리를 주는 건 말이 안 되는 일이었으니까요."

참석자들을 한 명씩 뚫어지게 바라보며 노인이 천천히 입을 열었다.

"저들은 우리 대일본제국을 위해 식량을 공급하고 물건을 소비하는 역할에 머물러야 하네. 영원히 말이야."

참석자들 모두 같은 생각이라는 듯 고개를 끄덕거렸다.

6

**1926년 9월 27일
월요일, 경성**

새벽녘에 눈을 뜬 류경호는 미닫이문을 살짝 열고 바깥 동정을 살폈다. 첫닭이 울 즈음, 하숙집 여주인의 방에서 슬며시 빠져나온 오동진이 자기 방으로 돌아가는 게 보였다. 해가 뜨자 다른 하숙생들이 하나둘씩 일을 하러 나가는 게 보였다.

아무도 없는 틈을 타서 재빨리 밖으로 나온 류경호는 얼른 대문을 열고 밖으로 나갔다. 그러고는 골목길을 빠져나와 큰길로 나섰다. 창덕궁 금호문까지 나온 류경호는 근처의 조선인 잡화점으로 들어가서 셈을 치르고 전화기를 빌렸다. 잡지사로 전화를 해서 일찍 출근한 사환에게 오전에 어디 들렀다가 가겠다고 얘기하고 돌아서는데 때마침 상점 앞을 지나가는 그를 발견했다. 다른 한 명은 보이지 않았지만 어디서 일하는지 알고 있기 때문에 굳이 미행할 필요는 없었다.

진열대 뒤에 몸을 숨긴 류경호는 적당한 거리를 두고 뒤따라갔다. 지나가던 신문팔이 아이에게 조선일보 하나를 사서 옆구리에 끼었다. 통이 넓은 나팔바지에 평소 입지 않던 푸른색 코트를 입고, 검은색 도리우치를 푹 눌러써서 나름대로 변장을 하긴 했지만 가까이 가면 들킬 것 같아서 최대한 거리를 띄웠다.

창덕궁의 돈화문 앞까지 나온 그가 전차를 기다리는 것을 본 류경호는 잠시 고민을 했다. 같은 전차에 탔다가는 변장한 게 들킬 수도 있었기 때문이었다. 고민을 하는 사이 전차가 정류장에 서서히 접근하는 게 보였다. 다급하게 주변을 돌아보던 류경호의 눈에 빈 인력거가 보였다. 아침 일찍 나온 인력거꾼은 밀짚모자로 얼굴을 가린 채 잠을 자고 있었다. 그가 전차에 올라탄 것을 본 류경호는 인력거꾼을 깨웠다. 허겁지겁 일어난 깡마른 인력거꾼이 물었다.

"어디까지 모실까요?"

"저 전차를 따라가주시오."

엉뚱한 얘기를 들은 인력거꾼이 머뭇거렸다. 그사이 그를 태운 전차가 출발하자 류경호는 지갑에서 1원짜리 지폐를 몇 장 꺼내서 건넸다. 돈을 본 인력거꾼의 눈이 휘둥그레지더니 서둘러 출발했다. 기상천외한 미행이었지만 전차와 인력거는 거리에서 흔히 볼 수 있는 것이라서 이상하게 여기는 사람은 없었다.

돈화문 앞을 출발한 전차는 남쪽으로 내려가서 종로통을 가로질러갔다. 사람들이 많이 타고 내리는 종로에서 혹시나 놓칠까봐 신경을 곤두세웠지만 그는 내리지 않았다. 경성부청 앞에서 멈춘 전차는 덕수궁을 왼쪽에 끼고 북쪽으로 방향을 틀었다. 전차를 따라 멈췄던 인력거는 다시 움직이기 시작했고, 류경호는 선로를 따라 움직이는 전차 너머에 흐릿하게 보이는 총독부를 보고는 눈살을 찌푸렸다. 마치 미로 속에서 헤매다 제자리로 돌아온 기분이 들었기 때문이다.

조선 시대에 관청들이 밀집했던 육조거리였다가 지금은 광화문통으로 이름이 바뀐 큰길에는 오가는 사람들이 많았다. 총독부를 향해 곧장 나아가던 전차는 바로 앞에서 오른쪽 적선동으로 방향을 틀었다. 그러고는 경복궁 영추문 근처의 담장을 허물고 만들어진 정류장에서 멈췄다.

그리고 그곳에서 마침내 그가 내렸다. 뒤따라 멈춘 인력거에서 내린 류경호는 정류장을 응시했다. 주변을 잠시 살핀 그는 양손을 주머니에 찔러 넣고는 인왕산 자락과 연결된 골목길로 향했다.

야트막한 오르막길에는 낮은 지붕을 한 한옥과 붉은 벽돌로 만든 신식 건물들이 뒤엉켜 있었다. 그리고 길 끝에는 순종의 두 번째 부인인 순정효왕후의 오라비이자 친일파인 윤덕영이 10년 넘게 재력을 쏟아부은 끝에 지었다는 벽수산장이 보였다. 불란서에서 뚝 떼어온 것 같은 뾰족한 지붕과 우람한 몸체는 주변의 한옥들을 압도했다. 사람들은 그 집을 뾰족집이라고 부르면서 나라를 팔아먹은 돈으로 지은 집이라고 손가락질을 했다. 덕분에 윤덕영은 정작 자신이 지어놓은 집에 들어가지 못하고 근처에 따로 한옥을 지어 살고 있다는 소문이 돌았다.

류경호는 골목길로 사라진 그를 뒤따라갔다. 인적이 드문 골목길로 한참 들어가면 미행이 들킬 것 같아서 걱정했지만 다행히도 그가 들어선 곳은 골목길 어귀에 있는 한옥집이었다. 어딜 뜯어고치고 있는지 대문은 보이지 않고, 주변에는 흙과 벽돌이 쌓여 있었다. 그가 들어간 집뿐만 아니라 다른 집들도 비슷한 모습이었다. 일단 그가 들어간 집을 눈여겨본 류경호는 혹시나 그가 갑자기 도로 나오면 마주칠지 모른다는 생각에 골목길 어귀로 물러났다.

그때서야 정철수가 갈돕회에서 집을 고치는 일도 한다는 얘기를 들은 기억을 떠올렸다. 일단 밖에서 기다리고 있다가 그가 나오면 집 안을 살펴보기로 했다. 하지만 언제 나올지, 설사 나온다고 해도 안에 다른 동료들이 남아 있으면 살펴볼 기회는 사라지는 것이다.

일단 모습을 감출 만한 곳을 찾아보던 그의 눈에 작은 우동 집이 들어왔다. 우동 집 옆에는 '복덕방'이라는 글씨가 적힌 낡은 천이 담장에 둘러 있고 그 앞에는 노인이 꾸벅꾸벅 졸고 있었다. 아마 집을 사고파는 일을 중개해주는 집주릅 노인 같았다.

아침도 해결할 겸 주변 상황을 좀 듣기 위해서 노인을 지나 우동을 비롯한 파는 음식들의 이름이 적혀 있는 붉은색 휘장을 걷고 안으로 들어섰다. 그러자 음식 냄새가 코를 찔렀다. 두꺼운 나무 도마 위에서 대파를 썰던 여주인이 반갑게 인사를 했다.

"어서 오세요. 어떤 걸로 드릴까요?"

"우동 한 그릇 주세요."

허름한 나무 탁자 앞에 앉은 그는 도리우치를 벗고 창밖을 내다봤다. 완벽하지는 않았지만 그럭저럭 골목이 보였다. 바깥을 신경 쓰고 있는 사이 주인이 하얀 그릇에 우동을 담아 왔다. 옆에는 단무지가 든 작은 그릇도 내왔다. 김이 무럭무럭 나는 면발을 젓가락으로 집어 먹으면서 바깥을 바라봤다. 우동 한 그릇을 다 비울 때까지 정철수는 들어간 집에서 나오지 않았다. 류경호는 우동 값을 치르면서 지나가는 말처럼 물었다.

"이 동네는 여기저기 공사 중이네요."

"아이고, 말도 마세요. 총독부가 들어오면 근처에 사택이랑 관사가 들어온다고 집값이 장난 아니게 뛰었답니다. 덕분에 집 장사들이 들러붙어서 집들을 쪼개 팔려고 부수고 짓고 난리도 아니랍니다."

그렇다면 그는 이곳에서 일을 하고 있는 것일까? 류경호가 뭔가 골똘히 생각에 잠기자 지레짐작한 우동집 여주인이 잔돈을 거슬러주면서 말했다.

"요 옆에 집주룹 영감님이 이 동네에 오랫동안 살았어요. 집 사려면 그분한테 물어봐요."

고맙다는 인사를 남기고 밖으로 나온 류경호는 정철수가 들어간 집을 곁눈질로 보면서 집주룹 노인이 있는 곳으로 다가갔다. 조그만 접이식 의자에 앉은 노인은 묵직한 뿔테 돋보기안경에 찌그러진 망건을 쓰고 있었다. 빛이 바랜 조끼에는 안경집과 빗, 그리고 성냥갑이 꽂혀 있었다. 꾸벅꾸벅 졸고 있던 집주룹 노인은 류경호가 다가오면서 만들어낸 그림자를 보고 잠에서 깼다. 고개를 든 노인에게 류경호는 마카오 담배를 하나 권하면서 물었다.

"여쭤볼 게 좀 있는데요."

담배를 냉큼 받아 든 집주릅 노인이 말했다.

"뭐든 물어보게."

혹시나 그가 나오면 얼굴을 마주치지 않도록 길가를 등지고 한쪽 무릎을 굽힌 류경호가 물었다.

"이 동네는 왜 이렇게 공사판입니까?"

그러자 집주릅 노인은 혀부터 찼다.

"옛날이야 궁궐 주변이라 조용했지만 지금 세상이야 어디 그런가? 이제 광화문 자리에 총독부가 들어서면 이 근처에도 관사에 사택이 줄줄이 들어오겠지. 근데 왜놈들이 사는 남쪽은 땅값이 오를 대로 올라서 집값이 싼 이쪽으로 몰려올 거야. 새로 들어올 관리들만 3천 명이 넘는다잖아."

집주릅 노인은 침을 튀기면서 설명을 이어갔다.

"이거야말로 왜놈들이 머리를 싸매고 덤비는 격이지. 거기다 식산은행 사택도 이 근처에 무더기로 지어진다고 하던데 말이야. 이제 종로랑 북촌도 왜놈 세상이 되는 건 시간문제일 거야. 집장사들이 이 근처 집들을 죄다 사서 쪼개서 팔려고 두들겨 부수고 있는 중이야."

"한때는 알아주는 양반들만 살던 곳인데 여기도 이제 시끄러워지겠네요."

"요즘 세상에 양반이고 백정이 어디 있어. 돈만 많으면 그만이지. 이 골목길만 해도 큰 집이 다섯 채 있었는데 집장사들이 들러붙어서 죄다 사들인 다음에 행랑채부터 사랑채까지 죄다 뜯어고치고 있지. 좀 있으면 총독부가 완성된다고 해서 밤낮으로 공사 중이라 시끄러워. 어쩌다 이렇게 됐는지 모르겠어."

안타까움이 물씬 배어난 집주름 노인의 말을 들으면서 류경호는 주변을 돌아봤다. 한때 양반 중의 양반들만 살던 이곳은 이제 낯선 말과 습관을 가진 사람들의 세상이 될 것이다. 적선동 일대도 새로운 변화를 맞을 준비를 하고 있었다. 으리으리한 양반집의 행랑채를 조각내서 새로운 형태의 한옥으로 만들었다. 사방을 빙 둘러서 사각형으로 만든 한옥 같지 않은 한옥은 류경호나 죽은 이인도처럼 시골에서 올라온 사람들의 거처가 되었다. 덕분에 조용해야 할 골목길 안은 목수들이 톱질을 하고 인부들이 시멘트와 벽돌을 나르느라 혼란스러웠다. 시대에 발맞춰 변하고 있는 골목길 풍경을 지켜보던 류경호는 담배 연기를 내뿜는 집주름 노인에게 그가 들어간 집을 가리키며 물었다.

"저기 골목길 입구에 있는 집 말입니다. 누구네 집입니까?"

"대문을 뜯어낸 집 말이지?"

코끝에 흘러내린 돋보기안경을 끌어올린 노인이 한참을 바라보다가 고개를 갸웃거렸다.

"작년까지는 참판 벼슬을 했던 김 씨라는 양반이 살았는데 올초에 팔렸어."

"누가 사 간 겁니까?"

그의 물음에 집주름 노인이 고개를 갸웃거렸다.

"그러고 보니 저 집만 내 손을 안 거쳤구만. 자네처럼 양복을 입은 젊은 사람들이 계속 드나들었어."

집주릅 노인의 설명을 들은 류경호는 다시 고개를 돌려서 문제의 집을 바라봤다. 집 안에서는 여전히 망치로 못질을 하는 소리가 들렸다. 그 소리를 들은 집주릅 노인이 얼굴을 찡그렸다.

"아예 집을 허무는 것도 아니고, 뭔 놈의 공사를 저리 오래 하는지 모르겠어."

"얼마나 오래 했기에 그런 말씀을 하십니까?"

류경호의 물음에 집주릅 노인이 대답했다.

"여름부터 계속이지. 딴 집은 한 달이면 뚝딱인데 저 집은 목수 실력이 신통찮은지 두 달이나 계속 저러고 있어. 농땡이 피우는 거 같지는 않고 들어가면 점심때 빼고는 나오지도 않고 일하는데 말이야."

점심이라는 얘기를 들은 류경호는 그 시간을 노리기로 했다. 그리고 그동안 또 한 명의 용의자를 살펴보기로 했다. 노인에게 가지고 있던 마카오 담뱃갑을 건네준 류경호가 인사를 했다.

"말씀 잘 들었습니다."

"고맙네."

담뱃갑을 챙긴 노인과 헤어져서 큰길로 나온 류경호는 때마침 정거장에 도착하는 전차를 탔다. 검은색 제복을 입은 검표원이 다가와서 목적지를 물었다.

"서대문 형무소."

그러면서 돈을 내밀자 검표원이 받아서 잔돈과 표를 건넸다. 빈자리를 찾아서 앉은 류경호는 눈을 감은 채 생각에 잠겼다. 죽은 이인도의 하숙집에서 함께 머물던 두 사람이 방을 뒤지고 가방을 열어봤다. 사라진 물건이 없는 걸 보면 뭔가를 찾고 있는 게 분명했다. 무엇을 찾으려고 한 것인지, 그것이 이인도와 어떤 연관이 있는지가 죽음의 비밀을 푸는 열쇠가 될 것이었다.

이런저런 생각에 잠겨 있던 그는 전차장이 큰 목소리로 서대문형무소 앞이라고 외치는 소리를 들었다. 자리에서 일어난 그는 전차에서 내렸다. 그의 눈앞에 붉은색 벽돌 담장을 두른 서대문 형무소가 보였다. 수많은 독립운동가들이 이곳에서 옥고를 치르거나 밖으로 나오지 못하고 세상을 떠났다. 류경호는 무겁고 착잡한 마음으로 시선을 돌렸다. 길 건너편에는 수감자들의 가족이 머물면서 옥바라지를 하는 거리가 보였다. 마치 성채 같은 서대문 형무소와 당장에라도 쓰러질 것 같은 초가집들이 묘한 대조를 이뤘다.

경성도축장은 예전에 시대일보에서 근무할 때 취재를 간 적이 있어서 쉽게 찾아갈 수 있었다. 도축장의 뜰 한가운데에 있는 작은 언덕에는 이곳에서 죽은 소와 돼지들의 명복을 비는 공양탑이 서 있어서 금방 알아볼 수 있었다. 거기다 소와 돼지 특유의 냄새까지 이정표 역할을 해줬다.

도축장에서 가장 큰 건물은 도살할 소와 돼지들을 넣어두는 계류소였다. 계류소와 검사소 같은 것들은 모두 가건물 형태로 지어졌지만 도축을 하는 도축소는 벽돌로 지어졌다. 소들이 드나들 수 있게 넓게 지어진 정문에는 완장을 찬 경비원이 지키고 있었다. 그곳으로 걸어간 류경호는 자신을 바라보는 경비원에게 말을 건넸다.

"고쿠라 주임님 계십니까?"

"어디서 오셨습니까?"

류경호는 미심쩍은 눈으로 자신을 바라보는 경비원에게 웃으면서 대답했다.

"시대일보에서 근무했던 류경호 기자라고 합니다."

관청에서 일하는 사람들이 제일 무서워하고 귀찮아하는 게 신문기자들이었다. 이 경성도축장의 경우에도 불량한 위생 문제를 지적하는 신문기사가 여러 번 실렸던 적이 있었다. 당장 표정이 변한 경비원이 경비실 안에 있던 전화기를 들었다. 등을 돌린 채 낮은 목소리로 얘기를 주고받은 후 경비원은 한층 공손해진 목소리로 말했다.

"도축실 앞에서 기다리신답니다."

고맙다는 인사를 남긴 류경호는 도축장 안으로 들어섰다. 울부짖는 소들로 가득한 계류소를 지나자 도축실 앞에 서 있는 고쿠라 주임이 보였다. 뒷짐을 지고 서 있던 고쿠라 주임이 류경호를 알아보고는 활짝 웃었다.

"아이고, 류 기자님 아니십니까?"

"오랜만입니다. 고쿠라 주임님."

"연락도 없이 어쩐 일이십니까?"

"알아볼 일이 있어서 급하게 들렸습니다."

"뭐, 기사라도 쓰시게요?"

고쿠라 주임이 은근한 목소리로 묻자 류경호는 웃으면서 고개를 저었다.

"그건 아니고 그냥 개인적으로 알아보는 겁니다. 혹시 도축 인부 중에 황장석이라는 사람이 있습니까? 나이는 30대 정도에 턱수염이랑 콧수염이 있습니다."

"아! 황 상이라면 잘 알죠. 그 사람이 무슨 사고라도 친 겁니까?"

"아뇨. 혹시 그 사람이 9월 20일과 21일에 출근했는지 확인 할 수 있겠습니까?"

"일주일 전이군요. 사무실에 출근 장부가 있을 겁니다."

뒷짐을 진 채 앞장선 고쿠라 주임이 도축실 옆에 붙은 사무실로 들어갔다. 비좁은 사무실 안은 서류 더미로 가득했다. 한쪽에는 짐을 정리해서 쌓아놓았다.

"연말에 신설리에 새로 만들어지는 도축장으로 갑니다. 미리 옮겨놓을 서류랑 짐들을 정리해놨죠."

웃으면서 설명한 고쿠라 주임은 구석에서 일하는 여직원에게 다가가서 말을 건넸다. 그리고 여직원이 뒤에 있는 서류함에서 꺼낸 장부를 받아서 그에게 돌아왔다. 고쿠라 주임이 침을 바른 손가락으로 장부를 넘겼다.

"여기 있네요. 9월 20일이면 월요일이고 21일이 화요일인데 두 날 모두 정상적으로 출근하고 퇴근했습니다."

"여긴 출퇴근 시간이 몇 시입니까?"

"보통은 새벽 5시에 시작해서 오후 5시에 끝납니다."

설명을 들은 류경호는 머릿속으로 동선을 그려봤다. 이곳 경성도축장에서 새로 지어지고 있는 총독부까지의 거리를 생각하면 황장석이 이인도를 살해하거나 혹은 살인에 가담할 수는 없었다. 처음에 황장석이 도축장에서 일한다는 얘기를 듣고 잠깐 동안 이인도가 이곳에서 살해당하고 시신이 옮겨졌을 가능성을 떠올려봤다. 하지만 20일에 출근했다가 다음 날 시신으로 발견되었다는 점을 감안하면 그러기는 불가능했다. 류경호가 눈살을 찌푸리자 지레짐작한 고쿠라 주임이 조심스럽게 물었다.

"황 상이 정말 무슨 사고라도 친 겁니까?"

"그건 아니고요. 뭘 좀 확인하려고 온 겁니다. 오늘도 일하고 있습니까?"

"이 옆 도축실에 있습니다. 만나고 가시려고요?"

고쿠라 주임의 물음에 류경호는 살짝 고개를 저었다.

"얘기를 나눌 건 아니고 멀리서 좀 지켜볼 수 있겠습니까?"

"옆에서 지켜보시면 되겠네요. 따라오십시오."

선뜻 승낙한 고쿠라 주임이 사무실 안에 있는 문을 열었다. 도축실과 붙어 있는 사무실이라 내부로 연결된 문이 있었던 것이다.

도축실 안은 예전에도 한 번 와본 적이 있긴 하지만 피비린내와 오물 냄새가 훅 풍겨오자 저도 모르게 눈살을 찌푸리고 말았다. 50평 크기의 도축실 바닥은 피와 오물이 스며들지 않도록 화강암이 깔려 있었다. 가운데에는 길게 도랑이 파였고, 천장의 대들보에는 쇠사슬과 연결된 도르래가 매달려 있었다. 창문이 있는 벽을 등진 채 긴 탁자가 놓인 곳에는 하얀 가운을 입은 수의사와 제복 차림의 경찰이 앉아 있었다.

방금 도축이 이뤄졌는지 고무장화를 신은 도축 인부들이 물로 화강암 바닥을 청소하는 중이었다. 청소한 물은 바닥에 있는 도랑으로 흘러들어가서 밖으로 빠져나갔다. 일을 마친 도축 인부들이 구석에 모여서 담배를 피웠다. 고쿠라 주임이 그들 중에 한 명을 가리켰다.

"저 사람이 황 상입니다."

다들 피가 튀는 것 때문에 그런지 얼굴에 복면 같은 걸 썼지만 다른 사람들보다 키가 좀 작고 어깨가 넓은 덕분에 쉽게 알아볼 수 있었다.

도축 인부들이 담배를 한 대 다 태울 무렵, 도축실의 문이 열리고 소 한 마리가 들어왔다. 건장한 인부가 코뚜레를 잡아당기고 막대기를 든 인부 서너 명이 달라붙어서 몰았다. 소는 주춤거리면서도 안으로 끌려 들어왔다. 질질 끌려 들어온 소는 눈을 희번덕거리면서 발버둥을 쳤지만 인부가 코를 붙잡고 누르자 꼼짝도 못 했다.

그사이 담배를 다 피운 황장석이 구석에 세워 놓았던 커다란 해머를 들고 다가갔다. 어슬렁거리면서 다가가던 황장석이 갑자기 해머를 번쩍 들어서는 소의 눈과 눈 사이의 미간을 정확하게 내리쳤다. 퍽 하는 소리와 함께 피가 튀면서 소가 옆으로 넘어졌다. 황장석이 든 해머의 끝은 마치 못처럼 뾰족해서 소의 미간에 구멍을 뚫어놨다.

황장석이 해머를 질질 끌고 옆으로 물러났다. 그러자 다른 도축 인부가 피가 잔뜩 묻은 길고 가는 막대기를 들고 피가 펑펑 쏟아지는 소의 미간 사이에 난 구멍에 푹 찔러 넣었다. 그러자 축 늘어져 있던 소가 갑자기 온몸에 경련을 일으켰다. 당장에라도 일어날 것 같은 소의 격렬한 몸부림은 도축 인부들이 달려들어서 누르자 곧 멈췄다.

죽어가는 소의 울음소리는 그 뒤로 한동안 이어졌다. 보통 사람들이라면 못 견딜 참혹한 풍경이지만 하루에 수십 마리의 소를 잡는 도축 인부들에게는 그저 일에 불과할 뿐이었다. 소의 경련이 멈추자 몇 발자국 떨어져 있던 인부들이 커다란 칼을 들고 다가갔다. 이제 본격적인 해체작업이 벌어질 모양이었다.

큰 칼을 든 인부들이 능숙한 솜씨로 소의 가죽을 벗겨나갔다. 방금 전까지 살아 있던 소는 뜨거운 김을 뿜어냈다. 가죽을 벗긴 도축 인부들은 소의 머리를 잘라내고 배를 쭉 갈랐다. 그사이 망치를 벽에 가져다 놓은 황장석이 석유 깡통을 끌고 와서는 피를 받았다. 굳힌 피는 선지로 만들어져서 팔릴 것이다.

피가 어느 정도 빠지자 인부들이 천장에 드리워진 쇠사슬을 내려서 소의 다리에 묶었다. 그리고 신호를 주고받은 후에 쇠사슬을 당기자 방금 도축된 소는 천천히 허공으로 올라가면서 네 다리가 천천히 벌려졌다. 그러면서 절개된 배에 붙어 있던 내장들이 아래로 축 늘어졌다.

쇠사슬이 고정되자 칼을 든 도축 인부들이 달라붙어서 능숙하게 칼질을 해댔다. 그렇게 잘라낸 머리와 절개된 배에서 꺼낸 내장들은 도축 인부들의 손에 들려서 수의사가 앉아 있는 탁자로 옮겨졌다. 소의 내장을 손으로 뒤적거리면서 살피던 수의사가 탁자에 놓인 칼을 들고 일부분을 잘라내서 옆에 놓인 나무상자 안에 던져 넣었다. 그리고 나머지는 가져가라는 손짓을 했다.

수의사의 검사를 통과한 소의 머리와 내장은 옆에 있는 빈 탁자로 옮겨졌다. 그리고 황장석이 소의 머리와 내장에 스탬프를 찍었다. 그 광경을 유심히 보던 류경호는 저도 모르게 쓴웃음을 지었다. 방금 도축된 소의 머리와 내장이 물컹거려서 그런지 스탬프가 잘 찍히지 않자 여러 번 찍어야 했고, 그 와중에 손에 묻는 것이 보였기 때문이다. 황장석의 손에 남은 잉크 자국은 그의 방을 뒤지면서 생긴 것이 아니라 도축된 소에 검사 통과 스탬프를 찍으면서 생긴 것이다.

스탬프를 찍은 소의 머리와 내장을 들고 밖으로 사라진 황장석의 뒷모습을 지켜보던 류경호는 옆에서 바라보던 고쿠라 주임에게 말했다.

"잘 봤습니다. 제가 왔다는 건 저분한테 말씀하지 말아주세요."

"알겠습니다. 언제 술이라도 한잔하시죠."

류경호는 의례적인 술 약속을 한 고쿠라 주임의 배웅을 받으며 경성도축장을 빠져나왔다. 그리고 아까 내린 서대문 형무소 앞의 전차 정거장까지 천천히 걸어갔다. 멀리서 전차가 오는 게 보이자 류경호는 발걸음을 서둘렀다.

경성부청사 옆에 있는 경성일보사 앞에 시보레 자동차가 멈췄다. 벽돌과 대리석을 섞어서 짓고 귓돌*까지 끼워놔서 회색

---

* corner stone, 건물의 모서리에 벽돌이나 화강암을 중간중간 끼워 넣는 것을 말한다.

화강암 일색인 경성부청사보다는 한층 화려했다. 차의 뒷자리에서 내린 도쿠토미 소호는 입구에서 기다리고 있던 직원의 안내를 받아 4층 회의실로 들어갔다. 한 손에 시가를 든 채 창밖을 내려다보던 미노베 도시키치 경성일보 고문이 고개를 돌렸다.

"어서 오십시오. 경성일보는 처음 오시지요?"

"새로 지어진 사옥에는 처음일세."

"일한합방 시기에 경성일보를 맡으신 인연이 있지요?"

미노베 도시키치 경성일보 고문의 말에 그는 고개를 끄덕거렸다.

"데라우치 마사타케 총독의 요청을 받았네. 경성일보를 맡고 제일 처음 한 것이 조선인들이 만든 대한매일신보를 흡수해서 매일신보로 낸 것이지."

"지금도 탁월한 선택이었다는 얘기들을 하고 있습니다."

"지배와 통제를 하기 위해서는 언론을 장악해야 하네. 그래야만 사람들이 딴생각을 못 하게 할 수 있으니까 말일세."

"맞는 말씀이십니다."

"분로쿠 게이초의 역*을 생각해보게. 도요토미 히데요시는 무려 20만 대군을 투입하고 7년 동안이나 싸웠지만 조선 땅을 차지하지 못했네. 하지만 우린 조선과 전쟁을 하지 않고 야금야금 이 땅을 차지했어. 전쟁은 총칼로 하는 게 맞지만 지배는 펜으로 해야만 해."

---

* 文禄·慶長の役, 임진왜란의 일본식 명칭.

"명심하겠습니다."

고개를 숙인 채 대답한 미노베 도시키치 경성일보 고문에게 도쿠토미 소호가 인자한 목소리로 말했다.

"자네 같은 언론인들의 역할이 중요하네. 지금까지 잘 해왔지만 앞으로도 잘 부탁하네."

"최선을 다하겠습니다. 그런데 오늘은 어쩐 일로 모이자고 하신 겁니까?"

"다른 사람들이 오면 같이 얘기하지."

때마침 문을 두드리는 소리와 함께 마루야마 쓰루기치 경무국장과 유아사 구라헤이 정무총감이 들어섰다. 두 사람 뒤에는 낯선 사람이 하나 따라 들어왔다. 간단하게 인사를 나눈 일행에게 미노베 도시키치 경성일보 고문이 위스키를 한 잔씩 권했다. 하지만 처음 나타난 사람은 가볍게 거절의 뜻을 표한 채 모자를 벗고 문 옆에 섰다. 한 손에 위스키 잔을 든 채 의자에 앉은 마루야마 쓰루기치 경무국장에게 창가에 서 있던 도쿠토미 소호가 물었다.

"그 일은 어떻게 되었나?"

"그건 종로경찰서의 하야시 곤스케 경부가 설명할 겁니다."

소개를 받은 하야시 곤스케 경부가 가볍게 고개를 숙여 인사를 하고는 입을 열었다.

"최수범은 현재 종로경찰서에 수감된 채 집중적으로 조사를 받고 있습니다."

하야시 곤스케 경부는 그 조사라는 것이 물고문과 전기고문이 동반된 것이라고는 굳이 설명하지 않았다. 얘기를 들은 도쿠토미 소호가 물었다.

"그자를 어떻게 엮어 넣을 건가?"

"얼마 전에 일어난 마석고개에서 우편자동차 강탈사건으로 엮어 넣을 생각입니다. 범죄자들은 모두 양주의 천마산에서 체포했고, 관련자들을 조사 중입니다."

"최수범이 자백하면 이번 일이 잘 해결되겠지?"

계속되는 질문에 하야시 곤스케 경부는 마른침을 삼켰다. 사실 최수범은 올해 열여덟 살의 애송이였다. 마르크스와 레닌에 빠져 있기는 하지만 위험한 정도는 아니었다. 하지만 윗선에서 기획 중인 공안사건의 희생물로는 더없이 적당했다. 그의 작은 외삼촌이 바로 박길룡 기수였기 때문이다. 잠시 생각에 잠긴 그는 도쿠토미 소호의 눈길을 의식하고는 서둘러 입을 열었다.

"그자는 박길룡 기수의 친척입니다. 그자를 연결고리로 해서 의열단과 엮을 수 있습니다."

하야시 곤스케 경부의 설명을 들은 도쿠토미 소호가 흡족한 표정을 지었다.

"의열단이 조선총독부를 공격하기 위해서 최수범을 통해 박길룡과 접촉했고, 그 사실을 안 이인도가 신고하려고 하자 살해했다는 그림을 그릴 수 있겠군."

하야시 곤스케 경부는 할 말이 많았지만 마루야마 쓰루기치 경무국장과 눈이 마주치면서 입을 다물어야만 했다. 유아사 구라헤이 정무총감이 위스키 잔을 든 채 물었다.

"박길룡을 얽어 넣은 다음에는 어찌하실 겁니까?"

질문을 받은 도쿠토미 소호는 창가에 서 있던 미노베 도시키치 고문을 가리켰다.

"그다음은 미노베 군이 맡을 걸세. 언론을 총동원해서 관직에 있는 조선인들을 몰아내자고 할 거야. 나도 논설로 힘을 보탤 생각이고 말이야."

"저도 두 분 생각에는 찬성이지만 일이 우리 뜻대로 되겠습니까?"

유아사 구라헤이 정무총감의 얘기에 도쿠토미 소호가 눈살을 찌푸렸다.

"안 되면 되도록 해야지. 우리가 이 조선을 어떻게 차지했는지를 생각해보게. 청나라와 러시아를 물리치고, 폭도들을 진압했네. 그렇게 차지한 조선인데 그 과실을 조선인들과 나눌 수는 없는 노릇이야. 본국의 정치인들이 3·1폭동에 겁을 먹고 정책을 변경했지만 그건 조선인에게 쓸데없는 희망만 준 꼴일세."

도쿠토미 소호의 단호한 말에 참가자들이 모두 고개를 끄덕거렸고, 하야시 곤스케 경부는 말없이 지켜봤다. 기분이 좋아졌는지 도쿠토미 소호의 목소리가 높아졌다.

"총독부가 움직이면 그다음은 은행과 기업들이 뒤를 따를 걸세."

그런 도쿠토미 소호에게 마루야마 쓰루기치 경무국장이 조심스럽게 말했다.

"지난번처럼 일이 틀어질 염려는 없겠습니까? 그때도 총독부의 이와이 조사부로 과장 말만 믿고 일을 진행했다가 문제가 생겼는데 말입니다."

"그러고 보니 그때 조선인 기자가 훼방을 했다고 들었는데 말이야."

도쿠토미 소호의 물음에 방 안의 시선이 자연스럽게 하야시 곤스케 경부에게 향했다. 작게 한숨을 쉰 후 그가 입을 열었다.

"류경호라는 기자입니다. 게이오 대학을 졸업했고, 시대일보를 거쳐서 별세계라는 잡지에서 일하는 중입니다. 고향은 충북 옥천이고, 불령선인과의 연관성은 없습니다."

"시대일보라면 최남선 군이 잠깐 운영하던 신문사 아닌가?"

"맞습니다. 그때 함께 일했고, 지금도 가까운 관계를 유지하고 있습니다."

"그자가 박길룡의 만년필을 찾아내는 바람에 우리 계획이 틀어졌었지?"

"맞습니다. 미리 알았다면 막았을 텐데 최남선 선생이 자리에 있는 바람에 손쓸 도리가 없었습니다."

"보통내기가 아닌 모양이군."

도쿠토미 소호의 말에 하야시 곤스케 경부가 어깨를 으쓱거렸다.

"작년에 벌어진 가짜 홍종우 소동을 해결한 장본인이기도 합니다."

"최남선 군은 따로 만나서 설득을 할 생각이야. 류경호는 최남선 군을 설득한 다음에 처리하지."

도쿠토미 소호의 얘기가 끝나자 미노베 도시키치 경성일보 고문이 입을 열었다.

　"그나저나 내지가 걱정입니다. 무지한 자들이 폭동을 일으킨 후에 정치인들이 너무 많이 양보해주고 있습니다."

　"군대와 뜻있는 인사들이 나서고 있으니 다이쇼 데모크라시* 같은 바보짓은 곧 끝날 거요."

　도쿠토미 소호의 묵직한 말에 참석자들은 말없이 고개를 끄덕거렸다. 그 틈을 타서 하야시 곤스케 경부가 조심스럽게 나섰다.

　"류경호는 제가 따로 만나서 손을 떼라고 경고하겠습니다."

　마루야마 쓰루기치 경무국장이 바라보는 가운데 도쿠토미 소호가 고개를 끄덕거렸다.

　"좋을 대로 하게. 이번 일은 총독부의 낙성식이 끝나고 내지에서 온 기자들이 돌아간 이후에 터트리게. 지난번 같은 실수는 용납하지 않겠네."

　실수라는 얘기를 듣고 빈정이 상한 하야시 곤스케 경부가 단호하게 대답했다.

　"경찰은 실수하지 않았습니다."

　순간적으로 분위기가 얼어붙었지만 도쿠토미 소호는 호탕하게 웃었다.

　"패기가 좋군. 실수하지 않는 경찰의 모습을 기대하겠네."

---

* 大正 democracy, 1920년대 일본 정치에서 군부의 입김이 줄어들고 본격적인 민주주의로 발전하던 시기로 군부의 반발로 인해서 막을 내리고 말았다.

광화문 앞 전차 정거장에서 내린 류경호는 아까 올라간 오르막길을 천천히 걸었다. 혹시 정철수와 마주칠까봐 조심했지만 다행히 그러지는 않았다. 골목길을 올라가자 아까 만난 집주릅 노인이 여전히 자리를 지키고 있는 게 보였다. 고개를 숙인 채 잠든 것 같던 집주릅 노인은 발소리를 듣고는 고개를 들었다.

"또 왔어?"

집주릅 노인의 물음에 류경호는 가볍게 고개를 끄덕거렸다.

"네. 일이 좀 복잡하게 돌아가네요."

서대문 형무소 옆에 있는 경성도축장까지 헛걸음을 했다는 사실에 다소 지친 류경호의 모습을 본 집주릅 노인이 혀를 찼다.

"세상일이라는 게 다 그렇지."

아직 점심시간 전이라 정철수가 나오려면 이곳에서 좀 더 지켜봐야만 했다. 류경호는 노인과 얘기를 나누면서 시간을 보내기로 했다.

"집주릅 일은 오랫동안 하신 겁니까?"

"이거? 한 10년 됐나?"

"그동안 이 동네도 많이 변했죠?"

"동네만 변한 게 아니라 나라 전체가 변했는걸."

사람 상대하는 일을 오랫동안 해서 그런지 집주릅 노인은 넉살이 좋은 편이었다.

"이 일 하기 전에는 무슨 일 하셨어요?"

"닥치는 대로 했지. 열다섯 살인가에 올라왔는데 아는 사람도 없고 머물 곳도 없었어. 처음에는 제물포에서 일하다가 스물다섯 살에 장가를 가고 경성으로 올라왔지. 구둣방에 좀 다녔다가 가게가 문을 닫으면서 신기료장수* 노릇을 제법 했어."

"경성을 안 돌아다닌 곳이 없으셨겠네요."

"경성뿐이겠어. 배운 게 도둑질이라고 신기료장수들이 늘어나는 바람에 도구가 든 석유 궤짝 매고 광주랑 제물포 쪽으로도 많이 돌았지."

"그러다가 이 일 하신 건가요?"

"하루 종일 걸어 다니면서 신 고친다고 외치는 것도 힘들고, 다른 건 다 오르는데 신발 고치는 값은 하나도 안 오르는 바람에 이러다 굶어 죽겠다 싶었지. 마침 이 동네에 아는 사람들이 많아서 자리를 잡으면 되겠다 싶어서 냉큼 들어왔어."

환갑은 된 것 같은 집주릅 노인은 또래의 조선 사람들처럼 급격한 변화를 겪었을 것이다. 하지만 주름진 그의 얼굴에는 미련이나 회한 같은 건 없어 보였다.

얘기를 더 나누려는 찰나 문제의 집 안에서 털컹거리는 소리와 함께 흙이 가득 실린 손수레가 나왔다. 얼른 고개를 돌린 류경호의 곁을 지나서 큰길로 내려가는 손수레 뒤에는 그가 따라가고 있었다. 그걸 본 집주릅 노인이 중얼거렸다.

"식사를 하러 가는 모양이군."

그렇다면 지금이 집 안을 살펴볼 좋은 기회라는 생각에 류경호는 몸을 일으켰다. 그리고 집주릅 노인에게 말했다.

* 신발을 고쳐주던 일을 하던 사람.

"사정이 있어서 저 집을 좀 살펴봐야 하는데요. 망 좀 봐주시겠습니까?"

떨떠름한 표정의 집주릅 노인이 고개를 끄덕거렸다. 몸을 돌린 류경호는 곧장 문제의 집 안으로 들어갔다. 한때 대감마님이 드나들었던 솟을대문은 문짝이 없어서 흉물스러워 보였다. 대문 양쪽의 토방*은 거적으로 가려져 있고 안에는 삽과 곡괭이 같은 도구들이 쌓여 있었다. 나머지는 이인도의 하숙집과 비슷한 모습이었다. 사방에 툇마루를 두른 방들이 있고, 대청 한쪽은 부엌으로 연결되어 있었다. 바닥은 온통 물에 젖은 흙투성이였고, 굵은 기둥들이 여기저기 널려 있었다. 언뜻 보기에 공사는 거의 다 끝난 상태였는데 자재들이 너무 많은 게 눈에 띄었다. 대청과 연결된 큰 방에만 벽이 있고, 다른 방들은 기둥까지만 세워진 상태였지만 문 옆의 딱 한 칸만 벽과 문이 모두 갖춰져 있었다.

주변을 살펴보던 류경호는 그쪽으로 발걸음을 옮겼다. 조심스럽게 미닫이문을 열자 누군가 지내고 있을 법한 상태로 보였다. 두 달째 공사를 하고 있지만 진척이 없어 보이는 다른 공간과는 달리 멀쩡하게 남아 있는 걸 본 류경호는 호기심에 이끌려 안으로 들어갔다. 이인도의 방에서 본 것 같은 커다란 나무 탁자와 의미를 알 수 없는 선과 글씨가 적혀 있는 종이들이 보였다. 이 방의 주인은 이인도처럼 설계를 하는 것 같았다.

---

* 土房, 바닥이 흙으로 된 방으로 창고나 머슴방으로 이용되었다.

어두침침한 방 안을 둘러보던 그의 눈에 창가에 세워놓은 작은 액자가 보였다. 창가로 쏟아져 들어오는 햇빛을 등지고 있어서 사진 속 인물들이 누군지 알아보기 어려웠다. 그쪽으로 다가가 액자를 집어서 슬쩍 들어 올렸다.

그러자 교복 차림의 남자 네 명이 활짝 웃고 있는 게 보였다. 사진관에서 찍었는지 고급스러운 의자에 앉아 있는 두 명과 그 뒤에 두 명이 서 있는 형태였다. 그중 두 명의 얼굴이 낯이 익다는 생각을 하는 순간, 남은 두 명 중 한 명의 얼굴도 알아볼 수 있었다. 나머지 구석에 서 있던 한 명은 흰색 펜으로 사진 위에 글씨를 적어 얼굴이 가려지는 바람에 알아볼 수 없었다. 류경호는 사진에 적힌 글씨를 읽었다.

"조선청년건축회. 대정 13년."

이들이 왜 한자리에 모여서 다정하게 사진을 찍었는지 골똘히 생각하는 동안 책상 구석에 어제 그의 방에서 없어진 아동용 잡지《어린이》가 놓여 있는 게 보였다. 손을 뻗어서 집어 드는데 중간에 끼워져 있던 뭔가가 툭 빠져나왔다. 잡지사에서 설문조사나 경품추첨을 할 때 쓰는 우편엽서였다. 앞뒤를 살펴보는데 뒷면에 알아볼 수 없는 글씨가 적혀 있는 게 보였다. 무슨 의미인지 한창 살펴보는 중에 집주릅 노인의 우렁찬 목소리가 들려왔다.

"점심 먹으러 간 거 아니었어?"

그게 뭘 의미하는지 알아챈 순간, 류경호는 우편엽서를 손에 들고 방 밖으로 빠져나왔다. 그리고 그가 대문을 들어서기 직전에 아슬아슬하게 토방 안으로 숨는 데 성공했다. 거적 아래로 방금 들어온 그의 신발이 보였다. 대문 앞에 잠깐 서 있던 그는 방금 류경호가 나온 방으로 들어갔다. 그 틈을 타서 도망갈까 생각해봤지만 밟고 있던 삽이나 곡괭이가 흔들리면 소리가 날 것 같아서 꼼짝하지 못했다.

방 안으로 들어간 그는 뭔가를 찾고 있는지 한동안 나올 기미를 보이지 않았다. 이러다 인기척이라도 느낀다면 들킬 게 뻔했기 때문에 숨소리도 크게 내지 못했다. 시간이 흐르면서 다리에 슬슬 무리가 갔다. 쌓여 있는 삽과 곡괭이를 살짝 밟고 있는 상황이라 발을 움직일 수 없어서 더 고역이었다.

잠시 후, 방에서 나온 그의 발이 보였다. 대문 밖으로 나가려던 발이 갑자기 그가 숨어 있는 토방 앞에서 멈췄다. 낡은 거적만 들추어버린다면 들키는 상황이라 숨도 크게 못 쉬는데 갑자기 거적 아래로 그의 손이 불쑥 들어왔다. 심장이 멎어버릴 것 같은데 바닥을 더듬던 그의 손이 괭이를 쏙 집어갔다. 그러고는 대문 밖으로 사라졌다. 집주릅 노인이 큰 목소리로 말을 건네면서 그가 멀어져갔음을 일러줬다.

겨우 숨을 돌린 그는 거적을 들추고 토방을 빠져나왔다. 그리고 조심스럽게 대문 밖을 살피자 집주릅 노인이 나와도 된다고 손짓을 했다. 이마에 흥건한 땀을 닦아낸 류경호는 아까 그가 건넨 담배를 피우는 집주릅 노인에게 꾸벅 인사를 하고는 서둘러 골목길을 빠져나왔다.

영추문 앞의 전차 정류장까지 한걸음에 달려 나온 류경호는 때마침 도착한 전차에 올라탔다. 5전을 내고 전차에 올라탄 그는 겨우 한숨을 돌렸다. 빈자리가 없어서 손잡이를 잡고 서서 가야만 했다. 창문 위쪽에 붙은 모리나가 밀크와 라이언 치마분 광고판을 바라보면서 마음을 진정시켰다.

다른 무엇보다도 그들이 모두 한자리에서 사진을 찍어야만 했던 이유가 궁금해졌다. 그리고 처음 만났을 때 이인도의 방에서 지내겠다는 류경호의 말에 뭔가 복잡한 미소를 지은 것도 마음에 걸렸다.

이런저런 생각을 하면서 별세계에 도착한 류경호는 문을 열고 들어섰다. 그러자 의자에 앉아서 담배를 피우고 있던 손상섭 부주간이 인상을 썼다.

"류 기자! 아무리 일이 바빠도 그렇지 전화 한 통 달랑 해놓고 이제야 오면 어떡하나?"

대충 분위기를 파악한 류경호는 고개를 꾸벅 숙였다.

"죄송합니다. 급한 연락을 받아서 그만……."

"원고만 밀리지 않으면 다가 아니란 말이야. 앞으로 조심하게. 한 번만 더 이러면 가만있지 않겠어."

"알겠습니다."

연거푸 고개를 숙인 류경호는 자리로 돌아갔다. 사무실 분위기를 보니 손상섭 부주간이 한바탕 휘저은 것 같았다. 건너편에 앉아 있는 정수일 기자가 눈을 동그랗게 뜨고 괜찮냐는 눈빛을 보냈다. 생각에 지친 류경호는 가만히 고개를 끄덕거렸다. 담배 연기를 내뿜은 손상섭 부주간이 기자들에게 말했다.

"오늘 밤에 야간 탐방 진행할 거니까 관할구역이랑 담당 기자들 정해서 4시까지 보고해."

다른 때 같으면 이렇게 일정을 잡으면 어떡하느냐는 항의가 빗발쳤겠지만 분위기가 분위기인지라 다들 아무 말도 못 했다. 담배를 다 피운 손상섭 부주간이 잠깐 나갔다 오겠다는 말을 남기고는 밖으로 나갔다. 그가 나가자마자 여기저기서 기다렸다는 듯 욕설과 한숨이 터져 나왔다. 자리에서 일어난 정수일 기자가 그에게 다가왔다.

"주간한테 깨졌는지 아침부터 뿔이 단단히 났더라."

"왜요?"

"명랑시대라는 잡지 알지? 걔들이 이번 호에 경성의 불량남녀 전성시대라는 기사를 실었대. 부주간이 지난번부터 계속 야간 탐방하자고 했는데 기자들이 차일피일 미루는 바람에 못 싣고 있다가 이렇게 됐다고 난리도 아니었어."

전후 사정을 듣게 된 류경호는 피식 웃고 말았다. 정수일 기자가 류경호의 어깨를 토닥거렸다.

"한창 화내고 있을 때 네가 들어왔거든. 재수 없게 걸린 거니까 너무 신경 쓰지 마."

"그럴게요. 선배."

주머니에서 담배를 꺼내던 그가 류경호의 얼굴을 보고는 고개를 갸웃거렸다.

"처녀 귀신이라도 보고 온 거야? 얼굴이 왜 그래?"

"더한 걸 보고 왔어요."

류경호는 쓴웃음을 지으면서 대답했다. 담배를 입에 문 정수일 기자가 그에게 말했다.

"오늘 밤에 나랑 같이 돌래? 안국동이랑 화동 쪽에 있는 하숙집이랑 이상한 집들 털면 재미난 기삿거리들이 많이 나올 거 같은데 말이야."

"이상한 집들이요?"

류경호의 반문에 정수일 기자가 다 알지 않느냐는 눈짓을 했다.

"남학생이랑 여학생들끼리 어울려서 연애하는 곳이 있다고 하던데?"

"갈보집이나 색시집 말고 그런 곳이 있대요?"

최근 들어서 경성에서는 원래부터 있던 색시집 말고도 매춘을 하는 곳이 늘어났다. 우동을 파는 곳이나 카페에서도 공공연하게 이뤄졌고, 최근에는 가정집에서도 매춘이 이뤄졌다. 오갈데 없거나 학비가 떨어진 여학생들이 자유연애를 가장한 매춘에 나섰기 때문이다. 돈 많은 남자들은 모던 걸을 옆에 끼고 영화관이나 땐스홀을 드나들었고, 은밀한 장소에서 관계도 맺었다. 남자들은 여자들이 문제라고 혀를 찼지만 류경호가 보기에는 그런 여자들의 꽁무니를 따라다니면서 돈을 쓰는 남자들이 더 문제였다.

정수일 기자가 자리로 돌아가자 류경호는 원고지를 내려다봤다. 오늘 봤던 것들을 정리해야겠다고 생각했지만 그럴수록 머릿속만 복잡해졌다. 박길룡과 이인도는 같은 경성고공 출신이라 함께 사진을 찍어도 별문제가 없었다. 하지만 얼굴을 알아볼 수 없는 한 명을 뺀 나머지 한 명, 그러니까 오늘 류경호가 미행했던 정철수가 사진 속에서 두 사람과 함께 웃고 있는 이유는 도통 짐작이 가지 않았다. 당사자인 박길룡에게 물어보고 싶었지만 꾹 참았다. 만약 그가 일방적인 피해자가 아닐 경우 오히려 사건은 미궁 속으로 빠질 수밖에 없었기 때문이다.

이런저런 생각을 하던 류경호는 주머니에서 쑤셔 넣었던 엽서의 존재가 떠올랐다. 주머니에서 꺼낸 엽서 뒷면에 알 수 없는 글씨들이 만년필로 적혀 있었다. 언뜻 보면 낙서 같아 보였지만 어디서 본 것 같은 느낌이 들었다.

서랍 안에 엽서를 집어넣은 그는 한동안 고민을 하다가 전화기 쪽으로 다가갔다. 잠시 주저하던 그는 수화기를 들고 지난번처럼 최남선의 집으로 전화를 걸었다. 다행히 이번에는 바로 전화를 받았다. 잠시 헛기침을 한 최남선에게 조심스럽게 물었다.

"박길룡 씨는 어떻습니까?"

"집에서 요양 중일세. 어차피 휴직 처리가 되어서 당장 복귀하기도 어렵게 되었네."

"이와이 조사부로 과장은요?"

그의 물음에 최남선은 분을 이기지 못하는 말투로 대답했다.

"그 작자도 휴직 처리야. 무고죄로 감방에 들어가도 모자랄 놈인데 말이야. 자네 쪽은 어떤가?"

최남선의 물음에 잠시 주저하던 그가 입을 열었다.

"조사에 필요해서 그런데 경성고공의 졸업앨범을 볼 수 있는 곳이 있겠습니까?"

"그건 왜?"

"확인해볼 게 있습니다."

전화기 너머에서 잠시 침묵을 지키던 최남선이 대답했다.

"알아보겠네. 달리 필요한 건 없나?"

"아직까진 없습니다."

"낙성식까지 얼마 남지 않았네. 힘들더라도 기운을 내주게."

그때서야 비로소 낙성식이 나흘밖에 남지 않았다는 것을 깨
달았다. 흠칫 놀란 류경호는 천천히 대답했다.

"알겠습니다. 앨범 건은 확인해보시고 바로 연락을 주십쇼."

"그러겠네."

통화를 끝내려던 류경호는 최남선이 머뭇거린다는 느낌을
받았다.

"더 하실 말씀이 있으십니까?"

그의 물음에 최남선은 주저하는 눈치를 보이다가 말했다.

"조심하게. 이만 전화 끊겠네."

여운을 남기는 말이었지만 다른 생각을 할 틈도 없이 전화가
끊겼다. 자리로 돌아온 류경호는 의자에 몸을 기댄 채 뒤통수
에 깍지를 꼈다. 평범한 사람들을 지키기 위해 사건에 뛰어들
었지만 정작 당사자는 비밀을 가지고 있었다. 잠깐 우연의 일
치라고 생각해보려고 했지만 그러기에는 너무나 엉키는 일들
이 많았다.

고민을 계속하던 그에게 전화벨 소리가 들렸다. 수화기를 든

사환이 류경호를 바라봤다. 수화기를 넘겨받은 그의 귓가에 아까 통화한 최남선의 목소리가 들렸다.

"류 군. 경성고공의 졸업앨범을 만든 사진관을 찾았네. 그곳에 가면 연도별로 앨범을 볼 수 있을 거야."

"거기가 어딥니까?"

"남대문통 1정목에 있는 경성사진관일세. 조선상업은행 맞은편에 있어. 10년 동안 경성고공의 앨범을 쭉 만들었다는군. 마침 주인인 이홍래 군과 안면이 있어서 부탁을 했네. 퇴근 후에 들르겠나?"

벽시계를 들여다보던 류경호는 눈살을 찌푸렸다. 저녁에도 일을 해야 한다면 지금 움직이는 편이 나았다. 거기다 나간 김에 박길룡도 만나보는 게 좋겠다는 생각이 들었다.

"이따가 한 시간 후에 들르겠다고 전해주시겠습니까?"

"그렇게 하지."

통화를 끝낸 류경호는 자리로 돌아가서 가방을 챙겼다. 그런 류경호를 보고 정수일 기자가 대경 질색했다.

"어, 어디 가려고!"

가방을 손에 든 류경호가 정수일 기자에게 대답했다.

"이따가 어디서 출발할 거예요?"

"안국동 살펴보려면 학생 육거리에서 출발해야지."

"그럼 이따가 6시에 거기서 봐요."

"부주간이 단단히 화난 거 봤잖아."

류경호는 서랍 안에 넣어둔 엽서를 챙기면서 대답했다.

"육당 선생 설득하러 간다고 전해주세요."

서둘러 별세계를 나온 그는 전차를 타고 남대문통 1정목으로 향했다. 며칠 전 왔던 상은전역에서 내린 그는 질주하는 자동차를 피해 길을 건넜다. 일본식으로 지어진 2층 건물에 경성사진관이라는 간판이 보였다. 넓은 쇼윈도에는 가족사진과 졸업사진들이 액자에 넣어져서 진열되어 있었다.

문을 열고 안으로 들어서자 사진관 특유의 강렬한 조명이 그를 맞이했다. 사진관 안쪽에는 노란 카펫이 깔린 촬영 장소가 있었다. 출입문 정면으로는 서양식 소파와 의자가 보였다. 앞에는 역시 서양식 둥근 테이블이 있었는데 위에는 촬영소품으로 쓰는 두툼한 외국 책들이 쌓여 있었다. 왼쪽으로는 책과 문방구가 그려진 책가도 병풍이 세워져 있었고, 그 앞에는 양반들이 앉던 고풍스러운 나무의자가 있었다. 옆에는 양반집 사랑방에 있을 법한 사방탁자와 문구함이 있어서 고풍스러운 분위기 속에서 촬영을 할 수 있게 했다. 그 앞에는 삼각대에 올려놓는 미국제 코닥 카메라가 세워져 있었다.

사진관 안 풍경을 구경하던 그에게 커튼이 쳐져 있던 방에서 나온 양복 차림의 중년 사내가 말을 걸었다.

"사진 박으러 오셨습니까?"

가볍게 고개를 저으며 그가 대답했다.

"최남선 선생 소개로 왔습니다. 이곳에 오면 경성고공 졸업앨범을 볼 수 있다고 해서 말이죠."

설명을 들은 중년 사내가 입을 살짝 벌리고 아는 척을 했다.

"아! 류경호 기자님이시군요. 육당 선생님께 연락을 받았습니다. 경성사진관 주인 이홍래라고 합니다."

이홍래가 내민 두툼한 손을 잡고 악수를 나눈 류경호가 말했다.

"사진관이 꽤 크군요."

"경성이라는 이름이 붙을 만하지요? 조선인 사진관 중에 부인 사진사가 있는 곳은 우리밖에는 없습니다. 이쪽으로 오시지요."

이홍래는 자신이 방금 나온 방으로 그를 안내했다. 몇 개의 방이 있었는데 그가 류경호를 데리고 간 곳은 제일 끝에 있는 앨범실이라는 곳이었다.

안으로 들어가자 서재처럼 꾸며진 공간이 나왔다. 책꽂이에는 책 대신 두툼한 앨범들이 꽂혀 있었다. 오른쪽 벽의 책꽂이로 걸어간 이홍래가 금박이 달린 앨범 몇 개를 꺼내서 방 가운데 있는 테이블에 올려놨다.

"10년간 제가 찍은 경성고공 졸업앨범입니다. 천천히 찾아보십시오. 그리고 담배는 밖에 나와서 피워주십시오. 사진관이라 불이 나면 위험해서 말입니다."

"그렇게 하겠습니다."

이홍래가 밖으로 나가고 류경호는 '1916'이라는 숫자가 박힌 앨범부터 열어봤다. 다행히 한 해 졸업생이 수십 명 수준이라서 살펴보는 데 그렇게 오랜 시간이 걸리지는 않았다. 박길룡 기수는 1918년 졸업앨범에 있었고, 이인도는 그다음 해인 1919년 졸업앨범에서 찾았다. 그리고 정철수는 몇 년 후인 1922년 졸업앨범에서 확인했는데 다른 이름이었다. 이 세 명이 대정 13년,

그러니까 1924년에 조선청년건축회라는 모임을 가진 게 확실했다. 같은 해 졸업생 중에 조수로 일하는 홍창화의 모습도 보였다.

앨범을 덮은 류경호는 답답한 마음을 안고 앨범실을 나왔다. 사진기를 만지작거리고 있던 이홍래에게 물었다.

"전화기를 잠깐 쓸 수 있겠습니까?"

그러자 고개를 든 이홍래가 유리 진열장을 가리켰다.

"저쪽입니다."

유리 진열장 안쪽에 있는 전화기를 든 류경호는 교환수에게 최남선의 집 전화번호를 일러줬다. 이번에는 최남선이 직접 받았다.

"사진관입니다. 앨범을 살펴봤습니다."

"뭐가 나온 게 있는가?"

"죽인 이인도의 하숙집에 경성고공 후배가 살고 있습니다."

얘기를 들은 최남선이 물었다.

"우연의 일치일 수 있지 않겠나?"

"가명을 쓰고 있었습니다. 갈돕회에서 일하는 고학생이라고 했습니다."

"이상하군. 경성고공 출신이라면 일자리를 잡는 건 아무 문제 없을 것인데 말이야."

경성고공은 총독부에서 운영하는 관립 고등학교로, 조선에서 유일하게 있는 고등공업학교였다. 조선인이 유학을 가지 않고 토목과 건축, 광산 관련 기술들을 배울 수 있는 유일한 곳이었기 때문에 경쟁도 치열했다. 졸업 후에는 토목과 건축과 졸업생은 총독부 영선과에 들어갔고, 광산과 졸업생은 광산회사에서 모셔갔다. 다른 과 졸업생도 취직자리를 찾는 데는 아무 문제가 없었다. 일자리가 너무 없어서 어떻게 취직 청탁을 해야 하는지에 대한 이야기가 기삿거리가 되는 현실에 비춰보면 큰 장점이었고, 덕분에 엄청난 입학 경쟁률을 자랑했다. 그런데 그런 곳을 졸업했는데 가명을 쓰면서 고학생 노릇을 하다니, 뭔가 수상쩍었다. 류경호는 수화기를 고쳐 잡고 말했다.

"좀 더 조사를 해봐야 할 것 같습니다."

"그런데 말이야. 그 일이 이인도 기수의 살인사건과 연관이 있는 것인가? 그 사람의 개인적인 사정일 수도 있지 않겠나?"

최남선의 얘기도 일리가 있었다. 설사 이인도의 후배가 가명을 쓰고 의심스러운 짓을 했다고 해서 살인과 직접 연관이 있는 것은 아니었다. 하지만 그는 자신이 이인도의 방에서 지내게 되었다는 얘기를 들었을 때 정철수의 얼굴에 깃들었던 복잡 미묘한 표정을 잊지 않았다.

"분명 연결고리가 있을 겁니다."

류경호가 의견을 굽히지 않자 최남선이 수화기 너머에서 한숨을 쉬었다.

"알겠네. 계속 조사해보게. 도움이 필요하면 언제든 얘기하고."

"만약 우리가 사건을 해결한다고 해도 총독부나 일본 경찰이 그대로 깔아뭉개면 어찌합니까? 언론에 터트릴 수 있을까요?"

그의 물음에 잠시 침묵을 지키던 최남선이 말했다.

"신문사 사장을 해봐서 알지만 어려울 걸세. 이번 사건은 보도관제가 걸려 있어서 잘못하면 정간은 물론 폐간까지 당할 수 있는 상황이라서 말이야."

예상했던 대답이지만 힘이 쭉 빠졌다. 류경호가 아무 말도 못하자 최남선이 대답했다.

"총독부 낙성식을 취재하기 위해 일본에서 기자들이 건너왔다는군. 그쪽은 보도관제를 걸지 못하니까 접촉할 수 있을 거야. 하지만 명확한 결과가 나와야 그쪽에 보도를 요청할 수 있네."

"알겠습니다. 일동회는 나온 게 있습니까?"

"쉽게 파고들 수 있는 조직이 아닐세. 백방으로 알아보는 중이야."

벽에 부딪친 느낌을 지울 수가 없었다. 그의 침묵이 길어지자 최남선이 수고하라는 말을 남기고 전화를 끊으려고 했다. 류경호는 재빨리 수화기를 붙잡고 말했다.

"박길룡 기수는 지난번에 알려주신 그 집에서 지내고 있습니까?"

"맞아. 관철동의 자기 집에 머물고 있네."

"알겠습니다. 그럼……."

통화를 끝낸 류경호는 여전히 사진기를 만지고 있는 이홍래에게 인사를 하고 사진관 밖으로 나왔다. 해가 떨어진 이후라 그런지 가로등만이 길가를 비추고 있었다. 종로통과는 달리 모던한 길가의 풍경이 그의 눈에 들어왔다.

퇴근 시간인지 양복에 코트 차림의 직원들이 우르르 쏟아져 나오는 중이었다. 이들이 사는 사택은 저 북쪽의 경복궁 옆 통의동에 있다. 2층으로 지어진 사택들은 통의동의 명물로 꼽히지만 조선 사람들에게는 그림의 떡이었다. 황금정과 명치정이 만나는 모서리에 자리 잡은 동척 본사 출입문 위로 우람한 돔이 서 있었다. 동척 본사 길을 따라 좌우로 꺾어져서 늘어선 형태였다. 건물을 바라본 오른쪽은 황금정 큰길을 따라 뻗었고, 왼쪽은 명치정 방향으로 향했다. 왼쪽을 따라 명치정 안으로 들어가면 지난달에 그가 취재한 경성주식현물취인소가 자리 잡고 있었다.

류경호는 주머니에 양손을 찔러 넣고 북쪽을 향해 터덜터덜 걸어갔다. 그러다가 전차와 자동차가 지나가면서 시멘트로 보강된 광교를 지나가는데 터키인이 운영하는 포목점이 눈에 띄었다. 양복을 입은 주인이 손님을 배웅하고 돌아서는 모습을 무심히 보던 류경호는 갑자기 걸음을 멈췄다. 그리고 주머니에 넣어온 엽서를 꺼냈다. 엽서 뒷면에 적힌 괴상한 글씨를 어디에서 봤는지 기억해낸 것이다.

발걸음을 돌린 류경호는 장곡천정으로 향했다. 본정과 황금정, 그리고 장곡천정은 조선에서 가장 화려하고 모던한 거리였다. 일본인들도 많이 살고 있고, 일본의 최신 유행이 처음 조선에 발을 디디는 곳이었다. 일본인뿐만 아니라 '모뽀'나 '모껄'이라고 줄여서 얘기하는 조선의 모던 보이나 모던 걸들도 이곳을 기웃거렸다. 일본의 긴자 거리를 방황하는 이들을 긴부라(銀ぶ

ら)라고 부르는 것을 본떠 이곳을 배회하는 사람들에게는 혼부
라(本ぶら)라는 별명이 붙었다.

혹시나 문을 닫을지 모른다는 생각에 바쁘게 인파를 헤쳐나
간 류경호는 마침내 목적지에 도달했다. 다행히 아직 바이칼 양
복점의 불은 꺼지지 않았다. 숨을 고른 류경호는 손에 든 엽서
에 적힌 글씨를 다시 확인했다. 양복점 간판에 적힌 터키어와
똑같았다. 죽은 이인도는 이곳을 자주 드나들면서 이 글씨에 익
숙했던 것이다.

간판을 올려다보던 류경호는 마음을 진정하고 문을 열었다.
지난번처럼 딸랑거리는 종소리가 들렸다. 입에 몽당연필을 물
고 양복바지를 내려다보고 있던 샤밀 박이 안으로 들어서는 그
를 반갑게 맞이했다.

"어서 오십시오."

주저하던 류경호는 손에 들고 있던 엽서를 다짜고짜 들이밀
었다.

"이 글씨가 여기 양복점 간판에 적힌 터키 글씨와 똑같던데
무슨 연관이 있는 겁니까?"

그러자 샤밀 박의 표정이 굳어졌다.

"20일 전쯤에 이인도씨가 찾아왔습니다. 저한테 뭘 맡기면서
누가 찾으러 오면 건네주라고 했습니다."

"어떤 걸 말입니까?"

"그 전에 이거 어디서 나셨습니까?"

"그 친구 책에서 발견했습니다."

류경호의 설명을 들은 샤밀 박이 고개를 갸웃거렸다.

"두 분이 서로 안면이 있던 사이였습니까?"

"살아서는 만난 적이 없습니다. 보름쯤 전에 살해당했거든요."

살해라는 말을 들은 샤밀 박의 얼굴에 놀라움이 스쳐 지나갔다.

"그, 그게 사실입니까?"

"아주 처참하게 살해당했고, 그 일로 다른 사람들이 곤경에 처해 있습니다. 저는 아는 사람의 부탁을 받고 그 일을 조사 중에 있고요. 그러다가 여기 양복점의 간판에 있는 터키어가 적힌 이 엽서를 발견한 겁니다. 대체 어떻게 된 겁니까?"

류경호는 될 수 있으면 차분하게 묻기 위해 애를 썼다. 가까스로 마음을 진정한 샤밀 박이 대답했다.

"우리 상점의 간판에 적힌 글씨가 맞습니다. 손님이 맡긴 물건을 찾으러 오는 사람을 어떻게 확인하느냐고 물었습니다. 저한테 누가 찾으러 올 건지는 얘기하지 않았거든요. 그때서야 생각이 났는지 가지고 있던 책에 붙은 엽서를 떼어서는 뒷면에 적은 겁니다. 자기가 이걸 그 사람한테 줄 테니까 징표로 삼으라고 말이죠."

샤밀 박의 얘기를 들으면서 대략적인 흐름을 파악할 수 있었다. 어떤 일로 위기감을 느낀 이인도는 누군가에게 보여줄 중요한 자료를 평소 단골로 이용하던 이 바이칼 양복점 주인 샤밀 박에게 맡겼다. 그리고 다른 누군가에게 찾아가게 하려고 했지만 그러기 전에 피살당하고 말았다. 그리고 문제의 엽서가 끼워져 있던 책은 그의 방을 뒤지던 정철수의 손에 넘어갔다. 하지만 정철수는 엽서의 존재까지는 확인하지 못했던지, 아니면 엽서에 적힌 터키어 글씨의 의미를 알아차리지 못하고 말았다.

정철수가 가명을 쓰면서 이인도와 같은 하숙집을 사용한 것은 감시하려는 목적도 있었던 것이다. 물론 이인도는 그의 정체를 알고 있었기 때문에 몰래 이 양복점을 이용해서 다른 사람에게 뭔가를 넘기려고 했던 것이다. 류경호가 고민에 잠겨 있는 것을 본 샤밀 박이 대답했다.

"제가 건네받은 것은 작은 노트 한 권이었습니다."

"그것뿐입니까? 언제 찾으러 온다는 얘기나 다른 건 없었고요?"

그의 물음에 샤밀 박이 고개를 저었다.

"금방 올 거라는 얘기는 했습니다만 날짜를 못 박지는 않았습니다."

"그 노트 제가 가져가도 되겠습니까?"

그러자 잠시 고민하던 샤밀 박이 대답했다.

"엽서를 가져온 사람에게 넘겨주라고 했으니까요. 혹시 몰라서 상점 말고 다른 곳에 보관했습니다."

"어디에 말입니까?"

"협회 사무실에요. 잠깐 밖에서 기다리시면 문을 닫고 안내해 드리죠."

샤밀 박의 얘기를 듣고 양복점 밖으로 나온 류경호는 길게 한숨을 쉬었다. 이인도가 이곳에 뭔가를 맡긴 것은 살해당하기 며칠 전이었다. 자신이 직접 찾으러 올 계획이 아니었던 것은 죽음에 대해서 어렴풋하게나마 짐작을 했든지 아니면 멀리 도피할 생각이었던 것으로 보였다. 조금씩 앞으로 나아가고 있지만 여전히 실타래처럼 엉켜 있었다. 이런저런 생각을 하고 있던 그에게 상점 문을 닫고 불을 끈 샤밀 박이 말했다.

"따라오십시오. 경성부청 뒤편입니다."

그는 휘파람을 부르며 앞장서 걷는 샤밀 박을 뒤따라갔다. 경성부청은 장곡천정과 태평통이 만나는 오거리에 있었다. 멀리 뒤편에 있는 조선총독부가 경복궁을 제압하는 형세라면 비슷한 모양의 경성부청은 길 건너편의 덕수궁을 짓누르는 느낌이었다.

전차와 자동차들로 가득한 경성부청 앞을 가로질러 간 샤밀 박은 뒷골목으로 접어들었다. 그러고는 뒤따라온 류경호에게 골목 입구에 있는 2층 건물을 가리켰다.

"저기가 조선 이슬람문화협회 건물입니다."

겉으로 보기에는 벽돌로 만든 평범한 2층 건물이었다. 하지만 그 앞에서 재잘거리며 노는 아이들이나 오가는 여인들은 모두 터키인이었다. 그쪽으로 걸어간 샤밀 박이 설명했다.

"돌아가신 압둘라 누만 사장님이 거액의 후원금을 내서 마련한 건물입니다. 경성의 터키인들에게는 없어서는 안 될 곳이죠."

두 사람은 골목길에서 노는 터키인 아이들 사이를 지나 협회 건물로 들어갔다. 건물 안은 터키 카펫으로 벽과 바닥을 치장해 놔서 이국적이었다. 한쪽 벽에는 일장기와 터키 국기가 교차해서 걸려 있었고, 그사이에는 터키어가 들어가 있는 액자가 자리 잡고 있었다. 그 앞에 놓인 탁자에 몇몇 터키인들이 앉아서 얘기를 나누다가 샤밀 박을 보고 인사를 했다. 그쪽으로 다가간 샤밀 박은 뺨을 비비는 그들만의 인사를 하고는 잠깐 얘기를 나눴다. 얘기를 끝내고 류경호에게 돌아온 샤밀 박은 옆에 있는 방으로 안내했다.

"1층은 사무실이랑 식당으로 쓰고, 위층은 예배를 보는 모스크랑 학교로 사용합니다. 결혼식도 이곳에서 열립니다."

"장곡천정에 터키인 양복점이 있는 건 알았는데 이렇게 건물까지 있는 줄은 몰랐습니다."

"지방에 사는 사람들까지 합하면 조선에 사는 터키인들이 3~4백 명은 될 겁니다. 홍제동에는 터키인을 위한 무덤도 있는 걸요."

문을 열고 사무실 안으로 들어간 샤밀 박은 불을 켜고 구석에 있는 금고로 걸어갔다. 다이얼을 맞춰서 금고를 연 샤밀 박은 작은 노트를 꺼냈다.

"이겁니다."

건네받은 노트는 손바닥보다 조금 컸다. 슬쩍 펼쳐보자 알 수 없는 그림과 설계도면들이 보였다. 일단 중요한 단서를 손에 넣었다는 생각에 안도의 한숨을 쉰 류경호는 샤밀 박의 손을 잡았다.

"도와줘서 고맙습니다. 이 은혜는 잊지 않겠습니다."

"이인도 씨는 좋은 분이셨습니다. 부디 범인을 꼭 잡아주십시오."

샤밀 박과 인사를 나누고 협회 건물을 나온 류경호는 시계를 확인했다. 정수일 기자와 학생 육거리에서 만나기로 한 시각이 거의 다 된 것을 확인한 그는 지나가는 인력거를 불렀다. 깡마르고 까무잡잡한 인력거꾼이 숨을 몰아쉬면서 인력거를 세웠다.

저녁 6시 무렵의 학생 육거리는 이름 그대로 학생들로 가득했다. 근처에 정신여자중학교와 중앙고등보통학교를 비롯해서 근화여학교와 교동공립보통학교가 있기 때문이다. 인력거는 교복과 교모를 쓴 학생들이 무리 지어서 지나가는 거리에서 멈췄다.

인력거꾼에게 요금을 치른 류경호는 주변을 두리번거리다가 길 건너편 레코드 가게 앞에 서 있는 기자들 무리를 발견하고 그쪽으로 다가갔다. 그를 본 정수일 기자가 손을 번쩍 들었다. 옆에 있던 유대수와 장정환 기자도 아는 척을 했다. 세 사람 다 양복 대신 눈에 띄지 않는 평상복 차림이었다. 전차가 지나가길 기다렸다가 길을 건너간 류경호가 가볍게 인사를 했다.

"언제 오셨어요?"

"방금. 부주간이 펄펄 뛰다가 육당 선생 얘기 나오니까 금방 가라앉았더라."

"다행이네요. 어떻게 도실 거예요?"

"너랑 나는 안국동이랑 화동 쪽이고, 유 기자랑 장 기자는 제동이랑 가회동 쪽. 이따가 10시에 조선극장 앞에서 만나기로 했어."

"알겠습니다."

"부주간이 지랄하는 꼴 안 보려면 최대한 자극적인 기삿거리 찾아야 해. 만주 장사나 약장사로 꾸며서 이상하다 싶으면 밀고 들어가봐."

두 기자와 헤어진 류경호와 정수일 기자는 안국동 골목길을 올라갔다. 주변을 두리번거린 정수일 기자가 투덜거렸다.

"개똥도 약에 쓰려면 없다더니 그 많던 만주 장사들은 다 어디로 간 거야?"

그 얘기가 끝나기가 무섭게 안국동 예배당 앞에서 석유 궤짝으로 만든 만주 통을 옆구리에 낀 고학생이 나타났다. 반색을 한 정수일 기자가 한걸음에 달려갔다. 만주를 사러 온 손님으로 착각한 고학생의 얼굴이 활짝 폈다.

"만주가 뜨끈뜨끈합니다. 몇 개 드릴까요?"

정수일 기자가 대답 대신 지갑에서 기자증을 보여줬다.

"야간 취재 때문에 그러는데 우리가 만주 대신 팔아주면 안 될까? 만주 판값이랑 따로 1원 챙겨줄게."

반색을 한 고학생이 어디서 돌려받을지 약속을 하고는 바로 만주 통을 건넸다. 만주 통은 자연스럽게 류경호의 차지가 되었다. 신이 나 내리막길을 내려가는 고학생의 뒷모습을 본 두 사람은 자연스럽게 만주 장사로 변했다.

"만주 있어요! 따끈따끈한 만주요!"

"5전에 두 개요!"

두 사람은 번갈아 외치면서 하숙집이 있는 골목길을 누볐다. 9월 말이라 하늘은 금방 어두워졌다. 흐릿한 가로등의 창백한 불빛과 집에서 흘러나오는 빛들이 기삿거리를 찾아 헤매는 두 사람의 길동무가 되었다. 하지만 아무리 외치고 다녀도 감감무소식이었다. 결국 가로등 아래서 담배를 한 대 피우며 정수일 기자가 말했다.

"아무래도 작전을 바꿔야겠어."

"어떻게요?"

"문이 열린 하숙집을 들어가서 살펴봐야 기삿거리를 건지겠어."

나름 비장한 각오를 다진 두 사람은 골목을 샅샅이 누볐다. 그러다가 좁은 골목길 끝에 있는 집의 대문이 삐걱거리면서 열리는 소리가 들렸다. 눈을 마주친 두 사람은 그곳으로 부리나케 달려갔다.

문을 열고 나온 것은 교복을 입은 남학생 셋과 치마저고리 차림의 여자 셋이었다. 가방을 옆구리에 낀 남학생 중 하나가 뒤따라 나온 여자에게 장난스럽게 입맞춤을 하려고 했다. 여자는 손사래를 치면서 말했다.

"내일 또 오면 해드릴게요."

"진짜?"

"그럼요."

두 남녀가 얘기를 주고받는 사이 다른 두 쌍도 각각 인사를 나눴다. 재미있었다는 말과 또 오라는 말이 한 차례 오간 후에 남자들은 골목길을 의기양양하게 걸어 내려갔다. 남자들이 멀어지자 아까 입맞춤을 할 뻔한 여자가 친구들에게 물었다.

"내일도 오려나?"

"그러게. 저기 저 꼬마는 보기보다 재미가 있더라."

그 틈에 만주 통을 맨 류경호가 슬쩍 말을 건넸다.

"저, 만주 사세요."

"에구머니나, 놀랐잖아요."

"죄송합니다. 만주가 두 개에 5전입니다."

"돈 없어요."

"그러지 말고 조금만 사주십시오."

류경호가 아쉽다는 듯 계속 말을 붙이자 아까 입맞춤을 할 뻔했던 여자가 샐쭉 웃었다.

"우리도 가난뱅이예요. 저쪽으로 내려가면 하숙집들 많아요."

턱으로 골목길 아래쪽을 가리킨 여자가 친구들과 함께 집 안으로 들어갔다. 까르르거리는 웃음소리와 춥다는 투덜거림이 메아리처럼 남았다. 류경호가 굳게 닫힌 대문을 바라보면서 중얼거렸다.

"하숙집은 아닌 거 같고 뭐 하는 곳일까요?"

"뭐긴, 갈보집이겠지."

류경호는 잠깐 얘기를 나눴던 그녀들을 떠올렸다. 지치고 냉소적인 말투와 얼굴에는 세상살이에 대한 고단함이 그대로 묻어나왔다.

조선총독부에서는 대경성이라는 말을 쓰면서 성장과 발전을 이야기했다. 하지만 안국동의 어느 골목길에서는 자신의 몸을 팔아서 고단한 삶을 이어가는 여인들이 있었다. 그리고 총독부 안에서는 조선인이 참혹하게 토막 난 채 죽임을 당했다. 머리가 복잡해진 류경호에게 정수일 기자가 말했다.

"아래쪽으로 내려가보자."

고개를 끄덕거린 류경호는 앞장서서 골목길을 내려갔다. 양쪽으로는 하숙을 친다는 종이가 붙은 대문들이 쭉 늘어섰다. 두 사람은 대문이 열린 하숙집으로 밀고 들어갔다. 정수일 기자가 넉살 좋게 외쳤다.

"만주 사세요. 따끈따끈한 만주가 5전에 두 개요!"

때마침 대청에서는 화투판이 벌어지고 있었다. 교복을 입은 남녀 학생 대여섯 명이 둥그렇게 모여 있다가 갑자기 밀고 들어오는 두 사람을 돌아봤다. 얼굴에 주근깨가 가득한 남학생 하나가 성질을 냈다.

"아 씨! 한참 흥이 나고 있었는데⋯⋯."

한참이나 어린 연배가 짜증을 내자 두 사람의 얼굴은 굳어졌다. 하지만 재미있는 기삿거리가 되겠다 싶어서 류경호는 일부러 굽실거렸다.

"그러지 마시고 화투 치시면서 요기라도 하시죠."

그러자 방금 짜증을 냈던 남학생 옆에 앉은 여학생이 팔꿈치로 옆구리를 쳤다.

"만주 좀 사고 얼른 쫓아내."

"알았어."

입이 삐죽 나온 남학생이 벌떡 일어나서 신발을 구겨 신고 마당을 가로질러 자기 방으로 갔다. 잠시 후 돈을 들고나온 남학생이 류경호에게 내밀었다.

"10개 주세요."

돈을 받아 챙긴 류경호는 대청에 종이를 꺼내놓고 그 위에 만주를 하나씩 올려놨다. 그러면서 슬쩍 여학생들을 살폈다. 교복을 제대로 챙겨 입은 걸로 봐서는 아까처럼 매춘을 하는 여성이 아니라 진짜 여학생들일 것이다. 아마 지방에서 올라와서 하숙을 하는 부류 같았다. 신문 만문만화*에서 자주 나오는 허영기 넘치고 음탕한 모던 걸을 직접 목격한 셈이다.

만주 열 개를 종이 위에 올려놓은 류경호와 정수일 기자는 고맙다는 인사를 남기고는 대문을 빠져나왔다. 두 사람을 뒤따라 나온 남학생이 거칠게 대문을 닫고는 빗장을 질렀다. 골목길을 걸어 나오는데 정수일 기자가 투덜거렸다.

"세상 물정 모르는 시골 부모님에게 뜯어낸 학비를 이런 곳에서 탕진하다니……."

두 사람은 점점 어두워지는 골목길을 만주를 사라고 외치면서 걸었다. 가끔 길가로 난 들창을 열고 만주를 달라는 손님이 있었지만 대체로 평온했다. 큰길로 이어지는 이발소 앞까지 내

---

* 漫文漫畫, 만화의 한 가지 형태로 만화와 긴 글을 결합시킨 것이다. 1920~1930년대 조선에서 크게 유행했다.

려온 두 사람은 가로등 아래에서 잠깐 쉬었다. 정수일 기자는 담배를 피워 물었고, 류경호는 만주 통을 깔고 앉았다. 담배를 깊게 한 모금 빤 정수일 기자가 투덜거렸다.

"아까 걔들 어느 학교 다니는지 봤어? 하라는 공부는 안 하고 말이야."

"우리 때도 마찬가지였잖아요. 공부 잘해봤자 취직자리 찾는 떠돌이밖에 더 되겠어요."

"하긴, 잡지에 취직 청탁하는 방법이 실리는 세상이니까. 한 바퀴만 더 돌고 시마이하자."

"네."

담배를 끈 정수일 기자가 만주 통을 건네받아서 둘러맸다. 그리고 류경호가 앞장서서 만주를 사라고 외쳤다. 화동 방향으로 골목길을 헤집고 가다가 이상한 소리에 발걸음을 멈췄다. 뒤따라오던 정수일 기자가 물었다.

"왜?"

"저쪽 집이요. 유성기 소리 나지 않아요?"

잠깐 귀를 기울인 정수일 기자가 고개를 끄덕거렸다.

"그러게, 가볼까?"

유성기 소리를 찾아 골목길을 조심스럽게 헤매던 두 사람은 '120번지 이구용'이라는 명패가 붙은 집 앞에 멈춰 섰다. 겉으로 봐서는 평범한 기와집이었다. 류경호가 손으로 살짝 밀자 대문이 스르륵 열렸다.

안에서 벌어지는 풍경은 가관이었다. 대청 한구석에서는 작은 유성기가 돌아가고 있었고, 정장 차림의 남녀가 스텝을 밟는 중이었다. 옆 쪽마루에서는 남녀가 나란히 앉아서 맥주를 마시면서 웃느라 여념이 없었다. 류경호와 정수일 기자의 등장을 뒤늦게 알아차린 집 안 사람들이 난감한 표정을 지었다. 보아하니 가정이 있는 사람들이 다른 짝을 만나서 놀고 있는 것 같았다. 류경호는 능청스러운 표정으로 사람들에게 말했다.

"만주 좀 사주십시오. 가난한 고학생들입니다."

흐릿한 유성기 소리 너머로 불편함이 가득한 헛기침 소리가 들려왔다. 쪽마루에 앉아서 수다를 떨던 여자가 옆에 있던 남자 뒤로 얼굴을 숨겼다.

"아이, 얼른 좀 내보내지 않고 뭐 하는 거예요."

그때 부엌에서 수염이 덥수룩하고 건장한 사내가 뛰쳐나왔다. 낡은 셔츠에 한복바지를 입고 고무신을 신은 사내는 두 사람에게 삿대질을 하면서 목소리를 높였다.

"아무리 못 배운 만주 장사라고 해도 그렇지, 남의 집 대문을 열고 이렇게 들어오면 어떡해! 당장 나가!"

류경호는 찔끔했지만 뒤에 있던 정수일 기자가 넉살 좋게 들러붙었다.

"이렇게 즐겁게 노시는데 만주 좀 팔아주십시오. 배가 고파 죽겠습니다."

둘이 나가지 않고 버티자 결국 수염 난 사내는 주머니에서 10전을 꺼냈다.

"알았으니까 이거 받고 얼른 가슈."

"아이고, 제가 비록 가난해서 만주를 팔지만 허튼돈은 받지 않습니다. 잠시만요."

얼른 돈을 챙긴 류경호는 만주 통에서 꺼낸 종이 위에 만주를 올려 놓고는 건넸다. 잔뜩 짜증이 난 표정의 수염 난 사내가 얼른 나가라는 손짓을 했다. 등을 떠밀리듯 나가자 뒤에서 요란한 소리를 내면서 문이 닫혔다. 정수일 기자가 고개를 절레절레 내저었다.

"보아하니 가정이 있는 작자들 같은데 이런 데서 모여서 노는군. 나중에 한번 잠입취재를 해봐야겠어."

"댄스도 못 추면서 무슨 잠입취재입니까?"

류경호의 놀림에 정수일 기자가 손사래를 쳤다.

"그깟 댄스 며칠만 배우면 되지. 잠깐만."

만주 통을 건넨 그가 대문 옆 벽으로 다가갔다.

"어디 가세요?"

"소변 좀. 내가 당하고는 못 사는 성격이잖아."

정수일 기자가 키득거리면서 벽 앞에 둘둘 말린 거적 위에 오줌을 쌌다. 그런데 나뭇단 같은 걸 덮어놓은 줄 알았던 거적이 꿈틀대면서 사람 목소리가 들렸다.

"사람 있어요."

놀란 정수일 기자가 허겁지겁 도망쳤고, 류경호도 만주 통을 둘러매고 뒤를 따랐다. 둘은 안국동 초입에 있는 덕제병원 앞까지 한참 뛰었다. 병원 앞 전봇대에 한 손을 기댄 채 숨을 헉헉 몰아쉰 정수일 기자가 투덜거렸다.

"젠장, 어떤 연놈들은 집 안에서 춤판을 벌이는데 누구는 집도 절도 없이 거적때기 하나로 밤을 지새우는군."

"그러게요."

벽 하나를 두고 안쪽에는 불륜남녀들이 환락을 즐기는데 밖에서는 싸구려 여인숙조차 갈 수 없는 고단한 신세의 남자가 거적을 이불 삼아 잠을 자다가 오줌 세례를 맞고 말았다. 세상이 좋아지고 발전한다고는 하지만 가난하고 병든 사람들은 어디에서나 쉽게 눈에 띄었다. 그들에게 세상은 그저 두려운 고통의 대상일 뿐이었다. 한숨 돌린 정수일 기자가 주머니에서 담배를 꺼내 입에 물었다.

"시간도 다 되었으니까 조선극장으로 가면서 마저 팔자."

"네."

둘이 앞서거니 뒤서거니 하면서 만주를 팔았다. 다행인지 불행인지 그다음부터는 평범한 손님들만 나타났다. 스쳐 지나가는 그들의 일상을 보면서 류경호는 그런 삶조차 빼앗긴 사람들을 떠올렸다. 누군가는 죽었고, 누군가는 누명을 쓰고 모든 걸 빼앗기기 일보직전이었다.

착잡한 기분을 안고 약속 장소인 조선극장 앞에 도착하자 아까 만주 통을 넘겨준 고학생이 기다리고 있었다. 만주 판값에 1원까지 얹어서 받은 고학생은 코가 땅에 닿도록 인사를 했다. 그사이, 먼저 와 있던 장정환과 유대수 기자가 곁으로 다가왔다.

"좀 건졌어?"

유대수 기자의 물음에 정수일 기자가 고개를 끄덕거렸다.

"수상쩍은 곳이 한두 군데가 아니었어. 그쪽은 좀 어땠어?"

대답은 장정환 기자가 했다.

"별로, 한밤중에 피리를 부는 미친놈 빼고는 없었어."

"왜 오밤중에 피리를 불었대?"

"낸들 알아. 창문을 기웃거리는데 여편네가 나와서 얼른 자리를 떴지."

네 사람이 얘기를 주고받는 사이 조선극장의 심야영화가 끝났는지 관객들이 쏟아져 나왔다. 극장 앞에 진을 치고 있던 인력거꾼들이 눈빛을 반짝거렸다. 기삿거리를 찾은 정수일 기자가 추어탕이나 한 그릇씩 하자고 했지만 유대수 기자가 고개를 저었다.

"부주간이 기사 시원찮으면 가만 안 놔둔다고 했어."

"그럼 어쩌게?"

"여기서 불량남녀나 쫓아가서 기삿거리 찾아내야지."

그때 장정환 기자가 유대수 기자의 옆구리를 쳤다.

"저쪽!"

키가 큰 젊은 양장 미녀와 중절모를 쓰고 콧수염이 난 땅딸막한 나이 든 신사가 종로 쪽으로 걸어가는 게 보였다.

"저 아저씨 조선총독부 의원 의사인 거 같은데?"

"옆에 여자는 부인 아니지?"

"부인일 리가 있겠어."

"그럼 따라가보자."

흥미로운 기삿거리를 찾은 두 기자가 허둥지둥 뒤를 쫓았다.

두 기자를 바라보고 있던 류경호에게 정수일 기자가 말했다.

"출출한데 저녁이나 먹자. 장송루 갈까?"

"그냥 추어탕 먹어요."

"그럴까? 화동 쪽에 있는 황추탕으로 가자."

주머니에 손을 찔러 넣은 정수일 기자가 앞장서고 류경호가 뒤를 따랐다. 영화에 대한 얘기를 주고받는 수많은 인파들이 그의 곁을 스쳐 지나갔다. 그중 정신여학교 교복을 입은 여학생들 둘이 팔짱을 낀 채 류경호 앞을 지나가면서 얘기를 주고받았다.

"영화 어땠어?"

"역시 영화는 미국이 최고인 거 같아."

"며칠 이따가 단성사에서 조선 영화가 한 편 개봉한다는데 보러 올까?"

"조선 영화? 아서라. 재미도 없고 연기도 엉망이던데, 뭘."

"환대 상점에 가서 빙수 먹을까?"

"날도 추운데 무슨 빙수. 파고다공원 옆에 있는 동아부인상회 들렀다 가자. 엄마가 거기서 연부액 사 오라고 했어."

까르르 웃으면서 얘기를 주고받은 두 여학생은 파고다공원 쪽으로 걸어갔다. 몇 시간 동안 다양한 삶의 일상을 바라본 류경호는 왠지 모를 경외감을 느꼈다.

정수일 기자와 황추탕 집에서 추어탕 한 그릇씩을 먹은 류경호는 민중호텔로 가서 한잔하자는 제의를 뿌리쳤다. 그리고 원서동에 있는 이인도의 하숙집이자 그의 하숙집으로 향했다. 골목을 들어가서 하숙집 앞에 도착할 무렵, 곱게 화장을 하고 핸드백까지 든 채 밖으로 나오는 하숙집 여주인과 마주쳤다. 그 모습을 본 류경호가 물었다.

"이 밤중에 어딜 가십니까?"

"어휴, 오늘이 종로 야시장이 열리는 날이잖아요. 같이 가시려우?"

류경호는 허겁지겁 대문을 나오던 오동진이 갑자기 딴청을 피우는 것을 보고는 고개를 저었다.

"몸이 좀 피곤해서요. 재미있게 놀다 오세요."

인사를 나눈 류경호는 잠시 뜸을 들였다가 뒤따라 나오는 오동진과도 인사를 나눴다. 대문을 빠져나가던 오동진이 갑자기 생각이 났다는 표정으로 그에게 말했다.

"철수가 들어오면 대청에 삶은 감자 있다고 얘기 좀 해주구려."

"알겠습니다."

류경호는 골목길을 바쁘게 내려가는 두 사람의 뒷모습을 보다가 대문 안으로 들어섰다. 두 사람은 하숙집을 비웠고, 정철수는 아직 돌아오지 않았다.

그의 방을 살펴볼 기회라고 생각한 류경호는 대문을 닫고는 조심스럽게 정철수의 방으로 들어갔다. 벽에 붙은 책상과 낡은 옷장, 그리고 엉클어진 이불이 눈에 들어왔다. 서둘러 방 안을 뒤져봤지만 눈에 띄는 건 없었다. 그러다가 책상 모서리에 세워진 책이 눈에 들어왔다. 일본어판 셜록 홈스의 단편으로 아직 조선에 소개되지는 않은 것이다. 하지만 셜록 홈스를 좋아했던 그는 그것이 무슨 책인지 단번에 알아봤다.

'빨강 머리 연맹.'

더 뒤져봤지만 별다른 건 나오지 않았다. 아까처럼 들킬지 모른다는 생각에 류경호는 조심스럽게 그의 방을 빠져나와 자기 방으로 향했다.

한숨을 돌린 그는 샤밀 박이 건넨 노트를 펼쳤다. 뭔가를 급하게 베껴서 그린 것으로 보였는데 글씨가 없고 그림과 도형만 있어서 알아볼 수 없었다. 중요한 단서가 있을 것이라고 기대했지만 알아볼 수 없는 그림들로 가득한 바람에 갈피를 잡을 수가 없었다. 시간이 얼마 남지 않았는데 희미한 단서들밖에 보이지 않자 답답해진 류경호는 노트를 방구석에 던져놓고 한숨을 쉬었다.

7

1926년 9월 28일
화요일, 경성

아침에 눈을 뜬 류경호는 옷을 챙겨 입고 별세계로 출근했다. 이인도의 노트는 가방 안에 넣었다. 며칠 동안 분위기를 무겁게 만들었던 손상섭 부주간이 오늘은 유난히 웃으면서 말을 건넸다.

"육당 선생 인터뷰는 어찌 되었나? 다음 호에 싣고 싶은데 말이야."

그 얘기를 들은 류경호는 잡지사를 빠져나갈 아이디어가 떠올랐다.

"안 그래도 오늘 오전에 시간 되면 자택에 잠시 들르라는 말씀을 하셨습니다."

"그래? 그럼 어서 가보게."

덕분에 류경호는 정수일 기자를 비롯한 동료 기자들의 부러운 표정을 뒤로하고 별세계를 빠져나왔다. 그러고는 인력거를 타고 관철동으로 향했다. 좀 사는 조선 사람들은 조선인과 일본인의 거주 구역 중간쯤에 사는 경향이 있었다. 아무래도 백화점을 비롯해서 금융기관과 관청이 많은 남쪽과 가까운 게 살기 편했기 때문이었다.

전차에서 내린 류경호는 가까이 있는 상점에 들어가서 박길룡 기수의 집에 전화를 했다. 어제 엽서를 주고 찾아낸 설계도면이 뭔지 확인해볼 생각이었다. 교환원이 연결시켜준 전화를 받은 사람은 중년 여성이었다.

"여보세요?"

"안녕하세요. 박길룡 씨 댁 맞습니까?"

"그런데요. 어디신가요?"

아마 박길룡 기수의 부인으로 짐작되는 중년 여성 목소리에는 잔뜩 움츠러든 공포감이 그대로 묻어나왔다.

"류경호라고 합니다. 남편께서 제 이름을 알고 있으니까 한번 여쭤보시지요."

"잠시만 기다려주세요."

전화기 너머로 멀어져가는 발소리가 들렸다. 얼마 후에 딸깍거리는 소리와 함께 그녀의 목소리가 다시 들렸다.

"무슨 일이냐고 물으시네요."

"여쭤볼 게 있어서 잠깐 찾아봬도 되는지 전화 드렸습니다."

류경호의 물음에 그녀는 한숨부터 쉬었다.

"남편이 지금 몸이 많이 안 좋으셔서……."

"알고 있습니다. 중요한 일이라서 그렇습니다."

"죄송하지만 여쭤봐야겠네요. 아무도 만나고 싶지 않다고 하셔서 총독부에서 온 분들도 그냥 돌아가셨거든요."

당장에라도 울 것 같은 말투로 얘기한 그녀가 다시 전화기를 놓고 갔다가 돌아왔다.

"오셔도 된답니다. 저희 집 주소는 알고 계신가요?"

"알고 있습니다, 부인."

통화를 끝낸 류경호는 큰길을 따라 걸어갔다. 박길룡 기수의 집은 한옥 행랑채를 쪼개서 만든 집들과는 달리 2층짜리 문화주택이었다. 일본식과 양식이 혼합된 집은 한옥과는 다른 멋을 풍겼다. 대문 앞에는 어린아이를 등에 업은 한복 차림의 여인이 서 있었다. 직감적으로 아까 통화한 박길룡 기수의 부인임을 눈치챈 류경호는 중절모를 벗고 인사를 했다.

"아까 통화했던 류경호입니다."

인사를 받은 부인은 등에 업은 아이를 토닥거리면서 대답했다.

"어서 오세요. 애 아빠가 많이 아파서 문병은 모두 거절했는데 이름을 듣더니 오셔도 된다고 하셔서요. 대신 얘기는 최대한 빨리 끝내주세요."

"그렇게 하겠습니다. 상태는 좀 어떻습니까?"

"몸은 둘째 치고 너무 놀라서 그런지 밤마다 악몽을 꾸고 소리를 질러요. 어쩌다 이런 일이 벌어졌는지…….."

결국 눈물을 보인 부인의 안내를 받아 집 안으로 들어섰다. 넓지도, 좁지도 않은 마당에는 장독들이 옹기종기 모여 있었다. 종이 대신 유리가 끼워진 미닫이문을 열고 안으로 들어서자 일본식으로 꾸며진 거실과 복도가 보였다. 문 바로 옆에는 서재가 있었다. 널빤지가 깔린 좁은 복도를 걸어간 부인이 왼쪽에 있는 문을 가리켰다.

"저기에 계십니다. 차를 준비해드릴까요?"

"오래 있지는 않을 거니까 괜찮습니다."

사양을 한 류경호는 문을 열고 안으로 들어섰다. 한약 특유의 냄새가 코를 찌르는 가운데 아랫목 이불 위에 박길룡 기수가 누워 있는 게 보였다. 들어서는 그를 본 박길룡 기수가 힘없이 미소를 지었다.

"어서 오십시오. 나가서 맞이해야 하는데 죄송합니다."

류경호는 미안한 표정을 지은 박길룡 기수의 머리맡에 앉으면서 대답했다.

"몸은 좀 어떻습니까?"

"정신을 차리고 싶은데 몸에 기운이 하나도 없네요."

"워낙 충격적인 일을 겪어서 그런가봅니다. 요양하시면 차차 나아질 겁니다."

그의 말을 들은 박길룡 기수가 힘없이 한숨을 쉬었다.

"류 기자님이 도와주지 않으셨다면 전 꼼짝없이 살인범으로 몰렸겠죠? 자백을 하라고 고문도 당했을 것이고 말입니다."

주저하던 류경호는 고개를 끄덕거렸다.

"아마도요."

얘기를 들은 박길룡 기수는 천장을 올려다봤다.

"전 그냥 설계하고 짓는 걸 좋아하는 평범한 사람일 뿐입니다. 왜 이런 일이 벌어졌는지 도통 모르겠습니다."

"시대가 그런 것이니까요. 어쨌든 그 문제는 해결되었으니까 안심하셔도 좋습니다. 제가 오늘 온 이유는 여쭤볼 게 있어서입니다."

"뭡니까?"

류경호는 가방에서 노트를 꺼내 박길룡 기수에게 건넸다. 이불 밖으로 손을 뻗은 박길룡 기수가 노트를 받아 들고는 천천히 넘겼다. 노트를 들여다보는 그의 표정을 살펴보던 류경호가 입을 열었다.

"이인도 기수가 죽기 직전에 아는 사람에게 맡겨놓은 겁니다. 혹시 얘기를 들으시거나 보신 적 있으십니까?"

박길룡 기수는 말없이 노트를 바라보다가 고개를 저었다. 그리고 류경호에게 물었다.

"이걸 저한테 주려고 했답니까?"

"건축 관련 도면 같습니다. 보통 사람이라면 봐도 뭔지 모르는 것이죠. 아마 같은 일을 하는 사람에게 건네주려고 했던 거 같습니다."

"그 사람 주변에 건축하는 사람이 저만 있는 건 아닐 텐데요."

"이걸 맡겨둔 곳이 바이칼 양복점입니다. 어딘지 아시죠?"

박길룡이 고개를 끄덕거리자 류경호는 터키어가 적혀 있는 엽서를 보여줬다.

"혹시 이걸 보셨거나 얘기를 들은 적이 있습니까?"

건네받은 엽서를 앞뒤로 살펴보던 박길룡 기수는 고개를 갸웃거렸다.

"이건, 이인도 군과 함께 가던 바이칼 양복점 간판 글씨 같은 데요. 하지만 이 엽서는 보거나 들은 기억이 없습니다."

박길룡 기수의 얘기를 들은 류경호는 깊은 한숨과 함께 설명했다.

"노트를 받을 수 있는 열쇠 역할을 하는 게 터키어였습니다. 글씨를 봤던 사람이 아니면 어떤 뜻인지 모를 수밖에 없습니다. 바이칼 양복점 주인 말로는 두 분이 함께 그곳에서 옷을 맞췄다고 하더군요."

류경호의 물음에 그는 고개를 끄덕거렸다.

"맞습니다. 그 친구 단골이라고 소개를 받아서 몇 번 함께 갔었죠."

박길룡 기수의 얘기를 들은 류경호는 어젯밤 내내 고민하면서 얻은 결론을 털어놨다.

"죽은 이인도 기수는 알 수 없는 이유로 생명의 위협을 받았고, 거기에 대비해서 노트를 숨겼습니다. 그리고 그걸 찾을 수 있는 엽서를 따로 만들어놨습니다. 두 분은 매일 보는 사이였고, 수시로 대화를 나눌 수 있다는 점을 감안하면 불필요한 일이었습니다."

설명을 들은 박길룡 기수가 수긍한다는 표정으로 고개를 끄덕거렸다.

"그랬겠죠. 매일 같이 일하는 사이니까요."

류경호는 잠시 뜸을 들였다가 말을 이어갔다.

"만약 상황이 여의치 않아서 뭔가를 숨겼다가 여차하면 넘겨줄 생각이었다면 용의자의 범위를 좁힐 수 있습니다."

누워 있던 박길룡 기수는 류경호의 얘기를 기다렸다.

"굳이 터키어로 적었다는 점이 단서입니다. 그건 엽서를 누군가에게 들킨다고 해도 둘러대고 넘어갈 수 있다는 뜻이죠."

잠시의 침묵 끝에 박길룡 기수가 입을 열었다.

"그 얘기는 범인이 저와 이인도 기수 곁에 있었다는 얘기가 되겠군요."

"사람들은 여러 가지를 놓고 무게를 잽니다. 하지만 하나밖에 없는 자기 목숨을 가지고 무게를 재는 사람은 없습니다. 거기다 바로 옆에 자기 목숨을 위협하는 사람이 있다면 더더욱 그러겠죠. 이 엽서와 노트는 일종의 안전장치였습니다."

"무엇을 위한 안전장치라는 말입니까?"

박길룡 기수가 눈빛을 번뜩이면서 물었다.

"어떤 거래를 위한 안전장치일 겁니다. 뭔가를 하고 있는데 동료를 믿지 못하니까 배신이나 공격에 대비해서 만들어놓은 겁니다. 나를 건드리면 폭로해버리겠다는 식으로 말이죠."

긴 침묵이 이어졌다. 어젯밤 류경호는 여기저기 흩어져 있던 의문점들을 하나씩 끌어모아다가 맞춰봤다. 뭔가가 들어 있는 노트를 제삼자에게 맡겨놓고 박길룡만 알아볼 수 있는 엽서를 가지고 있었다는 것에 대한 결론은 주변에 있는 누군가를 향한 '안전장치'였다. 그 생각은 범인이 조선총독부 건설현장을 마음대로 드나들 수 있으며 내부 구조를 잘 알고 있는 인물이라는 점과 깊은 연관이 있다.

결국 범인은 총독부 내부, 그리고 이인도와 박길룡 근처에 있는 인물이라는 점을 일러주는 것이다. 총독부 내부는 물론 관련자들에 대한 조사가 쉽지 않은 상황이라 결국은 박길룡 기수의 도움이 절대적이었다. 하지만 갑작스러운 체포에 따른 충격 때문인지 그는 좀처럼 입을 열지 않았다. 답답한 마음을 억누른 그는 박길룡을 향해 말했다.

"이인도 기수 주변에서 수상쩍은 행동을 한 동료가 있습니까?"

마른침을 삼킨 박길룡 기수가 눈동자를 이리저리 굴리면서 생각을 해보다가 고개를 저었다.

"잘 모르겠습니다. 지난번 말씀드린 대로 일본인 직원들과는 데면데면했거든요."

"조선인들까지 포함하면요?"

질문을 받은 박길룡 기수의 눈빛이 사나워졌다.

"지금 조선 사람을 의심하는 겁니까?"

"살인에는 국적이 없으니까요."

"건축과의 조선 사람은 저와 이인도, 그리고 조수로 일하는 몇 명뿐입니다. 우리끼리는 사이가 좋았습니다. 아니 좋을 수밖에 없었죠."

어느 정도 예상했던 대답이었지만 또다시 벽에 부딪친 느낌이었다. 거기다 박길룡 기수의 모호한 태도는 정철수에 대해서 물어보려고 했던 그의 생각을 가로막았다. 화제를 돌리기로 마음먹은 류경호는 노트에 대해서 물었다.

"아까 보여드린 노트에는 뭐가 그려져 있는 겁니까?"

노트를 집어 든 박길룡 기수는 한 장씩 신중하게 넘기면서 살폈다. 그러고는 고개를 갸웃거렸다.

"그림만 봐서는 잘 모르겠습니다."

단서를 알려줄 것으로 기대했던 류경호는 실망감을 억누른 채 물었다.

"설계도 같은데 모르시겠습니까?"

"정확하게는 설계도가 아니고 설계도를 손으로 베낀 겁니다. 아주 급하게 베낀 거고, 별다른 설명이 없어서 이것만으로는 뭔지 알 수가 없어요."

"그럼 알 수 있는 것만 설명해주시겠습니까?"

그러자 앞으로 몇 장을 넘긴 박길룡 기수가 유심히 들여다보다가 대답했다.

"이건 제가 설계한 기관실 도면 같습니다."

박길룡 기수가 보여준 노트에는 사각형의 단순한 건물 안에 원통 네 개가 나란히 서 있었고, 한쪽 옆으로 통로 같은 것이 쭉 뻗어 나가 있었다.

"이건 어디에 설치된 겁니까?"

"총독부 좌측, 그러니까 적성동 방향으로 약 4백 미터 정도 떨어진 곳에 있습니다. 총독부 담장 바로 근처죠. 총독부 전체는 증기로 난방을 하는데 겨울철에 실내온도가 20도, 복도는 10도로 유지될 수 있도록 설계되었죠."

노트의 그림을 유심히 들여다본 류경호가 재차 물었다.

"그럼 이 기관실에서 난방을 하는 방식인가요?"

"네. 총독부는 난방과 전기, 그리고 오폐수 문제에 신경을 많이 썼습니다. 난방설비를 책임진 건 규슈제국대학 기계과 이와오카 호사쿠 교수였습니다. 청탁을 받고 직접 만주 지방을 여행하는 등 열과 성을 다했죠. 총독부의 벽을 이중으로 한 것이나 겹유리를 사용한 것 모두 이와오카 교수의 작품이죠."

"난방은 어떤 방식을 사용합니까?"

그의 물음에 박길룡 기수가 노트의 그림을 손가락으로 가리키면서 대답했다.

"여기 원통 같은 게 바로 함석으로 만든 증기 보일러입니다. 여기서 데운 증기가 정원에 묻혀 있는 철관을 통해 총독부 본관까지 보내지는 방식이죠. 철관은 직경이 1미터에 달합니다. 모두 다섯 개의 철관이 있고, 예비용으로 하나를 더 만들어놨죠. 덕분에 총독부에서는 사시사철 뜨거운 물을 마음껏 쓸 수 있습니다."

"기관실에서 보내진 증기는 어떻게 사무실에 분배가 됩니까?"

"본관 왼쪽 지하에 보일러실이 있습니다. 여기서 각 층으로 연결된 파이프가 있고, 층으로 나눠진 파이프가 다시 사무실로 연결된 형태입니다."

"정확한 위치가 어디입니까?"

류경호의 물음에 그는 씁쓸한 웃음을 지었다.

"지하층 설계는 조선인 기수들에게 맡기지 않았습니다. 저도 기관실 설계를 했기 때문에 대략적인 위치만 알 뿐이죠."

"기관실을 본관 밖에 멀리 지은 이유는 사고가 나는 걸 두려워해서인가요?"

"그것도 있지만 석탄으로 불을 때는 거라서 석탄재가 날리는 걸 피하기 위해서입니다. 한겨울에 난방을 하려면 대략 10톤의 석탄이 필요하고, 석탄재가 대략 3톤 정도나 나오니까요. 담장 근처에 지은 것도 그쪽 출입문을 통해 석탄을 들여오고 석탄재를 내보내기 쉽도록 한 겁니다. 어차피 증기는 철관으로 보내면 되니까 말이죠."

"그런데 이걸 왜 여기 그려놓은 걸까요?"

"잘 모르겠습니다. 이건 중요 시설이 아니라서 그냥 보여달라고 하면 됐을 텐데 말이죠."

박길룡 기수의 얘기를 들은 류경호는 노트를 돌려주면서 물었다.

"다른 그림들도 좀 봐주십시오."

넘겨받은 노트를 한 장씩 넘기던 박길룡 기수가 한 장을 뚫어지게 바라보다가 입을 열었다.

"이건 통로 같습니다."

"어디입니까?"

질문을 받은 박길룡 기수는 쓴웃음을 지으며 노트의 펼쳐진 면을 보여줬다.

"주변 설비나 공간이 없이 그냥 노트의 대각선으로 쭉 이어진 겁니다. 위에 4자를 보이시죠? 숫자가 아니라 방위표입니다. 이

걸 보면 동쪽에서 서쪽 혹은 서쪽에서 동쪽으로 이어진 게 분명합니다."

몇 장을 더 살펴본 후 박길룡 기수는 눈을 감았다.

"제가 말씀드릴 수 있는 건 이 정도뿐이군요. 머리가 아파서 더 이상 볼 수 없을 것 같습니다."

"마지막으로 한 가지만 여쭤보겠습니다. 조선청년건축회가 뭡니까?"

정철수가 드나들었던 적선동의 집에서 본 사진 속 세 명은 박길룡 기수와 이인도, 그리고 이름을 바꾼 정철수였다. 질문을 받은 박길룡 기수의 표정에는 애써 뭔가를 감추려는 빛이 역력했다. 주저하던 끝에 그가 입을 열었다.

"저와 이인도가 만든 친목단체입니다. 이와이 조사부로 과장이 주도한 조선건축회를 본뜬 것이죠."

"회원은 누구누구였습니까?"

"경성고공 출신의 선후배들입니다. 정식 단체는 아니었고, 그냥 모여서 신세한탄이나 하는 거였죠. 몇 번 모인 게 전부였습니다. 저랑 이인도만 총독부에서 일하고 나머지는 다른 곳에서 일하면서 서로 시간이 맞지 않았거든요."

일부러 숨기고 있다는 생각이 들었지만 박길룡 기수는 더 이상 대화에 응할 생각이 없어 보였다. 꽉 막힌 벽처럼 보이는 그에게 류경호는 더 이상 묻지 못했다. 체념을 한 류경호는 몸을 일으키면서 말했다.

"몸조리 잘 하십시오."

문을 열고 나서자 복도에서 우는 아이를 달래는 부인이 보였다. 걱정스러워하는 부인에게 눈인사를 한 류경호는 신발을 신고 밖으로 나왔다. 멀어져가는 그의 뒷모습을 바라보던 부인이 조심스럽게 대문을 닫았다. 큰 기대를 품고 왔지만 별다른 단서를 찾지 못해 실망하고 말았다.

죽은 이인도 기수의 하숙집에 머물고 있던 정철수가 원래 이름을 감추고 함께 기거하고 있었다. 같은 경성고공 출신이고 모임도 조직했던 사이라 이인도에게 정체를 감추기 위한 것은 아니었을 것이다. 그리고 경성에 수많은 하숙집들을 생각하면 우연히 한집에 살았다는 것도 억측이었다. 그렇다고 이인도는 정철수를 피해 다른 곳으로 하숙집을 옮기지도 않았고, 경찰이나 주변에 알리지도 않았다. 그것은 두 사람이 공유하고 있는 비밀이 있거나 혹은 정철수가 이인도의 결정적인 약점을 잡고 협박했기 때문이라고 볼 수밖에 없었다. 결국 정철수가 경성고공 출신이면서도 신분을 숨겨야만 했던 이유, 그리고 이인도와 같은 집에 살면서 감시한 이유는 이번 사건을 푸는 열쇠가 될 것 같았다.

이인도가 바이칼 양복점에 몰래 설계도 같은 것들을 맡긴 걸 보면 정철수의 감시를 받고 있던 것이 분명했다. 정철수 역시 뭔가를 눈치채고 계속 그의 방을 뒤지던 중이었다. 이렇게 보면 정철수가 이인도의 살인범일 가능성이 높았다.

하지만 돌아가는 몇 가지의 정황은 아닐 가능성에도 무게를 두게 만들었다. 일단 정철수가 이인도의 죽음 이후에도 그 집을 떠나지 않았다는 점이다. 그리고 뭔가를 계속 찾으려고 했다는 점도 미심쩍었다.

분명 사건의 핵심으로 파고 들어간 것 같기는 했지만 여전히 모호한 부분들이 많았다. 정철수가 매일 드나드는 곳에서 뭔가 벌어지고 있는 것 같긴 했지만 감을 잡을 수가 없었다. 하야시 곤스케 경부에게 부탁해서 수색해볼까도 생각해봤지만 명백한 증거 없이 움직이지는 않을 것 같았다. 그렇다면 이인도가 숨긴 설계도의 용도를 파악하는 것이 두 사람의 비밀에 접근할 유일한 방법이었다. 류경호는 박길룡 기수가 그 문제를 해결해줄 수 있을 것으로 봤지만 체포되었다가 풀려난 충격이 너무 컸는지 제대로 알아보지 못했다. 실망감이 컸지만 아프다고 누워 있는 사람을 다그칠 수도 없는 노릇이었다.

한참 생각하던 류경호는 정철수가 왜 이름을 바꾼 채 살아왔는지가 궁금했다. 골치가 아파진 류경호는 일단 잡지사에 돌아가기로 하고 지나가는 인력거를 세웠다.

"천도교 대교당 앞에 있는 해문빌딩으로 가주게."

별세계가 있는 해문빌딩 앞에서 멈춘 인력거에서 내린 류경호는 돈을 건네고는 2층으로 올라갔다. 별생각 없이 문을 열었는데 분위기가 더할 나위 없이 싸늘했다. 손상섭 부주간이 또 한바탕했나 싶었지만 그조차 얼어버린 표정으로 자기 자리에 앉아 있었다.

류경호는 고개를 옆으로 돌려서 정수일 기자를 바라봤다. 정수일 기자는 눈빛으로 그의 차리 쪽을 가리켰다. 자기 자리를 바라본 류경호는 자기 의자를 차지하고 앉아 있는 하야시 곤스케 경부와 눈이 마주쳤다.

"좀 더 기다렸다가 돌아가려던 참이었네."

그때서야 문 옆에 건장한 형사 둘이 서 있는 걸 발견한 그는 잡지사 분위기가 왜 이렇게 얼어붙었는지 이해가 갔다. 두 형사 중 한 명이 계단 아래로 쿵쾅거리면서 내려갔다. 류경호가 물었다.

"여긴 어쩐 일이십니까?"

"날씨도 풀렸는데 드라이브나 좀 할까?"

엉뚱한 대답을 한 하야시 곤스케 경부가 그의 책상에 기대 놓은 지팡이를 집어 들고 일어섰다.

"어디로 말입니까?"

"경찰서는 아니니까 안심하게."

앞장서라는 손짓에 류경호는 할 수 없이 방금 올라온 계단을 내려갔다. 그가 밖으로 나오자 먼저 내려갔던 형사가 골목길에 세워둔 BMW 경찰차를 앞에 댔다. 뒤따라 나온 또 다른 형사가 앞자리 조수석에 타고 두 사람은 뒷좌석에 나란히 탔다. 그러자 경찰차는 곧장 앞으로 나갔다.

속도를 높인 경찰차는 뽀얀 먼지를 일으키면서 거리를 질주했다. 남쪽으로 내려간 경찰차는 새로 지어진 경성역을 거쳐 남쪽에 있는 용산역을 스쳐 지나갔다. 붉은 벽돌과 화강암으로 만든 육중한 느낌의 경성역과는 달리 북유럽풍의 목조건물인 용산역 주변은 선로들이 거미줄처럼 엉켜 있었다. 일반인들이 주로 이용하는 경성역과는 달리 용산역은 근처에 주둔 중인 일본군 20사단을 신속하게 이동시키는 것은 물론 대륙으로 이동하는 군대와 물자의 중간 거점 역할을 수행한다. 그걸 증명이라도 하듯 용산역 남쪽으로는 철도 관계자의 사택 수백 채가 질서 정연하게 세워져 있고, 철도병원까지 들어선 상태였다. 덕분에 이곳은 새로운 용산이라는 뜻의 신용산으로 불렸고, 당연히 일본인들이 대다수를 차지했다.

용산역과 신용산을 지나쳐 간 경찰차는 한강철교의 아치형 트러스 구조물이 보일 즈음에 속도를 줄였다. 철교 건너편으로 쉴 새 없이 검은 연기를 토해내는 두 개의 굴뚝을 지닌 노량진 수원지 건물이 희미하게 보였다. 작년 을축년 대홍수로 파손된 한강철교는 선로를 높이는 공사가 한창 진행 중이었다.

용산 일대는 장마철만 되면 홍수 피해가 발생했기 때문에 이곳에 거주하던 일본인들은 거듭 제방을 쌓아줄 것을 요구했다. 그래서 총독부에서는 일본인들이 많이 거주하는 용산과 신용산 일대에는 홍수를 막을 제방을 쌓았지만 조선인들이 거주하는 이촌동은 그런 혜택을 받지 못했다. 생존의 위기를 느낀 서부 이촌동의 조선인들은 총독부에 제방을 쌓아줄 것을 요구했지만 이런저런 이유로 묵살당하고 말았다. 청원을 하던 조선인에게 일본인 건축과장은 살기 싫으면 떠나라는 폭언을 퍼붓기도 했다.

결국 주민들이 570원이라는 거금을 직접 모금해서 제방 설계도까지 만들었지만 총독부는 건설비용이 비싸다는 이유로 외면했다. 주민들의 거듭된 청원으로 인해 제방을 건설해주기로 했지만 공사비의 일부만 부담한 탓에 주민들이 직접 흙을 나르는 부역까지 해야만 했다. 류경호가 근무했던 시대일보에서도 일본인 거주 지역을 보호하기 위해서 30만 원이라는 거금을 들여서 제방을 쌓아주면서 조선인 거주구역은 외면하는 것은 무책임한 처사라고 비난하는 사설을 실었던 적이 있었다.

그렇게 총독부에서 차일피일 공사를 미루는 사이 작년 을축년 대홍수가 일어났다. 제방을 쌓은 용산과 신용산 일대도 큰 피해를 입었지만 이촌동 일대는 엄청난 피해를 입었고, 수많은 이재민이 발생했다. 이때 총독부에서는 이촌동 일대를 거주 금지구역으로 묶어버리고 이재민들을 경성 북부의 도화동으로 이주시켜버렸다. 일본의 조선 지배가 축복이나 행운이라고 말하는 사람들이 외면한 냉혹한 현실이었다.

철교는 그런 차별과 슬픔을 묵묵히 지켜본 산증인이나 다름없었다. 조선이 아직 이 땅에 존재했던 1897년에 만들어지기 시작한 철교는 20세기로 접어들면서 완성되었다. 120만 개의 벽돌과 5만 개의 화강암 덩어리, 그리고 120톤의 철강이 들어간 철교는 강이란 배를 타고 건너는 것으로 알고 있던 조선 사람들에게 큰 충격을 안겨주었다. 이후 일본이 그 옆에 하나의 철교를 더 세우고, 상류에 사람이 건널 수 있는 인도교까지 세우면서 다리는 더 이상 낯선 존재가 아니었다.

한강철교는 한강을 이어주는 역할뿐만 아니라 경성 사람들의 자살 명소로도 이름을 떨쳤다. 생활고와 실연에 지친 사람들이 이곳에서 한강으로 떨어지거나 열차에 뛰어들면서 목숨을 끊는 것이다.

착잡한 그의 눈에 철교 아래로 자동차 한 대를 실은 나룻배가 노량진 쪽에서 이쪽으로 건너오는 것이 보였다. 차가 속도를 줄이자 오는 내내 침묵을 지키던 하야시 곤스케 경부가 입을 열었다.

"게이조*에 온 치 벌써 25년이 넘는군. 좋은 곳이긴 하지만 적응이 안 될 때는 가끔 이곳에 와서 바람을 쐬곤 하지."

의미를 알 수 없는 하야시 곤스케 경부의 말에 류경호는 아무 말대꾸도 하지 않았다. 한강철교의 상류 쪽에 만들어진 한강 인도교는 경성 주민들이 더위를 피하거나 밤나들이를 오는 유원지였다. 한적한 이곳도 여름이 되면 전차와 자동차, 열차를 타고 온 사람들로 북적거릴 게 뻔했다. 자동차가 멈추자 하야시 곤스케 경부가 문을 열면서 말했다.

"드라이브를 했으니 이제 산책을 좀 할까? 저기 인도교까지 가보는 건 어떤가?"

선택의 여지가 없던 류경호는 잠자코 차에서 내렸다. 별도로 지시를 받았는지 두 형사들은 차를 떠나지 않았다. 누가 보면 인자한 스승이나 친척이 젊은 제자나 조카를 데리고 나들이를 나온 줄 알 것이다. 지팡이를 짚은 채 앞장서 걷던 하야시 곤스케 경부는 차를 지키는 형사들과 얼추 거리가 떨어지자 물었다.

"살인사건에 대한 조사는 잘 되어가고 있나?"

---

* 京城. 경성을 뜻하는 일본어.

"그건 경찰이 해야 될 일 아닙니까? 마치 남의 일처럼 얘기하시는군요."

억눌렸던 긴장감이 이빨을 드러내면서 날 선 대답을 하고 말았다. 얘기를 들은 하야시 곤스케 경부는 껄껄 웃었다.

"자네 말이 맞네. 살인사건은 우리 경찰 소관이지. 그래서 자네가 조사를 하는 걸 보면 대견하기도 하고 화가 나기도 하네. 우린 손발이 다 묶여 있는데 자넨 마음대로 다니면서 조사를 하니까 말이야."

칭찬인지 푸념인지 모를 그의 얘기에 류경호는 온 신경을 곤두세웠다.

"열심히 조사 중이긴 한데 별다른 단서는 못 찾았습니다."

신중하게 대답한 그는 한강을 바라봤다. 그런 류경호를 힐끔 바라본 하야시 곤스케 경부가 말했다.

"사흘 남았네."

"뭐가 말입니까?"

반사적인 물음에 하야시 곤스케 경부는 대답 대신 담배를 꺼내서 불을 붙였다. 그리고 담배 연기 한 모금을 허공에 뿜은 다음 입을 열었다.

"사흘 후인 10월 1일 시정 기념일에 맞춰서 총독부 낙성식이 거행되네. 낙성식이 끝나자마자 공안사건이 하나 공개될 걸세."

하야시 곤스케 경부의 말이 무슨 뜻인지 눈치챈 류경호가 경악을 금치 못했다.

"설마……."

류경호의 절망스러운 눈길을 무시한 하야시 곤스케 경부가
말을 이어갔다.

"상해에 근거지를 둔 테러단체인 의열단이 새로 완공되는 조
선총독부 낙성식에 맞춰서 폭탄을 터트릴 음모를 꾸몄어. 접촉
대상은 총독부 건축과에서 일하는 조선인들이었네. 신축된 총
독부의 내부를 잘 알고 있고, 출입이 자유롭기 때문이었지. 그
들이 포섭한 대상은 건축과의 이인도 기수였고 말이야."

류경호는 말도 안 된다고 반박하려고 했지만 하야시 곤스케
경부는 입 다물라는 눈빛을 던지고는 말을 이어갔다.

"하지만 이인도 기수는 그들의 포섭에 넘어가지 않았네. 그
러자 비밀이 새어나갈 것을 우려한 의열단이 그를 토막 내서 살
해했지. 이게 사흘 후에 발표될 공안사건의 대략적인 내용이야.
건축과에 근무하는 조선인은 물론 총독부의 전체 조선인들은
모두 휴직시키고 철저한 조사를 거쳐서 선별적으로 재임용할
걸세. 그중 의심스러운 몇 명은 용의자로 체포되겠지."

"말도 안 됩니다. 의열단이 무슨 수로 총독부 안으로 잠입해
서 이인도 기수를 죽인답니까?"

"공범의 소행으로 발표될 걸세."

하야시 곤스케 경부의 말에 류경호는 고개를 절레절레 내저
었다.

"그런 식으로 공범의 존재를 드러내는 멍청이들도 있답니까?"

"그건 별로 중요한 문제가 아닐세. 그러니까 자네도 이쯤에서
발을 빼는 게 좋을 거야."

"제 얘기를 들어보십시오. 죽은 이인도 기수 주변에 의심스러운 사람이 있습니다. 조금만 더 조사하면……."

하야시 곤스케 경부는 손을 들어서 류경호의 말을 가로막았다.

"윗선에서 내려온 지시일세. 지난번과는 차원이 다르다 이 말이야."

"일동회가 움직인 겁니까?"

류경호의 물음에 하야시 곤스케 경부의 얼굴이 굳어졌다.

"아는 것도 병이라는 조선 속담이 있지. 지금이 딱 그 상황이야. 아무튼 총독부를 시작으로 관공서와 주요 기업들의 조선인들은 이 일을 계기로 차츰 밀려날 걸세."

그의 얘기를 듣는 순간 류경호는 병석에 누워 있던 박길룡을 떠올렸다. 사건이 이런 식으로 흐르면 제일 먼저 끌려갈 것이 뻔했다. 발끈한 류경호가 쏘아붙였다.

"이 땅에 독립운동가와 친일파만 있는 줄 아십니까? 99퍼센트는 아무것도 모르는 평범한 사람들이란 말입니다. 대체 무슨 명목으로 그들의 삶을 파괴하려는 겁니까?"

류경호의 반발에 하야시 곤스케 경부는 한강을 바라보면서 대답했다.

하야시 경부가 아무 대답도 하지 않자 그가 말했다.

"사흘 안에 진범을 찾아내고야 말겠습니다."

류경호가 힘주어 말하자 하야시 곤스케 경부는 담배 연기를 길게 내뿜었다.

"사실은 이틀이지. 낙성식 전날 예비검속을 실시해서 용의자들을 구금할 예정이거든. 총독부 낙성식을 취재하기 위해 내지에서 기자들이 잔뜩 몰려왔어. 관료들은 기자라면 질색을 해서 말이야."

얘기를 주고받으면서 걷는 사이, 어느새 한강 인도교에 도착했다. 통행로 쪽에는 한복 차림에 양산을 쓴 조선 여인들이 얘기를 주고받으면서 한강을 굽어봤다. 그녀들이 내려다보는 한강의 모래사장에는 지붕에 '보트 클럽'이라는 영어와 일본어 글씨가 적혀 있는 천막이 세워져 있고, 강가에는 지붕이 달린 보트들이 옹기종기 모여 있었다. 날이 풀리자마자 놀러 왔는지 한량과 기생들이 배에 오르는 모습이 보였다. 인도교에 도착한 하야시 곤스케 경부는 딱하다는 표정으로 그를 바라봤다.

"아까 일동회 얘기를 했지. 그 조직의 우두머리가 누군지 알아?"

그가 고개를 가로젓자 하야시 곤스케 경부는 빙그레 웃었다.

"도쿠토미 소호라네. 자네도 이름 들어본 적 있지?"

류경호는 가만히 고개를 끄덕거렸다. 구마모토 현 출신인 그는 일본 언론계의 거물이었다. 민유샤라는 출판사와 고쿠민노토모 같은 잡지를 만드는 등 활발한 활동을 펼쳤다. 처음에는 유럽의 영향을 받아 평민주의를 내세웠지만 차츰 군국주의에 빠져들었다. 러일전쟁 이후 조선의 직접 통치에 반대하던 이토 히로부미를 격렬하게 비난했던 유명한 일화를 남기기도 했다.

일본 언론계에 엄청난 영향력을 가지고 있는 인물이라 일본

수상조차 조심스러워할 정도였다. 명성황후를 살해한 을미사변에 참가했던 일본 언론인 기쿠치 겐조 역시 그의 제자였다. 그는 경술국치 직후 데라우치 마사타케 총독의 초대를 받아서 조선으로 건너와 일본의 기관지인 경성일보를 창간하고 언론 통폐합을 주장했다. 덕분에 3·1운동 전까지 조선에서는 총독부에서 발행하는 경성신문과 매일신보만 존재했던 적이 있었다. 천황 중심의 국가 건설과 대륙으로의 진출을 부르짖는 그의 사설을 종종 읽어본 그는 일동회의 존재가 새삼 크게 느껴졌다.

"사이토 총독도 무시하지 못하는 거물이지. 그쪽에서 라인을 총동원한 모양이야. 이 정도면 내 말뜻 잘 알겠지?"

잠시 고민하던 류경호가 입을 열었다.

"범인을 찾겠습니다. 그래서 죽음 뒤에서 꾸며진 음모를 박살 내고 말 겁니다."

"사실 이 일은 조선 사람, 특히 자네 같은 지식인들에게 엄청난 영향을 미칠 거야. 관리도 될 수 없고, 높은 자리로 승진할 기회도 사라지게 되니까 말이야. 하지만 대다수의 조선 사람들은 관심 없어할 거야. 당장 먹고사는 문제랑 상관이 없고, 눈에 보이지 않으니까 말일세. 사실 진실의 가장 큰 적은 바로 무관심이지."

반박할 수 없는 그의 말에 류경호는 잠자코 침묵을 지켰다. 얘기를 끝낸 하야시 곤스케 경부는 코로 담배 연기를 내뿜고는 덧붙였다.

"아무튼 위에서는 속전속결로 일을 마무리 지을 생각인 것 같

아. 조금 있으면 벚꽃이 피니까 사람들이 거기에 정신 팔리기를 기대하는 것이지. 자네가 어쩔 수 있는 일이 아니니까 그만두게. 마지막 경고야."

하야시 곤스케 경부의 얘기를 들은 류경호는 잠시 입을 다물고 있다가 대답했다.

"산책 즐거웠습니다. 전 여기서 전차를 타고 시내로 돌아가겠습니다."

인사를 하고 돌아선 류경호를 물끄러미 바라보던 하야시 곤스케 경부가 말했다.

"도쿠토미 토호에게는 조선인 양아들이 두 명 있다네. 한 명은 춘원 이광수고, 다른 한 명은······."

걸음을 멈춘 류경호가 돌아보자 하야시 곤스케 경부가 담배를 손가락으로 튕겨내면서 말했다.

"육당 최남선이지. 산책 즐거웠네."

얘기를 마친 하야시 곤스케 경부는 경찰차가 서 있는 한강철교 방향으로 돌아갔다. 온몸에 힘이 쭉 빠진 류경호는 그 자리에서 우두커니 서 있었다. 가장 큰 피해자라고 생각했던 박길룡 기수의 모호함 뒤에 사건 속으로 자신을 이끌어준 최남선조차 믿지 못하게 된 상황에 처하게 된 것이다.

어찌할 바를 모르고 서성거리던 류경호는 수다를 떨면서 곁을 스쳐 지나간 여인들을 따라 전차 정류장으로 발길을 돌렸다. 불안감과 두려움에 미칠 것 같았지만 이대로 포기하고 싶지는 않았다. 여기서 몇 발자국만 더 나아가면 목적지에 도달할 수 있을 것 같았고 일동회의 음모를 막아야만 한다는 생각이 든 것이다. 하지만 하야시 곤스케 경부의 말대로 도쿠토미 소호가 움직이는 일동회와 거기에 연루되어 있을지 모르는 최남선의 관계를 생각하면 숨이 턱 막혔다.

경복궁 자하문 쪽 언덕길을 오르던 택시가 멈추자 최남선은 감고 있던 눈을 떴다. 조수석에 타고 있던 조수가 잽싸게 내려서 문을 열어줬다.

"다 왔습니다. 손님."

고맙다는 말을 남기고 차 밖으로 나온 최남선은 지팡이를 짚고 서서 언덕 위를 올려다봤다. 눈앞에 백운동 계곡의 아름다운 풍광이 펼쳐졌지만 그의 눈에는 들어오지 않았다. 길옆에 난 작은 계단을 오르자 밖에서는 보이지 않는 커다란 저택이 눈에 들어왔다. 대나무로 둘러싸인 담장 안에는 전형적인 일본식 2층 집이 있었다.

반쯤 열린 대문 안으로 들어간 최남선의 눈에 정원의 석등 옆에 서 있는 도쿠토미 소호가 보였다. 짧게 자른 머리에 회색 두루마기 차림의 최남선과 일본의 유카타를 입은 백발의 도쿠토미 소호는 잠깐 서로를 바라봤다. 그러다 최남선이 다가가면서 고개를 숙였다.

"여전히 정정하시군요. 아버님."

활짝 웃은 도쿠토미 소호가 고개를 숙인 그의 어깨를 토닥거렸다.

"그래, 지난번에는 너무 급작스럽게 만나서 얘기를 제대로 나누지 못했지."

종로경찰서에서 이와이 조사부로 과장과 얘기를 나누려던 최남선은 조사실의 문을 열고 들어선 그를 보고 입을 다물지 못했던 기억을 떠올렸다. 최남선이 아무 말도 못 하는 사이, 그는 이와이 조사부로 과장을 데리고 유유히 종로경찰서를 빠져나갔다. 떠나는 그를 종로경찰서장이 직접 배웅했다. 그에게 남은 것은 진한 좌절감이었다. 최남선의 그런 속마음을 아는지 모르는지 도쿠토미 소호는 인자한 미소를 지으면서 말했다.

"여기 작소거는 오랜만이지?"

"재작년에 와본 게 마지막입니다. 여전히 정정하시니 참으로 다행입니다."

"하루가 다르게 몸이 망가지고 있네. 자네 같은 젊은이들에게 물려주고 은퇴해야지. 자자, 들어가서 차나 한잔하세."

최남선은 그를 따라 집 안으로 들어갔다. 활짝 열어놓은 미닫이문 안 거실에 있는 이로리*에 걸린 주전자에서는 김이 모락모락 피어났다. 손수 주전자를 들어서 차를 따른 도쿠토미 소호가 말했다.

"이 백운동 계곡은 참으로 아름다워. 일본에서도 이런 풍경을 갖춘 곳은 찾기가 어렵지."

"마음에 드신다니 다행입니다."

---

* 일본 전통 난방방식으로 방 한가운데 불을 피우는 공간을 만들어놓은 것이다.

짤막하게 대답한 최남선은 주변을 돌아봤다. 그러다 복도 건너편 방에 놓여 있는 책상을 보고는 물었다.

"요즘도 글을 쓰십니까?"

"언론인이 글을 써야지 뭘 하겠나?"

다시 침묵이 흘렀다. 차를 한 모금 마신 도쿠토미 소호는 정원을 바라보면서 입을 열었다.

"20세기에 접어든 지 벌써 사반세기가 지났네. 19세기가 개인의 자유를 찾는 데서 출발해서 국제적인 생존경쟁으로 끝났다면 이번 세기는 열국들의 치열한 생존경쟁이 벌어지는 중일세."

차를 한 모금 마신 최남선은 고개를 끄덕거렸다.

"옳은 말씀입니다. 구라파대전*이 좋은 본보기죠."

"그 전쟁에서 독가스 같은 잔인한 무기들이 사용되었네. 이번 세기의 생존경쟁은 지난 세기와는 비교할 수 없을 정도로 잔인하고 끔찍할 것이야. 지난 구라파대전에서 영국과 불란서, 그리고 미국이 승리할 수 있었던 게 무엇 때문인 줄 아는가? 바로 돈이었네. 막대한 재력으로 무기와 병사들을 뽑아내서 결국은 최후의 승리를 쟁취했지."

도쿠토미 소호는 늘 큰 그림을 그려놓고 질문을 던지는 방식으로 이야기를 끌어갔다. 최남선이 잠자코 귀를 기울이자 그는 차츰 목소리를 높였다.

"바야흐로 서구 열강은 새로운 시대로 접어들고 있네. 그 어

* 歐羅巴大戰, 제1차 세계대전을 지칭한다.

느 때보다 힘이 필요한 시점이지. 그 힘이 없다면 그 어떠한 정의공론도 반 푼의 값어치도 없는 법이라네."

"옳으신 말씀입니다."

"힘을 기르기 위해서는 국민 스스로가 자기를 믿고 관민과 조화를 이뤄야 하네. 쓸데없는 당파적 쟁투를 멈추지 않는다면 우리는 국제무대에서 밀려나고 말 거야. 그중에서도 국민의 마음가짐이 무엇보다 중요하네. 스스로 위대하다고 믿지 않으면 위대해질 수 없는 법이니까 말이야."

환갑의 나이라고는 믿기 어려울 정도로 단호하고 정정한 말투였다. 최남선의 모습을 응시한 그가 계속 말을 이어갔다.

"만약 누군가 런던탑에 올라가서 영국이 지금 위기에 처해 있고, 국민들은 모두 어리석다고 외쳤다고 생각해보게. 그자는 당장 정신병자 취급을 받아서 정신병원에 갇히고 말 거야. 그자의 외침은 해외토픽에 올라서 만국의 웃음거리가 되겠지. 영국이 위대한 건 국민들이 위대해서고, 국민 스스로 위대하다고 믿기 때문일세. 그리고 나는 그 힘이 언론에서 나왔다고 믿네."

최남선도 같은 생각이었기 때문에 동조의 뜻으로 고개를 끄덕거렸다. 조심스럽게 차를 마신 도쿠토미 소호가 말했다.

"사람들은 우리가 조선을 집어삼켰다고 말하네. 하지만 우린 조약을 체결하고 주권을 양도받은 것일세. 조선이 실패한 것은 왕을 비롯한 위정자들이 국민에게 자존감을 심어주지 못했기 때문일세. 청나라에 사대하고 아라사에 기대는 모습을 보여주면서 국민에게 어떠한 희망을 심어주지 못했다 이 말이야. 조선과 일본은 이제 한 나라이고 공동운명체일세. 일본이 망하면 조선도 망하는 것이고, 일본이 흥하면 조선도 따라서 흥하게 될 걸세."

얘기를 끝낸 도쿠토미 소호가 그의 손을 덥석 잡았다.

"최 군 같은 지식인들은 조선과 일본을 연결해주는 가교라는 중요한 임무가 있네. 오해와 의심을 풀도록 하고, 어리석은 조선인들이 상해와 만주에 있는 불령선인들의 선동에 휘말리지 않게 해야 하네. 그래야만 3·1폭동 같은 비극을 막고 위대한 국민으로서의 자존감을 쌓아갈 수 있게 될 것이야. 멀리 보고 길게 생각해야 하네. 당장의 서운함이나 아쉬움을 드러내는 건 양쪽 모두에게 좋지 않아."

도쿠토미 소호의 일방적인 얘기를 최남선은 묵묵히 듣기만 했다. 언제나 그렇듯 그는 논리 정연하고 치밀한 얘기로 자신을 설득했다. 이광수를 비롯한 다른 조선의 지식인들도 이런 설득에 넘어가버렸다.

조선이 홀로서기를 하지 못했다는 건 명백한 사실처럼 보였고, 일본의 강대함은 시간이 지날수록 커 보였다. 차라리 욱일승천하는 일본에 협력해서 힘을 기르는 게 최선이라는 인식이 서서히 퍼져나가는 중이었다. 그가 총독부에 조선인 관리의 채용 문제에 신경을 쓰는 것도 무력으로는 독립을 쟁취할 수 없다는 인식의 연장선상에서 시작된 것이었다. 무엇보다 도쿠토미 소호의 심경을 거스르면서까지 일을 진행할 자신이 없었다. 그의 속마음을 눈치챘는지 도쿠토미 소호가 빙그레 웃었다.

"내 뜻을 따라준다면 그 은혜를 잊지 않겠네."

최남선이 아무 대답도 하지 않자 도쿠토미 소호가 덧붙였다.

"지금 경성에는 총독부의 낙성식을 취재하러 내지에서 온 취재진들이 많네. 낙성식이 끝나고 피로연이 열릴 때 내가 자네를 소개해주지. 조선 최고의 문학가라고 하면 그들도 솔깃해할 거야. 모르는 사람들은 조선에 춘원만 있는 줄 알지만 육당도 그에 못지않다는 걸 보여줘야 하지 않겠나?"

최남선은 호탕하게 웃는 도쿠토미 소호를 말없이 바라봤다.

한강 인도교에서 전차를 타고 해가 떨어질 즈음 경성에 도착한 류경호는 바깥 풍경을 보면서 잠시 고민에 빠졌다. 별세계로 갔다가 퇴근을 할 생각이었지만 오는 동안 생각이 바뀌었기 때문이다. 정철수가 드나드는 적선동의 의심스러운 집도 살펴보고 싶었지만 만약 들키기라도 한다면 모든 게 물거품이 될 수 있었기 때문에 일단 참기로 했다. 그러다가 박길룡 기수가 입을 다물거나 더 이상 믿을 수 없게 된다면 다른 조력자를 찾아보면 어떨까라는 생각이 든 것이다.

첫날, 최남선이 《강명화전》에 사이에 끼워준 건축과 직원들의 명단을 천천히 살펴보다가 한 사람의 이름에서 시선을 멈췄다. 도움을 줄지 안 줄지는 모르겠지만 일단 부딪쳐보기로 결심한 류경호는 총독부 앞에서 내렸다.

며칠 만에 다시 찾은 총독부는 비계가 완전히 치워져서 깔끔해진 상태였다. 마음이 무거워진 그는 먼발치에서 석양을 등진 총독부를 바라봤다. 저녁이 되자 먼저 입주한 관리들과 일꾼들이 하나둘씩 퇴근하는 게 보였다. 그들 사이에서 류경호는 마침내 그를 발견했다. 혹시나 미행이나 감시자가 있을까 조심스럽게 주변을 살펴보던 류경호는 아무것도 모르고 전차 정류장 쪽으로 걸어오는 그에게 다가갔다. 지친 표정으로 그는 전차에 올라탔다. 마지막으로 주변을 살핀 류경호도 뒤따라 전차를 탔다.

퇴근하는 샐러리맨과 관리들로 가득한 전차 안에서 조심스럽게 그에게 접근한 류경호는 눈을 마주치는 데 성공했다. 의아한 눈으로 자신을 바라보자 류경호는 자신을 따라서 내리라는 눈빛을 던졌다. 다행스럽게도 눈치 빠르게 알아차린 그가 고개를 살짝 끄덕거렸다.

광장처럼 넓은 광화문통을 지나 경성부청 앞에서 종로통으로 방향을 튼 전차가 느릿느릿 움직였다. 종로 2정목 정류장에서 전차가 멈춰 서자 류경호는 사람들 틈에 섞여서 내렸다. 뒤쪽을 힐끔 바라본 류경호는 그가 뒤따라오는 것을 확인하고는 천천히 발걸음을 뗐다.

목적지인 멕시코 다방은 YMCA 옆에 있었다. 다른 건물들과는 달리 하얀 외벽으로 된 2층 건물에는 영어로 '멕시코'라고 적힌 간판이 붙어 있고, 2층 구석에는 커다란 주전자가 매달려 있었다. 일본에서 미술을 전공한 영화배우 김용규와 심영이 세운 멕시코 다방은 일본에서 온 엘리트들이 힘을 합쳐 만든 곳이라고 대대적인 선전을 했었고, 별세계에서도 취재를 갔던 적이 있었다. 조선 사람들, 특히 예술인들이 많이 드나드는 곳이기 때문에 상대적으로 편하게 얘기를 나눌 수 있을 것 같았다.

문을 열고 안으로 들어가자 나비넥타이에 하얀 조끼 차림의 급사가 인사를 했다. 뿌연 담배 연기 사이로 유성기에서 흘러나오는 음악이 들려왔다. 구석의 빈자리를 찾아서 앉은 류경호는 뒤따라 들어온 그에게 손을 들었다.

"이쪽입니다."

그를 발견한 홍창화가 다가와 맞은편 의자에 앉았다. 급사가 다가오자 류경호는 커피를 주문했고, 그 역시 같은 것을 달라는 말을 했다. 한숨을 돌린 홍창화는 도리우치를 벗어서 테이블에 올려놓으며 말했다.

"아까 보고 깜짝 놀랐습니다. 저한테 하실 말씀이 있으신 것 맞으시죠?"

"믿을 만한 사람이 별로 없어서 말일세. 이인도 기수의 살인범을 잡는 데 도와주겠다는 얘기를 기억하네."

"괴짜라는 얘기를 듣긴 했지만 좋은 분이셨습니다. 다른 기수들은 조수들을 종놈 부리듯 했는데 그러지도 않으셨고요. 그렇게 돌아가신 게 너무 안타까운데 누명까지 쓰셨잖습니까."

분개한 표정을 감추지 못한 홍창화의 얘기를 들은 류경호는 가방에서 이인도의 노트를 꺼내 보여줬다. 그걸 본 홍창화가 물었다.

"이게 뭡니까?"

"차차 알려줄 테니까 일단 안을 살펴보고 뭔지 알려주게."

때마침 급사가 커피를 가져오면서 대화가 잠시 중단되었다.

커피가 담긴 잔과 각설탕과 우유가 든 작은 그릇을 내려놓고는 급사가 돌아서자 홍창화는 노트를 조심스럽게 펼쳤다. 그리고 한 장씩 넘겨가면서 자세하게 살폈다. 각설탕과 우유를 넣은 커피를 한 모금 마신 류경호가 물었다.

"뭔지 알겠나?"

혼란스러운 표정을 지은 홍창화가 고개를 들었다.

"정식 설계도는 아니고 어딘가의 설계도를 베낀 겁니다. 통로 같은데 어디인지 정확하게 모르겠습니다. 수십 미터는 될 것 같은 긴 통로인데 지하인 것 같습니다."

박길룡보다는 단서가 될 만한 얘기를 들은 류경호는 눈빛을 반짝거리면서 물었다.

"지하통로라면 총독부를 말하는 건가?"

홍창화는 단호하게 고개를 저었다.

"조선 사람들은 총독부 지하 공간 설계에 참여하지 못했습니다."

"그렇다면 다른 공간이라는 얘기가 되겠군."

"그것도 의문입니다. 아시다시피 지난 몇 년 동안 건축과 기수들은 총독부 설계에만 매달렸거든요."

조바심이 난 류경호가 간곡하게 말했다.

"여기에서 단서를 찾지 못하면 나도 이번 사건을 포기해야만 하네. 시간도 별로 없는 상황이니까 물러설 구석도 없어."

그의 얘기를 들은 홍창화가 물었다.

"이게 유일한 단서란 말입니까?"

"그래. 안 되면 이걸 들고 경찰을 찾아가는 수밖에는 없어."

홍창화에게는 차마 경찰은 이인도 기수를 죽은 범인을 찾는데 별 관심이 없다고 말하지 못했다. 결정적인 단서를 찾지 못하면 하야시 곤스케 경부를 찾아가서 그동안 찾아낸 단서를 알려주는 수밖에는 없었다.

그의 얘기를 들은 홍창화는 알겠다고 대답하고는 다시 천천히 노트를 살폈다. 답답해진 류경호는 커피를 한 모금 마시고 숨을 골랐다. 그사이 노트를 살피던 홍창화의 눈빛이 반짝거렸다. 그리고 노트를 펼쳐 그에게 보여줬다.

"여기요."

홍창화가 보여준 것은 흐릿하게 그려진 문짝과 계단이었다.

"단서가 될 만한 건가?"

류경호의 물음에 그는 흐릿하게 스케치된 문을 가리켰다.

"이 문 말입니다. 총독부 건설 현장에서 본 적이 있습니다."

"어디서?"

"중국인들이 만든 문입니다. 쇠로 만든 문인데 환기창이 없고 조그만 창을 낸 형태라서 이상했거든요."

"구체적으로 어떻게 이상했던 건가?"

그가 재차 묻자 홍창화가 주머니에서 꺼낸 연필로 모서리에 그림을 그리면서 설명했다.

"보통 외부에 달리는 문은 환기를 위해 아래쪽에 환기창을 만들어놓습니다. 내부에서 쓰는 문은 그냥 나무로 만들고요. 그런데 이 문은 특이하게도 환기창이 없어서 눈에 띄었거든요. 거기다 환기창 대신에 위쪽에 자그마한 창문을 낸 겁니다. 지나가다가 이상하다 싶어서 물어봤는데 대답을 안 해줬습니다."

"그럼 어디에 쓰였는지 모른다는 얘긴가?"

"장담하는데 총독부 지상층에는 이런 걸 쓰지 않았습니다."

잠시 뜸을 들인 홍창화가 덧붙였다.

"썼다면 지하뿐이죠."

"조선인 기수들이 설계를 하지 못한 그 공간 말인가?"

"현장에서 총독부 지하에 비밀 금고를 만든다는 소문이 떠돈 적이 있습니다."

홍창화의 얘기를 들은 그가 물었다.

"비밀 금고?"

"소문은 여러 가지였습니다. 금이나 귀금속을 보관하는 금고라는 얘기도 있고, 감옥이나 비상탈출통로라는 얘기도 있었죠."

"그래서 조선인을 믿지 못하고 설계를 맡기지 않았군."

"맞습니다. 시공도 중국인 기술자들이 했고, 조선인은 아예 접근시키지 않았습니다."

"그러니까 이 노트에 그려진 공간이 총독부 지하의 비밀금고라는 뜻이군."

류경호의 말에 홍창화가 주변을 살펴보고는 덧붙였다.

"그럴 가능성이 높습니다. 이상한 건 이인도 기수님이 왜 지하의 설계도를 베꼈느냐입니다."

"이 공간의 설계는 누가 했나?"

"이와이 조사부로 과장이 직접 챙겼고, 나카무라 마코토 기사

291

가 맡았습니다."

홍창화의 대답에 류경호는 계속 질문을 던졌다.

"설계도는 어떻게 보관했지?"

"원칙적으로는 금고에 넣어놓습니다. 하지만 일이 바쁘거나 급하면 밖에 두기도 하죠. 설계도를 보고 시공을 할 때마다 금고를 열었다 닫았다 하는 게 여간 번거롭지 않거든요."

"그러니까 마음만 먹으면 설계도를 보는 건 가능했다 이거군."

"훔치는 거야 불가능했지만 잠깐 보는 건 할 수 있었을 겁니다. 이 노트는 그렇게 잠깐씩 봤던 설계도들을 나중에 따로 그린 것 같습니다."

의문이 조금씩 풀려간다는 느낌이 들었지만 결정적인 의문은 해결되지 않았다.

"이인도 기수는 이걸 왜 따로 베긴 거지? 이와이 조사부로 과장이나 다른 사람이 알면 좋을 게 없을 텐데 말이야."

"그러게요. 박길룡 기수님 같은 경우에는 아예 오해를 살 행동 자체를 안 하셨거든요. 이인도 기수님도 그 정도는 아니지만 나름 조심했고요."

"이 공간이 정확하게 지하 어딘지 알겠나?"

고개를 갸웃거린 홍창화가 물었다.

"들어가보실 겁니까?"

"현장을 살펴봐야 단서를 찾을 수 있으니까."

류경호의 얘기를 들은 홍창화가 곰곰이 생각했다가 입을 열었다.

"기관실 쪽은 아닐 거고, 제 생각에는 총독부 건물 앞쪽 어디 쯤인 것 같습니다."

류경호는 문제의 공간에 뭐가 있을지 떠올려봤다. 그러면서 이인도가 숨을 거둔 현장이 어딘지 밝혀지지 않았다는 사실이 떠올랐다. 총독부 건물이 아무리 크고 넓다고 해도 전기톱을 가지고 시신을 토막 낼 수 있을 법한 공간은 없었다. 하지만 소수의 사람들만 알고 드나들 수 있다는 지하라면 얘기가 달랐다. 소리도 새나가지 않았을 것이고, 무엇보다 죽음을 엿볼 수 없는 공간이니까 말이다. 무언가 단서가 있을 것 같다는 데 생각이 미친 류경호가 조심스럽게 물었다.

"들어갈 방법이 있을까?"

거절당할 각오를 하고 던진 얘기지만 홍창화는 의외의 대답을 했다.

"비밀을 지켜주실 수 있으십니까?"

"물론이지."

류경호의 대답을 들은 그는 커피를 한 모금 마시고는 입을 열었다.

"그럼 내일 새벽 5시까지 총독부 앞으로 오십시오. 눈에 안 띄는 허름한 일꾼 복장으로 오셔야 합니다."

"위험하지 않겠어?"

조심스러운 그의 물음에 홍창화는 어깨를 으쓱거렸다.

"낙성식이 며칠 안 남아서 그런지 다들 거기에만 매달려 있어요. 잠깐은 들어갔다 나올 수 있을 겁니다. 이인도 기수님을 죽인 범인을 찾을 수 있다면 그 정도는 감내할 수 있습니다.”

“지하로는 들어갈 방법이 있을까?”

그러자 홍창화가 주변을 살펴보면서 대답했다.

“총독부 서쪽 회랑에 변전실이 하나 있습니다.”

“변전실?”

“네. 총독부에는 아홉 대의 엘리베이터와 천 개가 넘는 전등, 그리고 백 대가 넘는 전화기가 있어서 전력이 제법 많이 필요합니다. 필요한 전기는 경성전기의 동대문 발전소에서 가져다 쓰는데 전봇대를 세우면 미관을 해친다고 해서 땅속에 전선을 묻어버렸습니다.”

그 얘기를 들은 류경호는 그때서야 총독부 주변에 전신주가 하나도 없었음을 깨달았다. 그가 가볍게 고개를 끄덕거리자 홍창화가 얘기를 이어갔다.

“전압을 안정시켜주는 미쓰비시 변압기 여섯 대가 변전실에 설치되어 있습니다. 지하로 묻은 전선 때문에 지하층도 있으니까 그쪽으로 내려가면 됩니다.”

“그렇다고 해도 총독부 지하는 어마어마하게 넓을 텐데 문제의 장소를 찾을 수 있을까?”

질문을 받은 홍창화가 어깨를 으쓱거렸다.

“지하실은 위층처럼 탁 트인 공간이 아니라 대부분 기계실이나 수리를 위한 공간들입니다. 통로를 따라 돌면 금방 돌아볼 수 있을 겁니다.”

“그럼 자네만 믿겠네.”

"내일 늦지 않게 오십시오. 먼저 일어나보겠습니다."

남은 커피를 비운 홍창화가 탁자에 놓인 도리우치를 집어 들고 일어났다. 긴장이 풀린 류경호는 의자의 등받이에 몸을 기댔다. 오늘 저녁을 제외하고 이제 이틀밖에 남지 않았다. 사실상 내일 단서를 잡지 못하면 막을 방법이 없었다.

이런저런 생각에 잠겨 있던 그의 눈에 출입구 옆에 설치된 전화기가 눈에 들어왔다. 최남선과 진행과정을 알려줘야겠다는 생각에 몸을 일으킨 그는 전화기 쪽으로 다가갔다. 그러자 급사가 수화기를 들어서 그에게 건넸다. 교환수에게 최남선의 집 전화번호를 불러주고 잠시 기다리자 신호음이 들렸다. 밤이 늦어서인지 식모 대신 최남선이 직접 전화를 받았다. 그는 류경호의 목소리를 확인하자마자 물었다.

"낮에 하야시 곤스케 경부를 따라 나갔다는 얘기를 들었네. 지금 어딘가?"

"종로에 있는 다방입니다."

"하야시 곤스케 경부는 무슨 일로 자네를 끌고 간 건가?"

"날씨가 좋다고 드라이브를 좀 하자고 하더군요."

수화기 너머에서 긴 한숨이 들려왔다.

"하야시 곤스케 경부가 얘기했는지 모르겠네만 며칠 후에 의열단과 엮인 공안사건이 터질 예정이네."

"들었습니다. 저보고 손을 떼라고 하더군요."

"나도 모처에서 비슷한 압력을 받았네. 나야 상관없지만 자네까지 다치는 것은 원치 않네. 이번 사건에서 손을 떼게."

그 순간, 하야시 곤스케 경부에게 들은 얘기를 떠올린 류경호는 울컥했다.

"그럼 죄 없는 조선 사람이 잡혀가고 직장에서 쫓겨나는 걸 두고 보라는 말씀이십니까?"

"그건 내가 어떻게든 막아보겠네."

류경호는 아무 대답 없이 수화기를 내려놨다. 한숨을 쉰 그는 급사에게 커피 값을 치르고 밖으로 나갔다. 어두워진 종로 거리가 말없이 그를 맞이했다.

8

1926년 9월 29일
수요일, 경성

새벽에 눈을 뜬 류경호는 옷을 챙겨 입고 하숙집을 빠져나왔다. 허름하게 차려입고 오라는 홍창화의 얘기대로 낡은 바지와 셔츠를 챙겨 입었다. 골목길을 빠져나온 류경호는 인력거나 택시를 탈까 했지만 이른 시간이라 그런지 눈에 띄지 않았다. 결국 총독부 앞까지 걸어가게 된 류경호는 약속 시각 즈음에 도착했다.

경복궁을 가린 채 인왕산을 등진 총독부가 어둠 속에서 어스름하게 모습을 드러냈다. 초소가 있던 가림막도 한창 뭔가로 꾸며지는 중이었다. 초소 앞에는 긴장한 표정의 홍창화가 기다리고 있었다. 류경호와 눈인사를 한 홍창화는 초소를 지키는 일본 경찰과 얘기를 나누더니 돌아서서는 어서 오라고 손짓을 했다. 그는 최대한 태연한 표정으로 초소를 지나 안으로 들어갔다. 그리고 앞장선 홍창화에게 물었다.

"뭐라고 얘기한 건가?"

가림막 안쪽에 가져다 놓은 기름 램프를 든 홍창화가 대답했다.

"시골에서 올라온 친척이 구경을 시켜달라고 부탁했다고 둘러댔습니다."

며칠 만에 와본 총독부는 깔끔하게 정리되어 있었다. 정원도 잘 다듬어놓은 상태였다. 앞장선 홍창화가 설명했다.

"내일모레 낙성식 때문에 대청소를 여러 번 했습니다. 총독부터 일본에서 온 기자들까지 귀빈들이 엄청 온다고 신경을 잔뜩 쓰고 있죠."

류경호는 말없이 고개를 끄덕거리면서 뒤를 따랐다. 홍창화는 그를 중앙 대현관이 아닌 서쪽 모서리로 안내했다. 망루처럼 우뚝 선 모서리의 지붕은 아치형으로 꾸며졌고, 아래쪽 창문에는 나침반 모양의 쇠창살이 끼워져 있었다. 램프를 든 채 앞장선 홍창화가 앞쪽을 가리켰다.

"총독부 좌우 측면에 출입문을 하나씩 만들어놨습니다."

그가 발걸음을 멈춘 곳은 거대한 기둥 사이에 있는 작은 문이었다. 지붕 부분은 아까 봤던 모서리처럼 아치형으로 꾸며졌다. 역시 아치형으로 만들어진 출입문의 양쪽 문설주에는 가로등이 하나씩 붙어 있었다. 대현관에 비할 바는 아니지만 측면 출입문도 차가 드나들 정도로 컸다. 문 두 짝은 두꺼운 철제였지만 사람이 드나들 수 있을 정도로 살짝 열려 있었다.

홍창화가 안으로 들어섰고, 류경호는 뒤따라 들어갔다. 어둠에 가득 찬 긴 복도가 두 사람을 맞이했다. 램프의 불빛이 비추인 복도의 벽은 두툼한 화강암이 붙어 있었다. 앞장선 홍창화가 설명했다.

"여기로 총독이나 총감들의 관용차량이 드나들게 됩니다. 그러면 중정을 가로질러서 차를 타고 갈 수 있거든요."

통로 중간 즈음에 이르자 양쪽 복도로 이어진 문이 보였다. 그곳을 지나자 아까 들어왔던 출입문과 같은 철문이 보였다. 하지만 이번에도 살짝 열려 있어서 어렵지 않게 통과할 수 있었다. 문을 벗어나자 커다란 정원이 보였다. 그걸 본 류경호가 나지막하게 중얼거렸다.

"중정이로군."

건물에 둘러싸인 안뜰이라는 개념은 조선에서는 생소했다. 이 구조 덕분에 총독부는 하늘에서 내려다본다면 날 일(日)로 보이게 되었다.

묘한 미소를 지은 홍창화가 대답했다.

"어마어마하지 않습니까?"

"그렇군."

할 말을 잊은 류경호가 짧게 대답하자 홍창화는 앞쪽의 커다란 출입문과 양옆에 붙은 창고 같은 공간을 가리키면서 말했다.

"저기가 중앙대홀의 측면 출입구입니다. 옆에 있는 건 총독이나 총감의 차량을 보관하는 차고고요. 저기서 차를 타면 바로 밖으로 나갈 수 있게 한 겁니다."

설명을 들으면서 총독부 내부 구조가 어렴풋하게나마 머릿속으로 그려진 류경호는 바짝 긴장한 목소리로 물었다.

"변전실은 어느 쪽인가?"

"차고 안쪽입니다. 따라오십시오."

이마에 흐르는 땀을 닦은 류경호는 홍창화를 따라 중정으로 들어섰다. 중정 안쪽의 1층 벽면은 화강암을 거칠게 다듬어서 붙였고, 2층부터는 잘 다듬어진 화강암을 붙였다. 바닥은 역시 화강암으로 만든 타일을 붙여서 차가 지나갈 수 있도록 만들었다. 중정 쪽으로 몇 걸음 간 홍창화는 왼쪽으로 고개를 돌렸다.

"저기가 변전실입니다."

만약 설명을 듣지 못했다면 몰랐을 법한 공간이었다. 그냥 중정의 모서리에 울퉁불퉁한 화강암으로 벽을 세워서 공간을 만든 것처럼 보였기 때문이다. 다만 반원형 창문 두 개와 소형 창문 하나가 독특해 보일 뿐이었다. 류경호가 믿기지 않는다는 듯 물었다.

"여기가 변전실이라고?"

"네. 외부에서 보면 창고처럼 보이죠? 여길 보세요."

홍창화가 반원형 창문 쪽에 램프를 갖다댔다. 그러자 창문 안으로 거대한 변압기와 뱀처럼 또아리를 튼 전선들이 보였다. 그런데 주변을 돌아봐도 문이 보이지 않았다.

"변전실이 맞네. 그런데 어떻게 들어가지?"

그러자 히죽 웃은 홍창화가 램프를 건네면서 말했다.

"여기로 들어가면 됩니다."

"뭐라고?"

류경호의 반문에 그는 대답 대신 손으로 반원형의 창문을 안으로 밀었다. 그러자 삐걱대는 소리와 함께 창문이 안쪽으로 열렸다.

"위쪽에 경첩을 달아놔서 열리게 되어 있습니다."

설명을 마친 홍창화는 상체를 창문 안으로 밀어 넣었다. 그러고는 천천히 안으로 들어갔다. 안에서 그의 목소리가 들렸다.

"램프를 건네주시고 들어오십시오."

시키는 대로 램프를 건넨 류경호는 창문 안으로 몸을 쑤셔 넣었다. 홍창화의 도움을 받아서 변전실 안으로 무사히 들어간 그는 한숨을 돌렸다. 변전실은 미쓰비시 마크가 선명하게 박힌 변압기 여섯 대가 대부분의 공간을 차지했다. 바닥과 주변에는 전선들이 어지럽게 얽혀 있었다. 홍창화가 구석에 있는 작은 철문을 가리켰다.

"저기가 지하로 내려가는 출구입니다. 예전에 변압기 설치할 때 잠깐 들여다봤었죠."

마른침을 삼킨 류경호가 어서 움직이자고 말했다. 변압기 사이를 지나간 홍창화가 철문을 열고 램프로 안쪽을 비췄다. 한 사람이 겨우 드나들 정도로 작은 통로와 계단이 보였다. 홍창화가 고개를 돌려서 류경호를 바라봤다. 류경호가 준비되었다는 뜻으로 고개를 끄덕거리자 홍창화가 철문 안으로 들어갔다. 숨을 고른 그는 홍창화를 따라갔다. 시멘트로 만들어진 계단을 내려가자 곧게 뻗은 통로가 보였다. 통로 입구에 서 있던 홍창화가 걱정스러운 표정으로 물었다.

"괜찮으십니까?"

어디가 끝인지 알 수 없는 밀폐된 장소로 간다는 점이 걸렸지만 여기까지 와서 포기할 수는 없었다. 무엇보다 진실이 주는 매혹, 그리고 어딘가에서 웃고 있는 살인자를 잡고 싶다는 열망이 그런 두려움을 송두리째 몰아내버렸다.

류경호가 고개를 끄덕거리자 홍창화는 몸을 돌려서 안쪽으로 들어갔다. 한 사람이 겨우 움직일 수 있을 정도의 통로를 조금 걷자 철문이 하나 보였다. 철문을 열자 좀 더 큰 통로가 보였다. 아치형 천장과 한층 넓어진 통로를 본 류경호는 안도감이 들었다. 홍창화가 램프를 들어서 통로 쪽을 비추면서 말했다.

"이 통로로 지하의 기계실이 전부 연결되어 있습니다. 유사시에는 아마 대피소로도 쓰일 겁니다."

"여길 따라가면 지하실을 전부 볼 수 있는 건가?"

"그렇습니다. 일단 시계방향으로 해서 돌아보겠습니다."

"알겠네."

앞장서서 걷는 홍창화의 발소리가 묵직하게 울려 퍼졌다. 심호흡을 한 류경호도 어떤 형태로 남아 있을지 모를 단서를 향해 걸어갔다. 직선으로 이어진 지하통로를 따라 걷던 그의 왼쪽에 작은 통로가 보였다. 그 앞에 멈춰 선 홍창화가 말했다.

"아까 우리가 들어왔던 왼쪽 출입구 계단 옆 화장실 지하입니다. 아마 기관실에서 보내진 증기가 거쳐 가는 보일러실일 겁니다."

"일단 살펴보지."

좁은 통로로 들어서자 몇 개의 계단이 보였다. 계단을 따라

위로 올라가니 쇠로 만든 커다란 원통 같은 것이 보였다. 한쪽으로는 벽을 뚫고 들어온 거대한 철관이 연결되어 있었고, 위쪽은 그것보다 가느다란 철관이 지붕 쪽으로 이어져 있었다. 몸통에는 증기압을 체크할 수 있는 원형 게이지가 달려 있었다. 그걸 본 류경호가 중얼거렸다.

"이게 박길룡 기수가 설계한 기관실의 철관에 연결된 보일러군."

"저도 이건 처음 봅니다."

류경호가 주변을 살피는 사이 홍창화가 램프를 높이 들어서 비춰줬다. 내부 구조가 단순했기 때문에 금방 살펴볼 수 있었다. 기관실과 연결된 다섯 개의 철관 옆에 뚜껑이 달린 철관 하나가 더 있었다. 박길룡 기수가 말한 예비용 철관 같았다.

한쪽 무릎을 꿇은 류경호가 뚜껑을 열고 철관 안쪽을 살펴봤다. 저 너머 기관실과 연결된 철관 안은 깊이를 알 수 없는 어둠이 깃들어 있었다. 철관의 뚜껑을 닫고 보일러실을 구석까지 샅샅이 살펴봤지만 별다른 흔적은 보이지 않았다. 허리를 편 류경호가 말했다.

"여긴 아닌 것 같네."

"다른 곳으로 가시죠."

한숨을 쉰 류경호는 고개를 끄덕거렸다. 계단을 통해 연결통로로 내려간 두 사람은 다시 어둠 속을 걸었다. 몇 십 미터쯤 걸어가자 직선으로 뻗은 연결통로는 오른쪽으로 꺾어졌다. 그 길을 따라 조금 더 걷자 통로 오른쪽에 검은색 철문이 보였다. 그걸 본 류경호는 걸음을 멈췄다.

"저건……."

앞장선 홍창화도 같은 반응을 보였다.

"중국인들이 가지고 있던 그 철문입니다."

두 사람은 약속이나 한 듯 철문 앞에서 멈춰 섰다. 두꺼운 목
제에 쇠를 씌우고 모서리에 리벳을 박아서 만든 문짝은 사람 눈
높이 정도에 건너편을 살필 수 있는 작은 사각형 창이 있었다.
막대 모양의 손잡이를 돌려서 밖에서 문을 여는 방식이었다.

긴장한 표정의 홍창화가 천천히 손잡이를 돌렸다. 삐걱거리
는 메마른 소리가 어둠에 싸인 적막한 통로에 울려 퍼졌다. 밖
으로 열리는 철문 안쪽에는 깊은 어둠이 자리 잡았다. 문틀과
문짝을 살핀 홍창화가 중얼거렸다.

"밖에서만 열 수 있게 되어 있습니다. 보통 출입문은 아니군
요. 보통 감옥 문이 이렇던데요."

"금고 문도 이렇지. 시마타니 금고 문도 이랬거든."

류경호의 얘기에 램프를 안쪽에 바짝 들이민 채 살피던 홍창
화가 물었다.

"시마타니 금고는 뭡니까?"

"군산 도곡농장 주인인 시마타니 야소야가 만든 금고야. 지하
1층 지상 2층으로 된 콘크리트 건물인데 미제 금고를 문짝으로
썼지."

조선의 서화와 도자기에 푹 빠져 있던 시마타니는 자신이 모
은 수집품을 보관하기 위해 커다란 금고를 만들었다. 두꺼운 철

근 콘크리트에 창틀은 쇠창살을 붙였다. 그것도 모자라서 미제 금고 문짝을 가져다가 문으로 만들었다. 금고를 구경시켜주면서 으스대던 시마타니의 모습을 떠올린 류경호는 자신도 모르게 눈살을 찌푸렸다. 그의 얘기를 들은 홍창화가 중얼거렸다.

"그럼 여기도 감옥 아니면 금고로군요."

"위치가 대략 어디쯤이지?"

류경호의 물음에 고개를 돌려서 방금 걸어온 통로를 살펴보던 홍창화가 대답했다.

"변전실에서 남쪽으로 쭉 내려왔다가 오른쪽으로 꺾어졌으니까 대현관 바로 아래인 거 같습니다."

대답을 들은 류경호는 고개를 들어 천장을 바라봤다. 화려하고 웅장한 출입문과 계단 아래 이런 은밀한 공간이 있는 줄은 생각지도 못했다. 생각에 잠긴 그에게 홍창화가 물었다.

"안쪽을 살펴보실 겁니까?"

"물론이지."

"제가 앞장서겠습니다. 조심해서 따라오십시오."

유독 긴장한 표정의 홍창화가 통로 안쪽으로 몸을 밀어 넣었다. 류경호 역시 뒤를 따랐다. 생각보다 높은 통로 안쪽의 천장에는 배선과 함께 갓을 씌운 전등이 군데군데 달려 있었다. 한 사람이 겨우 들어갈 정도로 좁은 통로는 중간에 한 번 꺾어졌고, 10여 미터 정도 이어졌다. 끝에는 역시 아까 봤던 것과 같은 철문이 있었다. 홍창화가 들뜬 목소리로 말했다.

"대현관 아래 이런 공간이 있을 줄은 꿈에도 몰랐습니다."

류경호 역시 마찬가지였다. 이렇게 생각지도 못한 공간에 금고나 감옥 같은 것을 만들어놨다면 상당한 귀중품 내지는 일본 입장에서는 정말 극악한 범죄자를 가두기 위한 장소일 것이다.

"열겠습니다."

짤막하게 얘기한 홍창화가 철문의 손잡이를 돌렸다. 덜컹거리는 소리와 함께 문이 열렸고, 아까보다 더한 어둠이 엄습해왔다. 램프를 높이 들어서 안을 살핀 홍창화가 나지막하게 감탄사를 날렸다.

"맙소사. 지하에 이런 게 있다니……."

뒤따라 들어간 류경호 역시 놀라기는 매한가지였다. 안쪽은 족히 수십 평은 될 법한 장방형의 공간이었다. 오른쪽 벽에는 그들이 계속 열고 들어온 것과 같은 문짝이 주르륵 달려 있고, 정면에는 그들이 이제 막 열고 들어온 것과 같은 문이 하나 더 있었다. 방 가운데로 걸어간 홍창화가 천천히 한 바퀴 돌면서 주변을 살폈고, 류경호도 불빛을 따라 눈길을 돌렸다. 홍창화가 믿을 수 없다는 표정으로 말했다.

"이게 다 뭘까요?"

류경호도 총독부 지하에 이렇게 커다란 비밀 공간이 있을 줄은 짐작하지도 못했다. 떨리는 가슴을 진정하고 주변을 살폈다. 시멘트로 만든 벽과 바닥은 차갑기 그지없었다. 벽과 바닥이 만나는 곳에는 작은 배수용 홈이 길게 파여 있었고, 맞은편 문 옆에는 사람이 하나 들어갈 수 있을 정도의 구멍이 난 작은 방 같은 게 보였다. 그쪽으로 발걸음을 옮기려던 류경호에게 홍창화가 말했다.

"여길 보십시오."

고개를 돌린 류경호는 홍창화가 벽에 나란히 붙은 철문들 중 하나를 연 채 서 있는 걸 봤다. 한쪽 무릎을 꿇은 그가 램프로 안쪽을 비추고 있었다. 발걸음을 옮긴 류경호는 그가 비춘 램프의 불빛을 더듬었다. 문 안쪽은 폭이 2미터, 길이가 5미터 정도 되는 공간이었다. 역시 벽과 바닥이 만나는 곳에는 배수용 홈이 보였고, 위쪽 벽 좌우로는 환기를 위한 둥근 구멍이 뚫려 있었다. 비밀 공간의 내부 구조를 머릿속으로 그린 류경호가 중얼거렸다.

"아까 들어온 곳이 거실에 해당된다면 여긴 방이 되겠군."

"사람을 가두기 위한 곳일까요? 아니면 귀금속을 보관하는 금고일까요?"

"둘 다겠지. 어차피 밖으로 못 나가게 하는 건 똑같을 테니까 말이야."

한없이 어두운 대답을 한 류경호는 홍창화에게 물었다.

"그런데 왜 부른 건가?"

홍창화가 램프로 그 방의 왼쪽 모서리를 비췄다.

"이것 때문입니다."

비록 검게 말라붙긴 했지만 핏자국이 분명했다. 램프를 바닥에 내려놓은 홍창화가 말했다.

"전 다른 방을 뒤져보겠습니다."

홍창화가 사라진 후 류경호는 램프를 들고 안쪽을 살폈다. 벽쪽에는 핏자국이 몇 개 더 보였다. 그리고 바닥 시멘트에는 길게 파인 흔적들이 보였다. 칼 같은 것으로는 시멘트에 이런 흔적을 만들 수 없었다. 일주일 전 하야시 곤스케 경부를 만났을 때 흉기에 대해서 들은 류경호는 저도 모르게 중얼거렸다.

"전기톱."

몇 걸음 뒤로 물러나 좀 더 확실한 증거를 찾기 위해서 주변을 살폈다. 그러다 배수로에서 램프의 불빛을 받아서 반짝거리는 걸 발견했다. 조심스럽게 꺼내서 램프에 갖다대자 반으로 부서진 단추가 보였다. 아마 전기톱으로 토막 내면서 떨어져나간 것 같았다. 상아로 만든 단추 모양이 익숙했다. 바이칼 양복점에서 맞춘 코트나 양복에 붙여주는 단추였기 때문이다. 이인도는 이곳에서 죽어서 토막 난 것이 확실했다.

류경호는 방 안에서 일어난 살인을 상상해봤다. 죽었거나 혹은 치명상을 입어서 축 늘어진 이인도는 이곳으로 끌려왔다. 그리고 살인자는 누워 있는 그를 토막 내기 위해서 전기톱을 켰다. 이인도는 그 소리를 들었을까? 차라리 죽은 게 나을 상황이었다. 몸에서 빠진 피는 모서리에 있는 배수용 홈으로 흘러들어 갔을 것이다. 아마 물을 퍼 와서 닦아냈겠지만 벽에 튄 피들은 미처 보지 못한 듯했다.

어둠 속에서 차곡차곡 상황들이 정리되었다. 이인도는 어떤 이유에서인지는 모르겠지만 누군가에게 살해 협박을 받고는 이곳과 기관실, 그리고 알 수 없는 통로가 표시된 노트를 만들어서 바이칼 양복점의 주인 샤밀 박에게 맡겼다. 이인도는 살인

자의 눈을 피해 박길룡에게 노트를 전달할 계획을 세웠지만 그
것은 일종의 안전장치였다. 정말로 생명의 위협을 느꼈다면 노
트를 누군가에게 맡기는 대신 경찰서를 찾거나 도망쳤을 테니
말이다.

노트를 넘겨줄 대상이 같이 일하는 박길룡 기수였다는 점도
의문이었다. 매일 같이 일하는 사이였으니 굳이 엽서에 터키어
를 적어서 전달하는 방식을 취하지 않아도 되었으니까 말이다.
곁에 있지만 믿을 수 없는 누군가를 묶어둘 속셈이었던 것이다.
하지만 상대방은 그런 이인도의 계산에 넘어가지 않고 그를 죽
여버린 후 총독부 안에 대한제국의 첫 글자인 대 자로 뿌려놔버
렸다. 덕분에 총독부에서 일하는 조선인들의 발이 묶여버렸다.

살인자가 누군지는 모르지만 그 역시 총독부에서 더 이상 발
을 붙이지 못할 게 뻔했다. 그 얘기는 이인도를 죽음에 이르게
한 어떤 계획이 완성되었음을 의미했다. 그 계획은 이인도가 노
트 속에 남겨놓은 장소들과 깊은 연관이 있는 게 분명했다.

문제의 이 공간 역시 이상하기는 마찬가지였다. 감옥인지 금
고인지 모를 이 공간은 조선인에게는 비밀스러운 존재였지만
지하의 빈 공간 그 자체였을 뿐이다. 들어오는 것도 조금 어렵
다 뿐이지 불가능한 것도 아니었다. 살인이 벌어진 장소를 발견
했지만 왜 살인이 벌어졌는지 그리고 누구의 소행인지 알 만한
단서는 찾을 수 없었다. 류경호는 살인이 벌어진 방 안을 조용
히 걸으면서 가장 명확한 사실을 중얼거렸다.

"살인자는 총독부 내부를 잘 알고 있는 사람이었어. 그 얘기

는 이인도의 동료들 중 한 명이었다는 얘기지."

생각에 잠겨 있던 그의 귓가에 홍창화의 목소리가 들려왔다.

"단서를 찾으셨습니까?"

"여기서 이인도 기수가 죽은 것 같네."

홍창화는 충격을 받았는지 아무 대답도 하지 못했다. 잠시 후 잔뜩 떨리는 그의 목소리가 들려왔다.

"대체 누구 짓입니까?"

류경호는 모르겠다고 대답하려는 순간, 머릿속에 어떤 생각이 스쳐 지나갔다. 정철수의 집에서 봤던 사진 속에 나오는 조선 청년건축회의 네 번째 멤버가 누구인지 이제야 알게 된 것이다.

몸을 일으킨 류경호는 옆에 있던 램프의 불을 껐다. 그리고 조용히 문 옆에 붙어서 바깥 동정을 살폈다. 어둠이 너무 깊어서 코앞조차 볼 수 없었다. 그의 움직임을 살피기 위해 촉각을 곤두세우던 류경호는 바깥을 슬쩍 살폈다. 잘하면 어둠을 틈타 이곳을 빠져나갈 수 있을 것이라고 생각하려는 찰나, 바깥의 어둠 한구석에서 빛이 보였다. 탈출을 포기한 류경호는 방의 철문을 닫았다.

"그럴 줄 알고 램프를 하나 더 가져다 놨죠."

쾌활한 목소리로 얘기하는 홍창화의 얼굴이 램프에 비쳤다.

"어떻게 저인 줄 아셨습니까?"

천진난만한 그의 물음에 류경호가 대답했다.

"노트를 본 박길룡 기수도 이곳이 어딘지 정확하게 알지 못했어. 그런데 너는 중국인 인부들이 문을 다루고 있다는 걸 봤다면서 단번에 지하라는 사실을 알아냈지. 하지만 박길룡 기수와 함께 총독부에 들어오면서 마주친 중국인들은 석공이라서 철문을 만질 이유가 없었어."

"역시 보기만큼 똑똑하군요. 혹시나 눈치채고 오늘 새벽에 안 나타나면 어쩔까 걱정했습니다."

"자네도 만만치 않았어. 나로 하여금 여기까지 오게 만들었잖아."

"어제저녁 멕시코에서 얘기를 듣고는 당신이 경찰을 찾아갈 거 같아서 일부러 도와주는 척했던 겁니다. 경찰이 알면 골치 아프거든요."

"그걸 걱정했으면서 이인도의 시체를 조각내서 보란 듯이 흩뿌려놨나?"

류경호의 물음에 홍창화가 키득거리며 말했다.

"대 자로 흩어놓은 덕분에 경찰이나 총독부 모두 의열단이나 독립운동가 짓인 줄 알더군요. 그쪽으로 몰아갈 생각이긴 했는데 예상보다 훨씬 잘 넘어가서 저도 놀랐습니다."

벽에 기댄 류경호는 바깥에서 버티고 있는 홍창화에게 소리쳤다.

"이곳에서 이인도와 무슨 짓을 꾸미고 있었던 건가? 동료를 죽일 만큼 중요하고 은밀한 일이었나?"

대답은 들려오지 않았다. 대신 들려온 것은 모터가 돌아가는 소리와 함께 날카로운 굉음이었다. 처음 듣는 소리였지만 무슨 소리인지는 어렵지 않게 짐작할 수 있었다. 기분 나쁜 굉음이

다가오자 류경호는 저도 모르게 뒷걸음질 쳤다. 그가 닫은 두꺼운 철문이 부르르 떨리더니 불똥과 함께 손잡이 부분이 툭 떨어졌다. 그리고 경첩 부분도 똑같은 방식으로 잘려 나갔다. 잠시 정적이 흐르고 밖에서 문을 걷어차는 소리가 들렸다. 두세 번의 발길질 끝에 철문은 안쪽으로 힘없이 떨어졌다. 쓰러진 철문 너머로 전기톱을 손에 든 홍창화의 모습이 보였다. 좁은 방 안이라 피할 곳이 없었다. 미간을 찌푸린 홍창화가 씩 웃었다.

"산 채로 사람을 썬 적은 없었는데 말이죠."

류경호는 천천히 뒷걸음질을 쳤지만 곧 벽에 막혀버리고 말았다. 소리를 쳐봤자 밖에는 들리지 않을 상황이었다. 홍창화가 한 걸음 앞으로 다가왔다. 그 순간, 류경호가 미소를 지었다. 심상치 않은 그의 모습에 홍창화가 움찔했다. 오히려 한 걸음 앞으로 나온 그가 말했다.

"자네 말이 맞아. 너무 빤한 사건이라서 오히려 의심을 했지. 만약 총독부 안에 의열단 요원이 잠입했다면 이런 식으로 자기 정체를 드러낼 이유는 없으니까 말이야. 내가 내린 결론은 속임수였다는 거였어."

그의 말을 들은 홍창화가 이죽거렸다.

"그래서 내 함정에 빠졌나?"

류경호가 미소를 지으면서 말했다.

"함정에 빠진 게 누군지 아직도 모르겠어?"

"그게 무슨 소리야?"

류경호가 홍창화의 뒤쪽을 흘끔 바라보면서 대답했다.

"심증은 있지만 물증이 없으면 범행 현장을 덮치는 수밖에는 없지. 아니면 현장을 꾸미거나. 안 그렇습니까? 하야시 곤스케 경부님."

그러자 홍창화는 저도 모르게 고개를 뒤로 돌리고 말았다. 뒤쪽에 어둠밖에 없다는 것을 확인한 홍창화는 욕설을 퍼부으면서 그를 향해 고개를 돌렸다. 그 짧은 순간에 류경호는 바닥에 놓인 불 꺼진 램프를 들어서 있는 힘껏 던졌다. 날아오는 램프를 피해 무의식적으로 고개를 숙인 홍창화를 향해 류경호가 온몸을 던졌다. 류경호의 몸통 박치기에 홍창화는 그대로 바닥으로 넘어졌다. 쓰러진 홍창화 위에 올라탄 류경호는 그가 전기톱을 휘두르려고 하자 팔을 잡고 눌러버렸다. 그러자 전기톱의 톱날이 누워 있던 홍창화의 목덜미를 파고들었고, 굉음과 비명 사이로 피와 살점이 튀었다. 얼굴에 피가 잔뜩 튄 류경호는 발버둥을 치는 홍창화에게 떠밀려서 옆으로 쓰러졌다. 홍창화의 목덜미를 파고들었던 전기톱은 바닥을 나뒹굴면서 여전히 윙윙거렸다.

죽을 위기를 넘겼다는 안도감과 눈앞에서 사람이 죽었다는 공포감이 뒤엉키면서 류경호는 정신을 차릴 수가 없었다. 무엇보다 얼굴과 손에 튄 피 때문에 주변을 분간할 수 없었다. 홍창화가 켠 램프의 불빛이 희미하게 보였지만 그게 전부였다.

충격과 혼란에 빠진 그는 벽을 손으로 짚다가 문고리를 잡았다. 문을 연 류경호는 피 때문에 제대로 보이지 않는 눈을 힘들게 깜빡거리면서 앞으로 나갔다. 아까 들어왔던 문이 아니라는 사실을 깨달았지만 홍창화의 시체가 있는 그곳으로 돌아가고 싶지는 않았다. 중간에 몇 번이고 꺾어지는 통로를 따라 걷다가 막다른 곳에 부딪쳤다.

잘못 온 건가 하는 생각에 낙담하려는 찰나, 벽 한쪽에 철근이 'ㄷ'자로 사다리처럼 붙어 있는 게 보였다. 철근을 손으로 잡고 위로 올라간 류경호는 막힌 천장을 힘껏 밀었다. 그러자 나무판자로 만든 천장이 활짝 열렸다. 류경호는 그가 올라간 곳이 사방이 막힌 좁은 공간이라는 사실을 깨달았다.

출구를 찾아 벽을 더듬거리던 류경호의 손끝에 문고리가 잡혔다. 남은 힘을 쥐어짜서 문고리를 돌리자 문이 밖으로 열렸다. 커다란 기둥 사이의 좁은 틈이 보였다. 그 사이로 몸을 비집고 나온 류경호의 눈에 대리석으로 만든 바닥과 계단이 보였다. 그곳이 총독부 대현관의 계단 중간이라는 것을 깨닫는 순간, 사방에서 비명이 들려왔다. 일을 하러 들어가던 일꾼들과 총독부 직원들이 불쑥 나타난 피투성이의 그를 보고 놀란 것이다.

류경호는 그들을 향해 다가가다가 발이 꼬여서 넘어지고 말았다. 대리석 바닥에 쓰러진 그의 귓가에 경찰의 호루라기 소리가 들려왔다. 류경호는 남은 힘을 쥐어짜내서 외쳤다.

"종로경찰서 하야시 곤스케 경부를 불러주시오!"

몇 번이고 같은 말을 반복한 류경호는 정신을 잃고 실신하고 말았다.

9

1926년 9월 30일
목요일. 경성

따뜻한 바람이 뺨을 스치고 지나갔다. 어느덧 피로 물든 그의 눈에 이인도의 노트에 그려져 있던 그림들이 보였다. 어딘지 알 수 없는 통로, 총독부 대현관 아래 자리한 은밀한 비밀 공간, 총독부의 난방을 책임지던 기관실, 정철수가 드나든 적선동의 집에서 봤던 책, 그리고 토막 난 이인도의 시신과 격투를 벌이다가 전기톱에 무참하게 절단된 홍창화까지 차례로 떠올랐다가 사라졌다.

스쳐 지나가는 것들을 보면서 단서가 될 만한 것들을 찾으려고 애를 쓰던 그는 희미한 빛을 봤다. 사라져가는 빛을 잡기 위해 손을 뻗어봤지만 허공만 잡힐 뿐이었다. 빛은 그대로 사라져 버리고 그 자리에는 하얀 공간이 보였다. 그것이 회칠이 된 천장이라는 사실을 깨달을 무렵, 옆에서 굵직한 목소리가 들려왔다.

"정신이 드나? 게이오 대학 졸업생."

고개를 옆으로 돌리자 중절모를 손에 든 하야시 곤스케 경부의 시선과 닿았다. 그때서야 자신이 낯선 곳에 누워 있다는 것을 깨달은 류경호가 놀란 눈으로 주변을 두리번거렸다. 하야시 곤스케 경부가 말했다.

"안심하게. 여긴 연건동에 있는 조선총독부의원일세."

겨우 숨을 돌린 류경호에게 하야시 곤스케 경부가 재미있다는 표정으로 말했다.

"피투성이가 된 채 기둥 뒤에서 불쑥 튀어나와서 다들 얼마나 놀랐는지 모르네. 다행히 자네가 쓰러지면서 내 이름을 부른 걸 들은 경비원이 바로 신고했지."

"도와주셔서 감사합니다."

가볍게 미소를 지은 하야시 곤스케 경부가 중절모를 침대 옆 탁자에 던져놓고는 창가 쪽으로 걸어갔다.

"총독부에서는 난리가 났었네. 덕분에 일급기밀인 지하금고의 존재가 드러났다고 펄펄 뛰고 있거든."

"금고가 아니라 감옥 같던데요. 문짝도 그렇고, 구조도 영락없이 감옥이었습니다."

류경호의 말에 하야시 곤스케 경부는 애매모호한 미소를 지었다.

"금고나 감옥이나 쓰임새는 비슷하지. 안에 있는 걸 밖으로 빠져나가지 못하게 만드니까 말이야."

"거기다 뭘 넣어두려고 한 겁니까? 사람입니까, 금괴입니까?"

"귀중한 걸 보관하겠지. 발밑은 아무도 의심하지 않거든."

애매모호하게 대답한 하야시 곤스케 경부에게 류경호가 말했다.

"감옥이 아니고 금고라면, 금괴라도 보관하려고 한 겁니까?"

그의 물음에 하야시 곤스케 경부는 어깨를 으쓱거렸다.

"조선은행에 보관 중인 금괴의 일부를 그곳으로 옮긴다고 알고 있네. 낙성식 다음 날에 말이야."

"총독부 현관 아래 황금이 보관되어 있다고는 아무도 생각하지 못할 겁니다."

"극비사항일세. 나는 운송 책임자라서 그 일을 알고 있고 말이야. 자네도 입조심하게."

의미심장한 하야시 곤스케 경부의 말에 류경호는 고개를 끄덕거렸다. 그러자 그가 씩 웃으며 말했다.

"그나저나 자네가 흘린 핏자국을 따라 내려갔다가 거기에 있는 걸 발견한 경비원은 지금 아무것도 못 하고 실신 상태에 빠져 있다더군. 덕분에 자네는 잠깐이지만 살인범으로 몰렸었네."

"지금은 아닙니까?"

그러고 보니 병실 안에는 감시하는 경찰이나 형사가 없었다. 창가에 서서 바깥 풍경을 바라보던 하야시 곤스케 경부가 대답했다.

"현대 과학이 자네를 살렸네. 흉기인 전기톱 손잡이에 자네 지문이 나오지 않았어. 거기다 그 전기톱은 자네 같이 펜대만 잡은 사람이 다루기는 어려운 물건이라서 말이야."

"홍창화가 절 그곳으로 유인했습니다. 제가 사건의 진실을 접근했다는 걸 알고 그곳에서 죽이려던 것이죠."

"이인도 살인사건의 연장선상이라 이 말이지?"

"맞습니다."

짧게 대답한 류경호는 고민에 빠졌다. 이인도가 바이칼 양복점에 맡겼던 설계도의 존재를 알게 된 홍창화가 갑자기 정체를 드러내서 자신을 죽이려고 했던 이유를 알 수 없었기 때문이다. 자기도 모른다고 했다면 더 이상 의심을 받지는 않았을 것이다. 류경호도 직전에 가서야 홍창화가 의심스럽다는 사실을 깨달았으니까 말이다. 그런데 류경호가 설계도를 갖고 있다는 것을 알자마자 도와주는 척하면서 유인해서 살해하려고 했다. 왜 갑자기 그렇게 서둘러서 자신을 없애려고 들었을지 도통 이유를 알 수 없었다. 류경호가 입을 다문 채 생각에 빠져 있자 하야시 곤스케 경부가 물었다.

"알고 있는 것 모두 얘기해보게."

잠시 생각한 류경호가 입을 열었다.

"아직 증거는 없지만 홍창화가 이인도를 죽인 게 분명합니다."

"우리도 홍창화에 대해서 조사해봤네. 둘 사이가 딱히 나쁘거나 여자 문제 같은 건 없었어."

하야시 곤스케 경부가 영문을 모르겠다는 듯 고개를 저으면서 대답했다. 결국 류경호는 알고 있는 정보를 털어놔야만 했다.

"이인도가 노트를 몰래 남겼습니다. 거기에 총독부의 지하감옥과 기관실, 그리고 어딘지 알 수 없는 통로를 그려놨고, 그

것 때문에 죽임을 당한 게 분명합니다."

"그걸 왜?"

"잘 모르겠습니다만 홍창화의 눈을 피하려던 건 확실합니다."

얘기를 들은 하야시 곤스케 경부가 손을 턱에 괸 채 한참 생각하다가 입을 열었다.

"살인은 벌어졌지만 동기는 알 수 없고, 살인자는 죽어버린 셈이군."

하야시 곤스케 경부가 아쉽다는 말투로 얘기하자 류경호가 단호하게 대답했다.

"확실한 건 의열단과는 관계가 없다는 겁니다."

그러자 갑자기 생각이 났다는 듯 하야시 곤스케 경부의 표정이 달라졌다.

"자네한테는 안된 일이지만 엊그제 체포된 의열단 단원이 총독부 내부에 자신들의 동조자가 있다고 자백을 했네."

"그 동조자는 경찰 입맛에 맞는 자백을 했겠죠?"

류경호의 비아냥에 하야시 곤스케 경부는 굳은 표정으로 창가를 떠나 탁자에 놓인 중절모를 썼다.

"사건 해결을 위해 발 벗고 나선 점은 경찰의 한 사람으로서 경의를 표하네. 특히 지난번 이와이 과장이 말도 안 되는 억지 주장을 깨트려준 것도 감사하게 생각하고 있어. 하지만 약속한 시간에 범행동기와 범인을 밝혀내지 못한 것도 사실이지."

할 말이 없어진 류경호는 입을 다물 수밖에 없었다. 그런 류경호를 보면서 하야시 경부가 말했다.

"그럼 난 예비검속을 지휘하러 가겠네. 자네에 대한 조사는 그 이후에 하기로 했으니까 마음 편하게 먹고 쉬게."

결국 막지 못했다는 생각에 류경호는 아랫입술을 질끈 깨물었다. 가볍게 고개를 끄덕거리는 것으로 인사를 한 하야시 곤스케 경부가 문을 열고 밖으로 나갔다. 그 문이 닫히기 전에 두루마기 차림의 최남선이 들어왔다.

"자네 괜찮나?"

좌절감에 휩싸인 류경호는 대답 대신 고개를 끄덕거렸다. 곁으로 다가온 최남선이 그의 어깨를 쓰다듬었다.

"소식을 듣고 깜짝 놀랐네. 크게 다치지 않았다니 다행일세."

"오늘 예비검속이 진행됩니까?"

류경호의 물음에 최남선이 힘없이 대꾸했다.

"오늘은 몇 명만 잡아넣고 내일 낙성식이 끝나면 본격적으로 잡아들일 모양이야. 지금 장곡천정에 있는 조선철도호텔에 일본인 기자단이 와 있어서 조용히 진행할 생각인 거 같아."

그 얘기를 끝으로 침묵이 찾아왔다. 눈앞에 닥칠 상황에 견딜 수 없게 된 류경호가 나지막하게 중얼거렸다.

"수많은 사람들의 삶이 파괴되겠죠? 감옥에 갇히고 고문을 당하면서 말입니다."

"우리는 할 만큼 했네. 나머지는 어쩔 수 없는 일이야."

화를 못 참은 류경호가 분통을 터트리며 말았다.

"제가 봤던 것과 나눈 얘기들 중에 분명 단서가 있었습니다. 그런데 바보같이 놓치고 말았습니다. 덕분에 이렇게 눈을 뜬 채

당하고 만 겁니다."

긴 한숨을 쉰 최남선이 다독거리는 말을 남겼다.

"안타까운 일이지만 어쩔 수 없지. 몸조리 잘 하게."

얘기를 마친 최남선이 병실 밖으로 나가기 위해서 몸을 돌렸다. 그 순간, 류경호는 아까 의식이 돌아오기 전에 스쳐 지나갔던 것들을 다시 떠올렸다.

기억은 삽시간에 되살아났다. 적선동의 그 집에 쌓여 있던 흙과 땅을 파는 도구들, 그리고 길 건너편에 보이던 조선총독부, 총독부와 적선동의 그 집 사이에 있던 기관실, 기관실과 총독부를 연결한다던 그 철관들까지 생각이 이어지자 무슨 일이 벌어지고 있는지 비로소 깨달았다. 일동회의 음모를 막아야겠다는 생각에 빠진 나머지 사건의 중요한 핵심을 보지 못했던 것이다. 이인도가 남긴 노트와 홍창화가 들려준 얘기, 그리고 하야시 곤스케 경부가 스쳐 지나가듯 얘기했던 것들이 하나로 엮어지면서 비밀이 풀렸다. 그중 가장 핵심은 정철수의 방에서 봤던 어떤 책이었다.

"빨강 머리 연맹!"

갑작스러운 그의 외침에 문고리를 잡고 밖으로 나가려던 최남선이 고개를 돌렸다. 침대에서 몸을 일으킨 류경호는 일어서려고 하다가 균형을 잃고 쓰러지고 말았다. 놀란 최남선이 달려와 그를 부축했다.

"갑자기 왜 그러는가?"

"하야시 곤스케 경부를 불러주십시오. 범인이 누군지 알 것 같습니다."

당황한 최남선이 어찌할 줄 모르자 류경호는 그를 뿌리치고 창가로 달려갔다. 현관의 포치에 서 있던 검은색 BMW 경찰차가 막 출발하는 게 보였다. 창문의 열고 멈추라고 소리를 치려고 했지만 경첩이 잠겨 있는지 움직이지 않았다. 주변을 두리번거리던 류경호는 구석에 있던 의자를 집어서 창문을 향해 힘껏 던졌다. 와장창하는 소리와 함께 깨진 유리 조각들이 사방으로 튀었다. 깨진 유리창 밖을 내다보던 류경호는 속도를 높이던 경찰차가 급정거를 하는 걸 보고는 안도의 한숨을 쉬었다.

놀란 최남선이 가까이 다가와 다친 곳이 없는지 물었다. 잠시 후, 하야시 곤스케 경부가 병실 문을 열고 들어섰다.

"무슨 일인가?"

"왜 살인이 벌어졌는지 알 거 같습니다."

"범인이 누군지 알았다고?"

"그렇습니다. 정확하게는 범인이 무슨 일을 꾸미는지 알아냈습니다."

류경호가 자신 있게 고개를 끄덕거리자 하야시 곤스케 경부의 표정이 미묘하게 굳어졌다.

"혹시 예비검속을 막기 위해 억지를 부리는 것은 아닌가?"

"장담하지만 지금 예비검속을 하면 종로경찰서는 큰 망신을 당할 겁니다."

"경찰을 바보라고 생각하는 건가!"

하야시 곤스케 경부가 버럭 소리를 지르자 류경호는 천천히 고개를 저었다.

"만약 예비검속을 진행하면 더 큰 범죄를 막지 못하게 됩니다. 그래도 상관없습니까?"

"어떤 범죄 말인가?"

곤혹스러운 표정을 지은 그의 물음에 류경호는 코웃음을 쳤다.

"아마 경부님을 비롯해서 수많은 경찰들이 그 범죄로 옷을 벗는 것은 물론, 두고두고 웃음거리가 될 겁니다."

류경호의 얘기에 하야시 곤스케 경부가 들고 있던 지팡이로 침대 난간을 내리쳤다. 요란한 소리가 병실 안에 울려 퍼졌지만 류경호는 눈 하나 깜짝하지 않았다.

"나랑 지금 장난하자는 건가? 게이오 대학 졸업생!"

"거래입니다. 지금 진행할 예비검속으로 죄 없는 조선인들이 감옥에 가고 직장에서 쫓겨나고 말 거라는 사실을 경부님도 잘 알고 계시죠?"

"어쩔 수 없는 일이야."

"그럼 저도 같은 대답을 들려드리죠. 이번 일로 수많은 일본인이 같은 꼴을 겪게 될 겁니다. 앞으로 발생할 일은 저도 어쩔 수 없습니다."

류경호의 단호하고 싸늘한 말에 하야시 곤스케 경부는 곤혹스러운 얼굴로 병실 안을 서성거렸다. 그리고 우뚝 걸음을 멈췄다. 그는 류경호를 등진 채 가라앉은 목소리로 말했다.

"일단 얘기를 들어보고 결정하겠네."

"저를 따라오십시오."

"어디로 갈 건데?"

"총독부 근처입니다."

류경호의 대답을 들은 하야시 곤스케 경부가 고개를 끄덕거렸다.

"그럼 차를 타고 가도록 하지."

대답을 들은 류경호는 구석에서 걱정스러운 얼굴로 지켜보고 있던 최남선에게 말했다.

"부탁할 게 있습니다."

점점 쌀쌀해지는 날씨 탓에 목도리를 두른 적선동의 집주릅 노인은 햇볕을 쬐면서 조끼 주머니에서 담배를 꺼냈다. 성냥으로 불을 붙인 노인은 깊이 빨아들인 담배 연기를 코와 입 밖으로 뿜어냈다. 그러면서 손님을 찾아 골목길을 두리번거리던 집주릅 노인의 눈에 낯익은 얼굴이 보였다. 그도 집주릅 노인을 알아봤는지 씩 웃으면서 다가왔다.

"며칠 만에 또 왔네? 집 보러 온 건가?"

집주릅 노인의 물음에 류경호는 웃으면서 정철수가 드나들었던 집을 가리켰다.

"저 집을 보러 왔어요."

그러자 집주릅 노인은 혀를 차면서 고개를 저었다.

"저기? 지난번에 봤던 것처럼 공사를 몇 달째 하고 있는걸."

얘기를 더 하려던 집주릅 노인은 골목길을 올라오는 하야시 곤스케 경부와 경찰들을 보고는 입을 다물었다. 류경호는 겁을 집어먹은 집주릅 노인에게 물었다.

"집주인은 안에 있습니까?"

"아, 아까 밥 먹고 들어가는 거 봤네."

집주릅 노인의 얘기를 들은 류경호는 담배를 피우면서 뒤따라오는 하야시 곤스케 경부에게 말했다.

"지금 들어가시면 될 것 같습니다."

류경호의 얘기를 들은 그는 담배를 바닥에 떨어뜨렸다.

"만약 예비검속을 방해할 생각이라면 무사하지 못할 거야."

하야시 곤스케 경부의 경고 아닌 경고에 류경호는 아무 말 없이 정철수가 드나들던 집으로 들어갔다. 그를 따라 들어간 하야시 곤스케 경부가 집 안에 펼쳐진 광경을 보고는 눈살을 찌푸렸다.

"이 난장판은 대체 뭐야?"

그러자 류경호는 소리를 듣고 안방에서 나온 정철수를 손가락으로 가리키면서 말했다.

"집주인한테 물어보면 알 겁니다."

몰려든 경찰을 본 정철수는 대청에 놓인 삽자루를 집어 들고 괴성을 지르며 덤벼들었다. 그 모습을 본 하야시 곤스케 경부는 코트 안에서 권총을 꺼내 방아쇠를 당겼다. 기세 좋게 달려오던 정철수는 탕하는 소리와 함께 허벅지를 감싸 쥐고 마당에 나뒹굴었다. 경찰들이 정철수의 손에 든 삽을 빼앗았다. 그 모습을 지켜보던 다른 일꾼들은 두 손을 번쩍 들고 벌벌 떨면서 무릎을 꿇었다.

경찰들이 그들을 붙잡고 몸을 수색하는 사이 류경호는 정철수의 방으로 들어갔다. 그리고 창틀의 액자에 끼워 있던 사진을 꺼내서 품속에 넣었다. 그를 따라 들어온 하야시 곤스케 경부가 방 안을 살폈다. 그러다가 책상에 놓인 각도기와 나침반들을 보고는 고개를 갸웃거렸다.

"어디에 쓰는 것들이지?"

"따라오십시오."

방 밖으로 나간 류경호는 얼굴을 찡그린 채 자신을 쏘아보는 정철수의 눈길을 무시하고 대청을 밟고 안방으로 들어갔다. 그는 어느 정도 예상했지만 아무것도 모르고 따라 들어온 하야시 곤스케 경부는 입을 딱 벌리고 말았다.

"대체 이게 뭐야?"

하야시 곤스케 경부가 놀란 것도 무리가 아니었다. 방 한복판에 커다란 구멍이 뚫려 있고, 주변에는 흙과 곡괭이들이 나뒹굴고 있었기 때문이다.

류경호는 조심스럽게 구멍으로 다가가 살펴봤다. 구멍 주변은 흙이 무너지는 것을 막기 위해서인지 거적을 둘렀고, 구멍 안에는 나무로 만든 사다리가 걸쳐져 있었다. 파낸 흙을 밖으로 끌어올리기 위한 간단한 도르래도 설치되어 있었다. 그를 따라 구멍을 내려다보던 하야시 곤스케 경부가 어처구니없다는 말투로 말했다.

"여기서 땅을 파서 뭘 하려고 한 거지?"

"내려가서 확인해보시겠습니까? 램프가 하나 필요할 것 같은 데요. 이왕이면 몇 사람 더 붙여서 곡괭이를 챙겨 오라고 하십 시오."

"잠시만."

밖으로 나간 하야시 곤스케 경부가 부하들에게 램프와 곡괭 이를 가져오라고 소리쳤다. 류경호는 한쪽 무릎을 꿇고 구멍 안 쪽을 살폈다. 잠시 후, 불이 켜진 램프를 든 하야시 곤스케 경부 가 들어왔다. 그가 먼저 내려가려고 하자 하야시 곤스케 경부가 제지했다.

"내가 앞장서지. 자네는 뒤따라와."

중절모를 벗어놓은 하야시 곤스케 경부가 한 손에 램프를 든 채 사다리를 타고 구멍 아래로 내려갔다. 그 모습을 지켜보던 류 경호도 사다리를 잡고 천천히 아래쪽으로 내려갔다. 10미터는 내려간 다음에야 거적을 깔아둔 바닥에 닿았다. 몇 걸음 앞에 있 던 하야시 곤스케 경부가 램프를 들어서 주변을 살폈다. 한 사람 이 허리를 굽혀야만 움직일 수 있을 정도로 작은 통로였다.

"주택가에 땅굴을 왜 파놓은 거지?"

류경호는 땅굴 끝을 턱으로 가리키면서 대답했다.

"쭉 들어가보시면 아실 겁니다."

"알겠네. 혹시 모르니까 내 뒤를 바짝 따라오게."

류경호의 뒤로도 건장한 부하 세 명이 곡괭이를 들고 따라붙 었다. 하야시 곤스케 경부는 한 손에 램프를 들고 다른 한 손으 로는 권총을 뽑아 든 채 앞장서서 걸었다. 지붕에서 떨어진 물방울이 등과 어깨를 적셨고, 가끔 물웅덩이를 만나서 발목까지 빠졌지만 다들 동굴 끝에 도달하기 위해 묵묵히 걸었다. 중간중간 땅굴이 무너지는 것을 막기 위해서 침목을 세워놓은 것이 보였다. 아마 집을 고친다는 핑계를 대고 가지고 들어온 재목들을 이용한 것 같았다. 제일 앞에 서서 한참을 걸어가던 하야시 곤스케 경부가 걸음을 멈추고 숨을 고르면서 물었다.

"얼마나 더 들어가야 하지?"

"우리가 얼마쯤 들어왔을까요?"

질문을 받은 하야시 곤스케 경부가 곰곰이 생각하다가 대답했다.

"대략 백 미터는 넘게 들어온 것 같네."

"그럼 거의 다 온 것 같네요. 힘드시면 제가 앞장서겠습니다."

"무슨 소리."

딱 잘라 거절한 하야시 곤스케 경부는 다시 발걸음을 떼었다. 10미터쯤 더 나아가자 갑자기 하야시 곤스케 경부가 발걸음을 멈췄다. 그러고는 고개를 돌려서 류경호를 바라봤다.

"앞에 뭔가 있네."

류경호는 하야시 곤스케 경부의 어깨너머로 고개를 들어서 앞쪽을 바라봤다. 하야시 곤스케 경부가 비춘 램프의 불빛에 선명하게 드러난 것은 붉은 벽돌이었다.

"여기가 대체 어디지?"

"직접 확인해보시죠."

주저하던 하야시 곤스케 경부가 뒤따라온 부하들에게 벽돌을 부수라고 지시했다. 힘겹게 앞쪽으로 간 부하들이 조심스럽게 곡괭이를 휘둘러서 벽돌을 부수기 시작했다. 불안한 표정으로 그 모습을 지켜보던 하야시 곤스케 경부가 그를 돌아봤다.

"설마 내가 생각하는 그곳은 아니겠지?"

류경호가 아무 대답도 하지 않자 하야시 곤스케 경부는 땀으로 얼룩진 이마를 손등으로 훔치면서 말했다.

"아닐 거야. 본관까지 가려면 수백 미터는 더 가야 하니까 말이야."

하야시 곤스케 경부의 중얼거림이 끝나기가 무섭게 벽돌이 와르르 무너져 내렸다. 놀란 부하들이 뒷걸음질로 물러났다. 놀라기는 무너진 벽돌 건너편도 마찬가지였다. 웅성대는 일본어가 들리자 류경호가 하야시 곤스케 경부의 어깨를 쳤다.

"제가 먼저 갈 테니까 따라오십시오."

벽돌을 부수던 하야시 곤스케 경부의 부하들을 제치고 무너진 벽돌 구멍으로 나갔다. 한 사람이 겨우 빠져나갈 정도라서 아슬아슬하게 밖으로 나간 류경호가 마주친 것은 얼빠진 표정의 일본인 기술자들이었다. 그리고 그들 뒤에는 사람 키보다 훨씬 큰 원통 보일러와 그 보일러에 태울 석탄 더미가 보였다. 흙투성이의 류경호를 본 일본인 기술자 한 명이 호통을 쳤다.

"당신 누구야!"

그때 그가 나온 벽돌 구멍으로 하야시 곤스케 경부가 모습을 드러냈다. 건장한 체격의 하야시 곤스케 경부는 끙끙대면서 안으로 들어왔다. 그는 류경호에게 호통을 친 일본인 기술자에게 소리를 질렀다.

"나는 종로경찰서 하야시 곤스케 경부다! 대체 여기가 어딘지 말해라!"

그러자 일본인 기술자는 얼빠진 표정으로 대답했다.

"여기요? 여긴 총독부 기관실입니다."

"기관실? 그럼 여기가 총독부 경내란 말이냐!"

하야시 곤스케 경부의 물음에 일본인 기술자가 오히려 이상하다는 듯 되물었다.

"당연한 얘기지요. 경부님은 대체 어디서 오신 겁니까?"

얘기를 들은 하야시 곤스케 경부가 어처구니없는 표정을 지으며 류경호를 바라봤다.

장곡천정에 있는 조선철도호텔의 현관에 도착한 최남선은 인력거꾼에게 삯을 치렀다. 돈을 받은 인력거꾼이 굽실거리면서 사라지자 최남선은 고개를 돌려 조선철도호텔을 바라봤다. 경복궁 앞에 짓는 조선총독부의 최초 설계자인 게오르크 데 랄란데가 설계한 르네상스풍의 호텔은 조선 안에서 서양 분위기를 만끽할 수 있는 장소였다. 최초로 엘리베이터가 설치되었으며, 당구장과 댄스홀, 커피숍까지 없는 것이 없었다. 물론 대다수의 조선 사람들에게는 그림의 떡이나 다름없었고, 최남선에게도 불편한 장소였다.

두세 대의 차가 한꺼번에 들어갈 수 있는 커다란 포치를 지나 현관에 도달하자 조선철도호텔의 또 다른 자랑거리인 회전문이 보였다. 조심스럽게 회전문을 지나 호텔 안으로 들어서자 미국에서 들여왔다는 커다란 샹들리에가 눈에 들어왔다. 길게 뻗은 로비의 벽은 장식타일을 붙여서 이국적이고 은은한 분위기를 연출했다. 로비를 오가는 손님들은 양복이나 하오리, 기모노 차림이었다. 데스크로 걸어간 최남선은 지갑에서 명함을 꺼내 데스크의 일본인 직원에게 건넸다.

"303호 손님에게 연락을 부탁드리겠소."

"어떤 용무라고 전해드릴까요?"

"중요한 일이라고 전해주시오. 티룸에서 기다리고 있겠소."

"알겠습니다, 손님."

명함을 들고 돌아선 직원이 전화기를 드는 것을 본 최남선은 로비를 가로질러 호텔 뒤편에 있는 티룸이라고 불리는 라운지로 향했다. 천장과 바깥쪽 벽이 유리로 되어 있는 라운지에는 축음기에서 대니 보이가 은은하게 흘러나왔다. 라운지 중간중간에는 사람 키보다 큰 야자수들이 놓여 있어서 흡사 외국에 온 듯한 분위기를 풍겼다. 하지만 라운지 밖에 보이는 팔각정은 이곳이 조선이라는 사실을 인식시켜주었다.

일본이 이 호텔을 짓기 위해 남별궁의 환구단을 허물고 지으면서 딱 하나만 남겨놓은 것이 바로 황궁우라는 이름을 가진 팔각정이었다. 환구단은 20여 년 전 고종이 대한제국을 선포하고 황제의 자리에 오르면서 세워졌다. 천자로서 하늘에 제사를 지내기 위해서였다. 일본이 환구단을 허물면서 황궁우만 남겨놓은 이유는 지나간 역사에 대한 조롱이자 야유였다. 창가 쪽 자리에 앉은 최남선은 라운지 밖의 황궁우를 말없이 지켜봤다. 잠시 후, 급사가 다가왔다.

"실례합니다. 혹시 데스크에서 303호 손님을 찾으셨습니까?"

"맞네."

최남선이 짧게 대답하자 급사는 뒤에 서 있던 손님에게 말했다.

"이분이 맞으십니다."

급사를 따라온 사람은 검은색 양복에 금테 안경을 쓴 일본인이었다. 하얀 피부에 턱이 뾰족해서 예민해 보였다. 하얀 중절모를 벗자 포마드 기름을 발라서 매끈하게 넘긴 머리가 보였다. 최남선이 일어서서 인사를 하자 금테 안경을 쓴 일본인도 고개를 숙였다.

"만나서 반갑습니다. 요미우리 신문의 오카모토 류헤이 기자입니다."

"글로는 많이 만났는데 실제로 뵙기는 처음이군요. 육당 최남선입니다."

인사를 나눈 두 사람은 자리에 앉았다. 급사가 커피를 가져다주고 사라질 때까지 두 사람은 말을 아꼈다. 결국 주머니에서 담배를 꺼낸 오카모토 기자가 먼저 물었다.

"어쩐 일로 저를 보자고 하신 겁니까?"

최남선은 깊은 한숨을 쉬었다. 류경호의 부탁을 받고 가장 먼저 떠올린 것이 오카모토 류헤이 기자였다. 총독부가 광화문을 허물고 세워지는 것에 대해서 가장 강력하게 비판했고, 야나기 무네요시*와도 가까웠기 때문이다. 거기다 외국 유학파라 도쿠토미 소호의 영향력 아래에서 벗어나 있는 인물이었다. 다행히 총독부 낙성식을 취재하기 위해서 조선에 왔다는 사실을 알고 급하게 연락을 취했다. 물론 그 역시 일본인이라 자신의 얘기가 얼마나 먹힐지는 미지수였다. 커피를 한 모금 마신 최남선은 오카모토 기자가 최근에 쓴 사설에 대해서 얘기했다.

"얼마 전에 일본이 아량을 베풀 줄 모른다는 내용의 사설을 쓰신 적이 있으시죠?"

그러자 눈살을 찌푸린 오카모토 기자가 바깥의 황궁우를 바라보면서 말했다.

"저게 대표적입니다. 망국의 흔적이라고는 하지만 엄연히 왕이 제사를 지내던 공간을 이렇게 호텔의 눈요깃거리로 만들어 버렸잖습니까? 한 가족이 되겠다고 했으면 한 가족으로 대접해야지, 이렇게 창피와 모욕을 주면서 어떻게 한 가족이라고 할 수 있겠습니까?"

속마음을 숨기는 다른 일본인들과는 달리 유학파인 오카모토 기자는 시원하게 얘기를 했다. 한 고비를 넘겼다고 생각한 최남선은 커피 잔을 내려놓으면서 입을 열었다.

"최근 총독부 안에서 모종의 사건이 벌어졌습니다. 정확하게는 신축된 총독부 때문에 벌어진 일이라고 봐야겠네요."

오카모토 기자가 라이터로 불을 붙인 담배를 손에 쥔 채 물었다.

* 柳宗悅. 일본의 미술평론가이자 연구자로 일본의 한국 통치에 대해서 비판적이었다.

"그 사건에 대해서 보도관제가 걸려 있다고 들었습니다만, 그 것과 연관이 있습니까?"

"맞습니다."

할 말은 많았지만 일단은 짧게 대답했다. 그러자 양복 안주머니에서 작은 수첩을 꺼내서 펼친 오카모토 기자가 다시 물었다.

"10여 일 전에 총독부 안에서 변사체, 그것도 토막 난 변사체가 발견되었다는 얘기를 들은 적이 있습니다. 경찰에서는 의열단 소행으로 보고 조사 중이고 대대적인 체포에 나선다는 계획이라고 하던데 말입니다."

그가 더할 나위 없이 정확하게 알고 있다는 사실에 최남선은 안도감과 두려움을 느꼈다. 아마 총독부 관리나 경찰 중에 그에게 정보를 주는 자가 있을 것이다. 요미우리 신문사 기자와 친해지는 건 여러모로 도움이 될 테니까 말이다. 방금 내려놓은 커피 잔을 물끄러미 내려다보던 최남선이 입을 열었다.

"조선인과 일본인이라는 구분을 떠나서 저널리스트로서 부탁을 드립니다. 지금 관료들과 언론인 몇몇이 손을 잡고 총독부의 문화정치에 흠집을 내기 위해 혈안이 되었습니다."

최남선이 절박함을 담아 얘기하자 잠시 입을 다물고 있던 오카모토 기자가 의자에서 일어났다.

"자세한 얘기는 제 방에서 나누는 게 좋겠군요."

10

총독부 청사의 낙성식은 성대하게 거행되었다. 이날은 일본이 조선을 통치한 지 17년째 되는 시정 기념일이기도 했다. 일본 전통 양식의 문인 료쿠몬 위쪽에 꽂힌 커다란 일장기가 바람에 펄럭거렸다. 낙성식에 초대된 사람은 무려 1천5백 명에 달했다. 그중에는 시암* 왕국의 왕자도 있었다.

　　낙성식은 총독부 중앙대홀에서 열렸다. 참석자들은 까마득히 높은 천장의 스테인드글라스와 벽에 그려진 벽화, 그리고 바닥에 정교하게 만들어진 대리석 문양들을 보고는 입을 다물지 못했다. 사이토 마코토 총독은 청사 신축을 계기로 더욱 열심히 일하겠다는 내용의 축사를 하고는 천황폐하 만세 삼창을 했다. 조선인 대표로 참석한 박영효 후작은 총독부 만세 삼창으로 화답했다. 낙성식이 끝나고 귀빈들은 경복궁의 경회루에서 열리

* Siam, 태국의 예전 명칭.

는 피로연에 참석하기 위해 자리를 떴다. 나머지 사람들은 하루 동안 개방된 총독부 안을 돌아다녔다.

하지만 총독부 4층 뒤쪽 홀에는 사람들의 발걸음이 닿지 않았다. 아래층만 둘러보기에도 충분했고, 4층으로 통하는 계단에는 경비원이 지키고 있었기 때문이었다. 두 개의 기둥이 마치 문지기처럼 서 있는 뒤쪽 홀 복도 천장에는 석고로 모양을 낸 벚꽃이 새겨져 있었고, 가운데에 샹들리에가 매달려 있었다. 뒤쪽 홀의 제일 끝 방에는 다른 곳과는 달리 사무실 이름이 걸려 있지 않았다. 사무실 안쪽은 크기는 작았지만 내부는 총독실이나 정무총감실만큼이나 화려하게 꾸며져 있었다.

카펫이 깔린 사무실을 가로질러 창가로 향한 도쿠토미 소호는 창밖으로 보이는 경복궁 근정전을 응시했다. 그러고는 지팡이로 바닥을 내리치면서 화를 냈다.

"경무국장! 대체 예비검속을 중단한 이유가 무엇이오?"

그러자 피우고 있던 담배를 재떨이에 비벼서 끈 마루야마 쓰루기치 경무국장이 곤혹스러운 표정으로 대답했다.

"종로경찰서에서 진범을 체포해서 조사 중이라는 답변을 받았습니다."

"진범이라니? 이 사건의 진범은 의열단일세."

마루야마 쓰루기치 경무국장이 별다른 반응을 보이지 않자 그는 유아사 구라헤이 정무총감을 바라봤다.

"정무총감이 나서주시오."

하지만 그 역시 벽시계를 힐끔거리면서 심드렁하게 대꾸했다.

"죄송합니다만 잠시 후에 피로연에 참석해야 해서요."

"가서 총독에게 얘기하면 되지 않겠소!"

그러자 눈을 동그랗게 뜬 유아사 구라헤이 정무총감이 말했다.

"낙성식 피로연에서 그런 얘기를 하란 말입니까?"

어제까지만 해도 군말 없이 잘 따르던 이들이 갑자기 뻣뻣하게 나왔다. 답답해진 도쿠토미 소호는 구석에 앉아서 말없이 담배를 피우고 있는 미노베 도시키치 경성일보 고문을 바라봤다. 그러자 조심스럽게 시선을 피한 그가 헛기침을 했다. 격분한 도쿠토미 소호가 문으로 걸어갔다.

"내가 사이토 총독에게 가서 직접 말하겠네."

그러자 중간에 끼어서 눈치를 보고 있던 이와이 조사부로 건축과장이 잽싸게 따라 일어났다. 문 쪽으로 걸어가는 그에게 유아사 구라헤이 정무총감이 조심스럽게 말했다.

"오늘 자 요미우리 신문에 이번 일에 대한 전모를 밝힌 기사가 실렸습니다. 낙성식 당일 날 불미스러운 일이 일어났다고 총독께서 화가 많이 나셨습니다."

"무슨 기사가 실렸다고?"

그의 물음에 유아사 구라헤이 정무총감은 탁자에 접혀 있던 요미우리 신문을 건넸다. 건네받은 신문을 펼친 도쿠토미 소호의 손이 가늘게 떨렸다.

"이…… 이건."

유아사 구라헤이 정무총감이 한숨을 쉬면서 기사 내용을 들려줬다.

"조선총독부와 언론계의 몇몇 인물들이 일본 정부가 표방하는 문화정치에 대한 방해공작을 물밑에서 진행 중이다. 이들은 정관계와 언론계에 조선인들이 진출하는 것을 막고 자신들의 이익을 독점하기 위해서 이 같은 움직임을 보이는 것이다. 특히 기자가 우려하는 것은 이들이 상해의 불령선인 단체를 끌어들여서 모종의 음모를 꾸미고 있다는 점이다. 이런 식의 움직임은 내선일체와 문화정치를 표방하는 일본 정부의 뜻과 배치되는 것으로 크게 우려되는 일이 아닐 수 없다."

방 안에 무거운 침묵이 흘렀다. 담배 연기를 내뿜은 미노베 도시키치 경성일보 고문이 입을 열었다.

"일동회라는 이름이 나오지는 않았지만 사실상 우리를 지목한 건 맞습니다. 아까 일본으로 전화를 걸어서 요미우리 편집국장에게 항의를 했더니 기사를 쓴 오카모토 기자가 구체적인 증거를 가지고 있다고 해서 더 얘기를 하지 못했습니다."

"말도 안 되는 일이야. 어떻게 이런 일이……."

도쿠토미 소호가 방 안을 서성거리면서 짜증을 냈다. 그때 문이 활짝 열리면서 하야시 곤스케 경부와 류경호, 그리고 최남선이 들어왔다. 최남선이 도쿠토미 소호에게 말했다.

"이제 그만하시지요."

"육당! 내가 너를 아들처럼 생각했는데 이렇게 배신을 하다니, 역시 조센징의 피를 못 속이는군."

부르르 떤 도쿠토미 소호의 말에 최남선은 고개를 숙이면서 말했다.

"이 일만큼은 우리 민족의 미래가 걸린 일이라 절대로 물러설 수 없습니다."

최남선의 얘기를 들은 도쿠토미 소호는 지팡이로 바닥을 세게 내리쳤다.

"그래, 의열단의 소행이 아니라고는 해도 살인범이 누구인지는 아직 밝혀지지 않았지. 그자가 누구인지 왜 범행을 저질렀는지 밝혀질 때까지 나는 계속 신문에 이 사실을 싣고 사설을 올릴 걸세. 그러면 총독부가 어떻게 나올지 두고 보게."

그러자 최남선의 뒤에 서 있던 류경호가 조용히 나섰다.

"어제까지는 범인이 누군지 몰랐지만 지금은 상황이 달라졌습니다."

그를 바라보는 도쿠토미 소호의 눈빛이 사나워졌다. 최남선이 서둘러 설명했다.

"이쪽은 게이오 대학 출신의 류경호 군입니다. 제가 시대일보를 운영했을 때 기자로 일했고, 지금은 잡지사에서 일합니다."

허탈한 표정을 지은 그가 최남선과 류경호를 번갈아 바라봤다. 그러고는 의자에 주저앉았다. 뒤따르던 이와이 조사부로 과장도 어정쩡한 표정으로 옆 의자에 앉았다. 최남선도 빈 의자에 앉고, 하야시 곤스케 경부가 문 옆에 서면서 그를 위한 무대가 마련되었다. 류경호는 무대 가운데로 걸어갔다.

"11일 전, 총독부 안에서 끔찍한 살인사건이 벌어졌습니다. 피해자는 총독부 토목과 기수로 근무 중인 조선인 이인도 기수로 전날부터 실종된 상태였습니다."

얘기를 시작한 류경호가 이와이 조사부로 과장을 응시했다. 이와이 조사부로 과장이 신경질적인 표정으로 고개를 돌렸다. 희미하게 웃은 그가 이야기를 이어갔다.

"시신은 전기톱으로 토막 난 채 총독부 안에 대한제국의 첫 글자인 대 자 모양으로 흩어졌습니다. 낙성식이 열흘밖에 안 남은 상황이라서 경찰은 조사에 착수하지 못했고, 그 와중에 의열 단의 소행이 아니냐는 얘기들이 나왔습니다."

얘기를 듣던 도쿠토미 소호가 탁한 목소리로 소리쳤다.

"당연히 그자들 짓이지!"

"모든 가능성이 실패로 돌아갔을 때 그래도 남는 것이 아무리 불가능해 보이더라도 진실이다."

엉뚱한 대답을 들은 도쿠토미 소호가 눈살을 찌푸렸다.

"그게 무슨 얘긴가?"

"셜록 홈스가 한 얘기입니다. 영국의 유명한 탐정, 아니 정탐 소설에 나오는 주인공입니다. 처음에 토막 난 시신이 그런 식으로 흩어진 채 발견되었을 때 사람들은 대한제국을 떠올렸고, 의 열단을 연상했습니다."

류경호가 차분하게 설명을 이어가자 방 안의 사람들이 모두 침묵을 지킨 채 귀를 기울였다.

"저도 처음에 이 사건에 의열단이 개입되어 있다고 생각했습 니다. 그래서 내부자의 소행이라고 생각을 했고, 그쪽으로 조사 를 집중했습니다. 하지만 전혀 연관이 없는 일이었습니다."

"의열단의 짓이 아니라는 증거가 있는가?"

"그럼 제가 반대로 묻겠습니다. 조작된 증인이나 범인 말고 이 사건이 의열단과 관련이 있다는 명백한 물증이 있습니까?"

류경호의 물음에 도쿠토미 소호의 얼굴이 굳어졌다. 그럴 줄 알았다는 표정을 지은 류경호가 천천히 그의 앞으로 다가갔다.

"이번 살인을 의열단의 소행으로 보기에는 말이 안 되는 부분들이 너무 많습니다. 먼저 그런 식으로 살인을 공개할 이유가 없다는 겁니다. 아무도 들여다볼 수 없는 총독부 안에 그런 식으로 시체를 버려버리면 당장 보도관제가 걸릴 거고 자신들의 정체만 탄로 나는 꼴이 되잖습니까? 조사가 진행되면 총독부에 심어놓은 자신들의 동조자들이 위험해질 게 빤한 데 그런 식으로 일을 벌일 리가 없죠."

"공포감을 심어주려는 거겠지."

도쿠토미 소호의 반박에 류경호는 하야시 곤스케 경부를 힐끔 바라봤다.

"경부님! 의열단이 어떤 식으로 일을 벌였습니까?"

질문을 받은 하야시 곤스케 경부가 헛기침을 하면서 대답했다.

"주로 대낮에 경찰서나 총독부 같은 공공기관에 테러를 저지르고 경찰과 총격전을 감행하는 방식을 쓰고 있지."

대답을 들은 류경호는 도쿠토미 소호에게 말했다.

"만약 의열단이 총독부 내부에서 일을 꾸밀 만한 능력이 되었다면 같은 방식을 썼을 겁니다. 토막을 내서 시체를 흩뿌리는 건 의열단 방식이 아닙니다."

"억지 부리지 마! 그럼 대체 누가 총독부 안에서 그런 식의 잔혹한 살인을 저지른단 말인가?"

"이 땅에 친일파와 독립운동가만 있다고 생각하십니까?"

사무실 안의 모든 사람들은 류경호의 말에 귀를 기울였다. 잠깐 숨을 돌린 그가 말을 이어갔다.

"조사를 하던 중에 죽은 이인도 기수가 남겨놓은 노트를 발견했습니다. 노트 안에는 총독부의 기관실과 지하의 어느 공간, 그리고 통로가 그려져 있었습니다."

류경호는 한 손에 들고 있던 노트를 펼쳐서 사람들에게 보여줬다.

"그 와중에 죽은 이인도와 같은 하숙집에서 살던 정철수라는 고학생이 수상해서 조사를 하던 중에 적선동에서 뭔가 일을 꾸미고 있는 걸 확인했습니다."

"정철수라는 자는 누군가?"

도쿠토미 소호의 물음에 하야시 곤스케 경부가 대답했다.

"본명은 방준식으로 경성고공 졸업생입니다. 건축과를 졸업했는데 회사에 취직했다가 사고를 쳐서 감옥에 갔다가 나왔습니다. 이후에는 이런저런 브로커 노릇을 하면서 지냈습니다. 죽인 이인도 기수와 같은 하숙집에서 정철수라는 이름으로 머물고 있었습니다."

설명을 해준 하야시 곤스케 경부에게 고맙다는 눈짓을 남긴 류경호가 설명을 이어갔다.

"사실 이때까지만 해도 저는 노트와 살인과의 연관점을 찾지 못한 상황이었죠. 그러다가 이인도의 조수 홍창화가 저를 총독부 지하금고로 유인해서 죽이려고 했던 일이 벌어졌습니다."

잠시 그때의 일이 떠오른 류경호는 악몽같이 펼쳐지는 그 순간을 참기 위해 잠깐 숨을 골라야만 했다. 걱정스러워하는 최남선의 시선에 힘을 얻은 류경호는 다시 말을 이어갔다.

"사실 그 이후에도 왜 살인이 벌어졌고, 정확하게 누구의 짓인지 몰랐습니다. 그러다가 어제 해답을 찾았죠. 바로 이겁니다."

류경호는 노트와 함께 가져온 정철수의 책을 테이블 위에 올려놨다. 테이블에서 가장 가까이에 있던 이와이 조사부로 과장이 책의 제목을 중얼거렸다.

"빨강 머리 연맹."

"영국의 코넌 도일이 쓴 정탐소설입니다. 저도 읽어본 적이 있는 책이죠. 대략적인 내용은 다음과 같습니다. 전당포 주인을 다른 일로 밖으로 내보낸 후 근처에 있는 은행 지하금고까지 땅굴을 파서 금괴를 훔치려고 했다는 내용입니다. 적선동의 집을 공사한다는 명목으로 몇 달 동안 흙을 퍼내고 목재를 가져다 썼습니다. 목표는 새로 지어지는 총독부의 대현관 밑에 있는 지하금고였습니다. 그곳에 금괴가 보관될 예정이라고 들었습니다만······."

말끝을 흐릿하게 끝맺은 그가 유아사 구라헤이 정무총감을 바라봤다. 새파랗게 질린 정무총감은 더듬거리면서 입을 열었다.

"조선은행에 보관 중인 금괴의 일부를 옮길 계획이었네. 아무래도 한군데서만 보관하는 건 위험하지 않느냐는 의견이 많아서 말이야."

그때 이와이 조사부로 과장이 코웃음을 쳤다.

"말도 안 되는 소리! 적선동에서 총독부까지는 5백 미터가 넘어. 거기다 총독부는 철근을 넣은 콘크리트로 기초를 다졌기 때문에 다이너마이트로 폭파시키지 않는 이상 구멍을 뚫는 건 불가능해. 헛소리하지 말라고, 조센징."

낄낄거리며 웃어대는 이와이 조사부로 과장을 향해 류경호가 나지막하게 물었다.

"누가 총독부 본관까지 간다고 했습니까?"

"뭐라고?"

새파랗게 질린 이와이 조사부로 과장을 보며 류경호가 혀를 찼다.

"땅굴은 총독부의 난방을 책임지는 기관실까지 뚫을 예정이었습니다. 거기서 예비용 철관을 통해 본관까지 들어갈 생각이었죠. 땅굴은 기관실까지 이미 뚫린 상태였습니다."

류경호가 문 옆에 서 있는 하야시 곤스케 경부를 바라봤다. 헛기침을 한 하야시 곤스케 경부가 대답했다.

"제가 부하들과 함께 땅굴을 지나서 기관실까지 들어가봤습니다. 류경호 기자의 말이 사실입니다."

사무실은 낮은 술렁거림으로 가득했다. 품속에서 사진 한 장을 꺼낸 류경호가 책이 놓인 테이블에 올려놨다.

"조선청년건축회라는 조직이 있었습니다. 경성고공 출신의 조선 사람들이 모여서 만든 작은 친목 단체죠. 그중에서 이인도와 박길룡, 그리고 홍창화는 총독부에 취직했지만 정철수라는 가명을 쓴 방준식은 불미스러운 일로 취직을 하지 못한 상황이 었죠. 그러다가 우연히 조선은행에 보관 중인 금괴 일부를 새로 만드는 총독부 지하의 비밀금고로 옮긴다는 정보를 입수했습 니다. 그러고는 총독부에 근무 중인 이인도와 접촉해서 필요한 정보를 얻은 것이죠."

"아무리 정보를 입수했다고 해도 어떻게 그런 생각을 할 수 있었지?"

조용히 듣고 있던 미노베 도시키치 경성일보 고문의 반문에 류경호는 책상 위에 놓인 책을 가리켰다.

"아마 셜록 홈스가 등장하는《빨강 머리 연맹》이라는 책을 읽 고 그 안에 나오는 수법을 이용해서 총독부 지하금고에서 금괴 를 훔칠 계획을 꾸민 것 같습니다. 이 책에는 길 건너편 은행까 지 지하 터널을 뚫기 위해 일정 시간 주인을 외출시키는 범인과 그 트릭을 깨는 탐정이 나옵니다. 방준식은 이 책에 나오는 것 처럼 터널을 뚫어서 금괴를 훔쳐 가려고 했던 거 같습니다. 그 래서 총독부와 최대한 가까운 적선동의 집을 사들여서 하숙집 으로 꾸민다는 명목으로 땅굴을 팠습니다. 보통 사람에게는 어 려운 일이지만 경성고공 출신이라는 점이 도움이 되었죠."

잠깐 얘기를 멈춘 류경호는 유아사 구라헤이 정무총감을 바 라봤다.

"금괴는 언제 옮겨 올 예정이었습니까?"

"원래 계획대로면 이번 주부터 옮겨 올 예정이었네."

"금고에 넣고 나면 언제 확인합니까?"

"당연히 매일 확인하게 되어 있네. 하지만 일요일은 하지 않아. 당직이 열쇠를 가지고 있지 않으니까 말이야."

"만약 토요일 밤에 침입해서 훔쳐 간다면 월요일 아침에서야 발견하겠군요."

"그, 그렇지."

그의 얘기를 들은 류경호는 책상에 놓인 《빨강 머리 연맹》을 펼쳤다.

"책 안에는 만주행 열차의 운행시간표가 들어 있었습니다. 여기 일요일 첫차 시간표에 표시를 해놓은 게 보이십니까? 방준식과 홍창화는 훔친 금괴를 가지고 만주로 도망칠 생각이었습니다. 총독부에서는 금괴가 사라진 걸 월요일 아침에서야 발견할 테니까 그때는 이미 만주로 넘어간 다음입니다."

류경호의 말을 들은 유아사 구라헤이 정무총감은 파랗게 질려버렸다.

"마, 말도 안 되는 일이 벌어질 뻔했군."

"여러분이 의열단 어쩌고 하는 틈에 진짜 범인은 속으로 한참 비웃으면서 일을 진행했습니다. 터널은 다 뚫어놓은 상태에서 금괴가 들어오기만을 기다리는 중이었죠."

"맙소사."

이마에 손을 짚은 유아사 구라헤이 정무총감이 탄식을 내뱉었다. 마루야마 쓰루기치 경무국장도 굳은 표정으로 침묵을 지켰다. 《빨강 머리 연맹》을 테이블에 도로 내려놓은 류경호가 말을 이어갔다.

"방준식이 이 일에 끌어들인 게 바로 총독부에 근무 중인 홍창화와 이인도 기수였습니다."

류경호는 테이블 위에 올려놓은 사진을 잠깐 봤다. 어제 알게 된 몇 가지 이야기들은 가슴 아픈 것들이었다.

"노름을 좋아해서 빚이 있던 홍창화는 금방 포섭해서 한편이 되었습니다. 하지만 이인도 기수는 후배인 방준식이 제대로 취직을 못 하는 것을 보고 도와주려다가 그만 일에 깊숙하게 빠지고 말았습니다. 발을 빼려고 했지만 후배를 배신한다는 것 때문에 괴로워했고, 설상가상으로 그가 흔들리는 걸 눈치챈 방준식이 정철수라는 가명을 써서 그가 머무는 하숙집에 들어와서 감시를 했습니다. 총독부 안에서는 홍창화가 있고, 집에서는 방준식이 감시하게 된 것입니다. 시간이 지날수록 위험을 느낀 이인도는 노트에 단서가 될 만한 것들을 적어서 몰래 숨겨놨습니다. 그리고 때를 봐서 박길룡 기수에게 이 사실을 털어놓을 생각이었습니다. 하지만 이인도의 계획을 눈치챈 두 사람은 그의 입을 막기로 했습니다. 영원히 말이죠."

사실 이인도가 진짜 털어놓을 생각이었는지는 알 수 없었다. 살인범으로 몰렸다가 풀려났던 박길룡조차 후배들의 안위를 걱정해서 조선청년건축회의 존재를 숨기려고 애를 썼기 때문이었다. 어제저녁에 만난 박길룡 기수는 대략적인 사건의 내용을 파악했지만 차마 말하지 못했다고 눈물지었다.

이인도는 아마 두 후배에게 포기하라고 설득하려고 했던 것 같았다. 하지만 황금에 눈이 먼 방준식과 홍창화는 그를 죽이고 토막 내는 것으로 대답을 대신했다. 어차피 낙성식이 코앞이고 땅굴은 거의 다 파놓은 상태였기 때문이다. 서글퍼진 마음을 간신히 억누른 류경호가 말을 이어갔다.

"살인은 이인도가 출근한 직후에 벌어졌습니다. 홍창화와 일꾼으로 변장해서 총독부 안으로 들어온 방준식은 이인도에게 조용한 곳에서 얘기를 하자는 핑계로 지하금고로 불러들였고 틈을 봐서 칼로 찌르고 전기톱으로 토막을 냈습니다. 그리고 일부러 상징적인 위치에 시체를 흩뿌려놔서 수사의 방향이 의열단이나 독립운동단체로 향하게 만든 것이죠."

사실 조금만 생각을 해보면 터무니없는 억측이라는 걸 알 수 있었지만 분위기에 휩쓸린 탓에 류경호도 나중에야 그 사실을 깨달은 것이다.

"한마디로 여러분은 그자의 손에 놀아났던 겁니다."

류경호의 얘기를 들은 도쿠토미 소호가 슬쩍 웃으면서 말했다.

"그렇다면 살인자는 조선인들이 되는 셈이군."

"하지만 살인의 동기나 배후에는 의열단은 없었습니다. 만약 그런 식으로 사건이 처리되었다면 홍창화와 방준식은 당신들을 비웃으면서 땅굴을 통해 총독부 지하금고의 금괴를 훔쳐 갔을 겁니다."

힘주어 말한 류경호가 방 안에 있는 사람들을 쏘아봤다. 일동회 멤버들은 자기들의 이익을 지키기 위해서 모였을 뿐, 광신적인 이념집단이 아니었다. 그 부분을 건드리면 그들 스스로 포기할 것이라고 믿었다. 류경호의 얘기를 들은 도쿠토미 소호가 고개를 절레절레 저었다.

"내 실수는 인정하지. 잘못된 정책을 바로잡기 위해서 잘못된 판단을 했네. 하지만 조선인들이 돈에 눈이 어두워 신성한 총독부 안에서 살인을 저질렀다는 것은 명백한 사실이야. 내가 언론을 움직여서 이 부분을 물고 늘어진다면 총독도 움직일 수밖에 없겠지. 안 그런가?"

그의 시선을 받은 유아사 구라헤이 정무총감은 바짝 긴장한 표정을 지었다. 다른 두 명도 수긍한다는 뜻으로 고개를 끄덕거리자 어두웠던 이와이 조사부로 과장의 얼굴이 활짝 펴졌다. 아랫입술을 바짝 깨문 류경호가 자신만만해하는 도쿠토미 소호에게 말했다.

"제가 아직 얘기하지 않은 게 하나 있습니다. 사실 이인도 기수는 이 계획을 누군가에게 발설한 적이 있습니다."

"그자가 누군가?"

도쿠토미 소호를 바라보던 그의 시선은 이와이 조사부로 과장에게 옮겨졌다. 파랗게 질린 이와이 조사부로 과장이 침을 튀기면서 말했다.

"그런 얼토당토않은 거짓말로 날 엮어 넣으려고?"

"이미 당신은 거짓말을 한 적이 있잖아."

"무, 무슨 소리야!"

류경호는 이와이 조사부로 과장을 쏘아붙였다.

"만년필이 현장에서 발견되었다는 억지 주장을 펼쳐서 박길룡 기수를 살인자로 만들려고 했던 걸 잊었나? 당신이 그렇게 훼방을 하지만 않았다면 이번 일은 더 쉽게 풀렸을 거야."

거짓말을 했던 것은 사실이었기 때문에 이와이 조사부로 과장은 궁지에 몰릴 수밖에 없었다. 류경호는 그 점을 물고 늘어졌다.

"이와이 조사부로 과장이 엉뚱한 사람을 범인으로 모는 바람에 사건은 완전히 혼선에 빠져버렸습니다. 자신의 개인감정을 내세워서 일을 망치려고 들었던 거죠."

"닥쳐라! 나는 일본을 위해 최선을 다한 것뿐이야!"

창백해진 얼굴로 열심히 변명하는 이와이 조사부로 과장에게서 시선을 뗀 류경호는 테이블 위에 놓인 이인도의 노트를 들고 도쿠토미 소호가 앉아 있는 의자 앞으로 다가갔다. 그의 눈앞에 노트의 마지막 페이지를 펼친 류경호가 천천히 입을 열었다.

"이 노트의 마지막 장에는 이인도가 직접 쓴 글이 적혀 있습니다. 살해당하기 이틀 전, 오랜 고민 끝에 건축과장인 이와이 조사부로를 찾아가서 이 사실을 털어놨다고 적혀 있습니다."

"뭐라고?"

류경호는 처음으로 목소리가 높아진 도쿠토미 소호에게 노트를 건넸다. 그리고 정신없이 노트에 적힌 내용을 읽어 내려가는 그에게 또박또박 말했다.

"하지만 이와이 조사부로 과장은 뜻밖에도 다른 사람에게 얘기하지 말라는 말만 남겼고 별다른 조치를 취하지 않아서 몹시

의아하다고 적어놨습니다."

이와이 조사부로 과장은 이인도의 노트에서 눈을 뗀 도쿠토미 소호와 눈이 마주치자 마른침을 삼켰다. 두 사람 사이에 흐르는 불신과 충격의 감정 사이로 류경호가 조용히 속삭였다.

"이와이 조사부로 건축과장은 방준식과 홍창화의 음모를 이미 알고 있었습니다. 어쩌면 두 사람에게 금괴에 관한 정보를 건네준 게 바로 이자일지도 모릅니다."

"말도 안 되는 소리!"

흥분한 이와이 조사부로 과장에게 비웃음을 날린 류경호가 도쿠토미 소호에게 말했다.

"그래서 이 사건을 알 수 있었던 박길룡 기수에게 죄를 뒤집 어씌우는 짓을 벌였죠."

얘기를 마친 류경호는 이와이 조사부로 과장을 바라봤다. 턱을 덜덜 떨고 있던 이와이 조사부로 과장은 버럭 고함을 질렀다.

"거짓말! 난 이인도에게 그런 말을 들은 적이 없어!"

그의 절규를 무시한 류경호는 굳어 있는 도쿠토미 소호에게 시선을 돌렸다.

"언론계의 거물이시니 말씀하신 대로 이 문제를 거론할 수 있으실 겁니다. 그러면 우리는 이 사실을 오카모토 기자가 있는 요미우리 신문은 물론 일본의 언론사에 알릴 겁니다. 총독부의 관리가 의문의 살인사건에 배후에 있고, 일동회 멤버들이 그것을 알면서도 묵인한 것은 물론 조직적으로 은폐했다고 폭로하겠습니다. 덕분에 강도들이 총독부 지하에 보관 중인 금괴를 훔

처서 달아나려는 계획이 성공 일보직전까지 갔다는 사실도 포함해서 말입니다."

사무실 안의 분위기가 순식간에 싸늘해진 가운데 모두 침묵에 빠졌다. 제일 먼저 움직인 것은 정무총감 유아사 구라헤이였다. 의자에서 일어난 그는 도쿠토미 소호에게 살짝 고개를 숙이면서 말했다.

"저는 피로연에 가봐야 할 것 같습니다. 그리고 이 문제에서 빠지도록 하겠습니다."

문 쪽으로 뚜벅뚜벅 걸어간 그는 뒤도 돌아보지 않고 밖으로 사라졌다. 그것을 시작으로 미노베 도시키치 경성일보 고문과 마루야마 쓰루기치 경무국장도 자리를 떴다.

홀로 남은 도쿠토미 소호는 마침내 웃고 말았다. 한참을 웃던 그는 류경호와 최남선을 번갈아 바라보다가 입을 열었다.

"내가 조선인들을 얕잡아봤군. 하지만 다음번에는 이런 행운을 기대하지 말게."

류경호는 패배를 인정한 도쿠토미 소호에게 말했다.

"이 사건을 더 이상 거론하지 않고, 언론에서도 다루지 않겠다고 약속해주십시오."

"이 문제는 없던 것으로 하지."

"일동회도 해체하십시오."

그의 얘기를 들은 도쿠토미 소호는 다른 사람들이 빠져나간 사무실의 문을 바라보면서 쓴웃음을 지었다.

"쥐새끼들이 다 빠져나갔으니 자연스럽게 해체되었다고 봐야겠군."

헛기침을 하면서 의자에서 일어나려는 그에게 류경호가 이와이 조사부로 과장을 손으로 가리키면서 말했다.

"그리고 저자는 우리가 처리하겠습니다."

얘기를 들은 도쿠토미 소호가 지팡이를 꽉 움켜쥐면서 물었다.

"그럼 나도 하나 묻겠네. 노트에 적혀 있는 그 글은 이인도가 적은 게 맞나?"

"어차피 이번 일에서 가장 하찮은 취급을 받은 건 죽음과 진실입니다. 그 내용을 누가 썼는지가 중요한 문제입니까?"

류경호의 일갈에 그는 아무 대답도 하지 못했다.

허벅지에 총을 맞고 체포된 정철수는 죽은 홍창화에게 죄를 떠넘기기에 여념이 없었다. 덕분에 그에게 홍창화가 어떤 일본인 직원에게 이인도가 계획을 누설했다는 얘기를 들었다는 진술을 꾸밀 수 있었다. 어차피 이번 사건을 처리하려면 희생양이 필요했기 때문에 하야시 곤스케 경부도 적당히 눈을 감았다. 도쿠토미 소호가 그런 사실을 예리하게 파고들었지만 역설적으로 진실에는 관심이 없었기 때문에 적극적으로 따지지는 않았다. 아무 대답도 하지 않는 그에게 류경호가 쐐기를 박았다.

"이 문제를 덮으려면 희생양이 하나 필요하지 않겠습니까?"

"알아서 하게."

몸을 일으킨 도쿠토미 소호는 최남선과 살짝 눈인사를 나누고는 문으로 향했다. 하야시 곤스케 경부가 문을 열어줬다가 그가 나간 후에 닫아버렸다. 그 틈을 노려서 이와이 조사부로 과장이 류경호를 밀쳐내고 테이블 위에 놓인 이인도의 노트를 낚아챘다. 그리고 찢어버리려고 하는 찰나, 최남선이 들고 있던 지팡이로 이와이 조사부로 과장을 내리쳤다. 갑작스럽게 공격을 당한 이와이 조사부로 과장이 신음을 내면서 노트를 놓쳤다.

"나는 억울해! 억울하다고!"

최남선은 지팡이를 연거푸 내리치면서 호통을 쳤다.

"사람이 죽었는데 조센징이니 일본인이니 따지다가 자기 일이 되니까 억울해서 미치겠지? 천벌을 받을 놈!"

바닥에 완전히 쓰러진 이와이 조사부로 과장을 내려다보면서 씩씩거리던 최남선이 옷고름으로 이마에 난 땀을 닦아냈다. 그 모습을 지켜보던 하야시 곤스케 경부가 류경호에게 다가와 놀란 표정으로 말했다.

"저런 성깔을 가진 분인 줄 여태껏 몰랐네."

"저도 처음 봤습니다."

노트를 챙겨서 하야시 곤스케 경부에게 넘겨준 최남선이 나지막하게 말했다.

"공정하게 처리해주길 부탁하네."

"경찰로서도 큰 망신을 당할 뻔한 일이었는데 그냥 넘어가지는 않을 겁니다."

"그럼 부탁하네."

최남선이 문을 열고 나가자 류경호도 하야시 곤스케 경부에게 작별인사를 하고 따라 나갔다. 복도 끝으로 걸어간 최남선은 발코니처럼 된 기둥 사이의 공간에 서서 중앙대홀을 내려다봤다. 그러고는 얼굴을 찌푸린 채 류경호에게 말했다.

"여기서 나가세."

두 사람은 엘리베이터를 타고 1층으로 내려가서 대현관을 통해 밖으로 나왔다. 약간 찬 기운을 품은 가을바람이 두 사람을 향해 불어왔다. 대현관의 계단을 내려올 때까지 아무 말도 하지 않던 최남선이 류경호에게 말했다.

"자네가 아니었다면 이번 사건은 해결하지 못했을 거야. 고맙네."

대답을 하려던 류경호는 잰걸음으로 달려와서 계단을 오르려는 노인과 어깨를 부딪쳤다. 그의 어깨를 친 노인은 뒤도 돌아보지 않고 계단을 올라가서 총독부 안으로 사라졌다. 그의 뒷모습을 바라보던 류경호가 말했다.

"총독부가 사라지는 날이 우리가 일본의 손아귀에서 벗어나는 날이 되겠죠?"

그 말에 최남선이 깊은 한숨을 쉬면서 고개를 끄덕거렸다.

"그러겠지. 일도 끝났는데 한잔하러 갈까?"

최남선의 얘기를 들은 류경호는 씁쓸한 표정으로 고개를 저었다.

"잡지사에 가봐야 합니다. 오늘도 안 나가면 정말 잘릴지도 몰라요."

"그렇게 하게. 언제 날 잡아서 술이나 한잔하지. 사건이 해결되었는지 왜 이렇게 가슴이 답답한지 모르겠단 말이야."

"이런 식의 협력이 과연 우리에게 도움이 되겠습니까?"

류경호의 물음에 걸음을 멈춘 최남선이 고개를 돌려 총독부를 바라보면서 대답했다.

　"저 안에 조선인을 많이 집어넣겠다는 계획 말인가?"

　"정관계에 진출해봤자 일본인처럼 생각하는 조선인만 늘어나지 않겠습니까? 그리고 그런 식의 협력은 결국 일본만 이롭게 하는 걸지도 모릅니다."

　류경호의 말에 최남선은 가만히 고개를 끄덕거렸다.

　"자네 말이 맞을지도 몰라. 시간이 지나면 조선말을 쓰는 것을 창피해하고 한복을 멀리할지도 모르지. 하지만 말이야."

　헛기침을 한 최남선이 덧붙였다.

　"어쨌든 그중에서 정신 줄을 놓지 않는 사람이 있겠지."

　"저는 여전히 모르겠습니다."

　류경호의 냉담한 말에 그가 대답했다.

　"우리 같은 늙은이가 나라를 팔아먹는 바람에 자네 같은 젊은이들을 고생시키고 있다는 거 다 알고 있네. 하지만 어쩌겠는가? 살아남아야지."

　총독부 앞에는 최남선이 타고 온 택시가 기다리고 있었다. 기사가 인사를 하고 뒷문을 열자 최남선이 그에게 말했다.

　"참, 송태백 군 말일세."

　잊고 있었던 이름이 불쑥 튀어나오자 류경호의 얼굴은 딱딱하게 굳었다.

　"파리에 머물고 있는 최린 군에게 전보를 보냈더니 얼마 전에 일본으로 떠났다고 하더군."

"조선이 아니라 일본으로요?"

의아해진 류경호의 물음에 최남선이 고개를 끄덕거렸다.

"일본에서 공부를 다시 한다고 그러더군. 송 군의 일본 쪽 주소는 알아볼 수 있을 것 같은데, 어떤가?"

"뭐가 말입니까?"

"자네가 궁금해하는 걸 물어볼 수 있을 것 같네. 일본 경찰이 어떻게 알고 그날 동경 YMCA에 들이닥쳤는지 말이야."

"그 친구는 얘기할 거 같습니까?"

"필요하면 내가 일본으로 가보겠네. 어쨌든 약속은 약속이고, 자네가 아니었다면 이번 일은 해결하지 못했을 거야."

류경호는 고개를 숙인 채 곰곰이 생각에 잠겼다. 그러다가 천천히 고개를 저었다.

"괜찮습니다. 때가 되면 알게 되겠죠."

최남선은 알겠다는 듯 고개를 끄덕거렸다.

"잡지사까지 태워줄까?"

"괜찮습니다. 오랜만에 종로통이나 걷죠."

류경호의 대답을 들은 최남선은 택시 뒷좌석에 올라탔다. 문을 닫은 기사가 운전석에 타고 택시를 출발시켰다. 널따란 광화문통을 가로질러 사라지는 택시의 뒷모습을 물끄러미 바라보던 류경호는 발걸음을 떼었다.

조선 시대에는 육조거리로 불렸으며 관청들이 모여 있던 광화문통은 이제 철근 콘크리트와 벽돌로 만든 서양식 건물들이 자리를 잡았다. 해태가 사라진 거리에는 전신주가 늘어섰고, 전차와 자동차, 인력거와 수레들이 바쁘게 오갔다.

시대가 변해가고 있다는 사실은 때로는 잔혹할 수밖에 없었다. 가로수가 듬성듬성 심긴 인도를 걷던 류경호는 광화문통과 종로통이 교차하는 사거리 한쪽 구석에 초라하게 서 있는 고종 즉위 40주년 칭경 기념비가 세워져 있는 기념비전을 스쳐 지나갔다. 길 건너편에는 올봄부터 새로 짓기 시작한 광화문우편국이 거의 완성되어가는 중이었다. 2층짜리 광화문우편국은 벽돌과 타일로 멋을 냈다.

그는 조선인들로 가득한 종로통을 지나가면서 마음이 편안해지는 것을 느꼈다. 보신각을 지나서 YMCA와 파고다공원을 지나간 그는 내친김에 종로 3정목까지 걸어가기로 하고 발걸음을 옮기는데 단성사 앞에 사람들이 모여 있는 게 보였다.

새로 영화가 걸리면 으레 장안의 모던 걸과 모던 보이들이 몰려오곤 했지만 그때와는 비교할 수 없을 정도로 사람들이 많았다. 거기다 치마저고리 차림의 여인들부터 갓과 도포 차림의 노인들까지 섞여 있었다. 단성사 앞에는 극장에서 고용한 광대가 북을 치면서 열심히 떠드는 중이었다. 고개를 갸웃거린 류경호는 마침 옆을 지나가는 경성고보 학생을 붙잡았다.

"극장 앞에 왜 저렇게 사람들이 몰려 있니?"

경성고보 학생은 붉어진 눈시울로 류경호를 바라보면서 대답했다.

"아리랑 때문에 그래요."

"아리랑?"

364

그의 반문에 경성고보 학생은 단성사 앞으로 몰려든 사람들을 바라보면서 말했다.

"오늘 새로 하는 영환데 정말 끝내주게 재미있어요."

호기심에 이끌린 류경호는 경성고보 학생을 보내고 단성사 쪽으로 걸어갔다. 며칠 전까지 그레타 가르보가 차지하고 있던 극장 간판은 낯선 사람으로 바뀌었다.

극장 앞은 사람들로 가득했다. 영화를 보고 나온 사람들은 하나같이 눈물을 감추지 못했다. 고개를 든 류경호는 간판에 적힌 영화 제목과 주인공의 이름을 중얼거렸다.

"아리랑, 감독과 주연 나운규."

단성사 앞에는 광대로 분장한 호객꾼이 목청이 터져라 외쳐 댔다.

"자! 눈물 없이는 볼 수 없는 영화! 조선키네마프로덕션에서 만든 아리랑이 오늘 상영 중이올시다. 경성에서 공부를 하다가 실성을 한 채 고향 마을로 내려온 주인공 김영진, 그리고 악덕 지주 천가의 머슴인 오기호가 있었습니다. 김영진은 오기호만 보면 마치 고양이가 쥐를 쫓는 것처럼 쫓아다녔습니다. 그러던 어느 날, 경성에서 영진의 친구 윤현구가 내려오고, 미쳐서 정신을 잃은 영진 대신 그의 여동생 영희가 윤현구를 맞이하게 됩니다. 그러던 어느 날, 경천동지할 사건이 벌어집니다. 자! 장안 최고의 변사 서상호가 여러분의 눈물샘을 자극할 것입니다. 어서어서 들어가십시오. 이번 회도 매진이 코앞입니다."

총독부 낙성식과 영화 아리랑의 개봉일이 같다는 사실은 그에게는 우연의 일치처럼 느껴지지 않았다. 바닥에 눈꽃처럼 흩어진 전단지를 내려다보던 류경호가 중얼거렸다.

"언젠가 새벽이 오겠지. 동이 트는 새벽이······."

영화를 보기로 결심한 류경호는 사람들로 가득한 매표소를 향해 발걸음을 옮겼다. 영화를 보고 나온 처자들이 한목소리로 아리랑을 부르면서 그의 곁을 스쳐 지나갔다.

- 끝 -

작가 후기

    지나간 역사는 항상 논쟁의 대상이 될 수밖에 없다. 특히 일제 강점기는 친일파라는 지울 수 없는 굴레와 맞닿아 있기 때문에 더더욱 그러하다. 그럼에도 불구하고 글을 쓰게 된 것은 호기심 때문이었다. 독립운동가와 친일파만 존재했을 것 같던 그 시대, 보통 사람들은 어떻게 살았고, 무엇을 위해 지냈는지가 궁금했기 때문이다.

    우연찮게 접한 《별건곤》이라는 잡지에는 우리가 몰랐던 그 시대의 사람들 이야기가 담겨 있었다. 오늘날과 별반 다를 게 없는 좁은 취업문을 돌파하기 위해 양복을 빌려 입고 거리로 나서는 청년, 춤판이 벌어지는 기와집 앞에 거적을 뒤집어쓰고 누워 있다가 야간 탐방에 나선 기자의 오줌 세례를 받아야 했던 노숙자, 외상값을 갚지 않는 신사의 소매를 붙들고 하소연하는 인력거꾼, 도축장에서 하루 종일 소를 잡아야만 했던 인부까지 그들의 삶을 엿보고 느끼면서 내가 알던 역사 속에서 그들이 들어 있지 않다는 것을 깨달았다.

그들이 비록 역사에 아무런 족적을 남겨놓지 않았다고는 하지만 그 삶조차 외면할 필요는 없다. 아울러 지식인이라고 불리는 사람들이 그 시대를 어떻게 바라보고 고민했는지도 담아보고 싶었다. 결정에는 책임이 따르고, 그 책임을 지기 위해 하나밖에 없는 자신의 생애를 걸어야만 하기 때문이다. 그런 고민과 성찰을 거쳐야만 우리는 비로소 일제 강점기라는 암흑 속에서 사람이라는 빛을 볼 수 있을 것이다.

이 소설에서는 가상의 인물과 실존 인물들이 함께 등장한다. 시대일보사를 거쳐 별세계라는 잡지사에서 일하는 주인공 류경호 기자는 가상의 인물이다. 그가 근무하는 별세계라는 잡지사는 실제 이 시대에 존재했던 《별건곤》이라는 잡지를 모델로 한 것이다.

본문에 등장하는 잠입취재와 야간 탐방은 실제로 1920년대 경성의 일상을 취재하여 아카마 기후가 쓴 〈대지를 보라〉와 1928년 2월 1일 발행된 《별건곤》 제11호 불량남녀 일망타진, 변장기자 야간 탐방기의 내용을 참고한 것이다. 당시 신문과 잡지에서는 이런 식의 르포르타주를 싣는 것이 유행이었다.

실존 인물인 최남선은 시대일보사를 운영하다가 매각한 후에도 언론인으로 계속 활동했다. 박길룡 기수는 1932년 건축과 기사로 승진했다가 사직하고 관철동에 자신의 건축사무소를 차렸다. 그가 설계한 대표적인 건물로는 화신백화점이 있다.

도쿠토미 소호는 일본 근대의 대표적인 언론인이다. 처음에는 평민주의를 지향했지만 차츰 군국주의자로 변모했다. 1910년 데라우치 총독의 부탁으로 조선으로 건너와서 경성일보를 맡기도 했다. 일본의 패망 이후 A급 전범이 되었으나 별다른 처벌을 받지 않고 집필활동을 계속하다가 세상을 떠났다.

나운규가 감독과 주연을 맡은 영화 아리랑은 실제로 1926년 10월 1일, 박승필이 운영하던 단성사에서 개봉했다. 아리랑은 개봉 당일부터 조선인들에게 엄청난 인기를 끌었으며, 한국 영화사에 길이 남는 영화로 기억되었다. 조선총독부의 낙성식 역시 같은 해 같은 날에 열렸다. 조선총독부의 낙성식과 영화 아리랑의 개봉일이 같았다는 점은 우리의 운명 속에 빛과 어둠이 공존하고 있다는 점을 보여준다.

이 글의 또 다른 주인공이라고 할 수 있는 조선총독부 청사는 해방 이후 중앙청과 국립중앙박물관 등으로 사용되었다가 1996년 완전히 철거되었다. 철거된 잔해와 돔의 첨탑은 천안 독립기념관에 전시되어 있다.

별세계 사건부
: 조선총독부 토막살인

초판 1쇄 발행일 2017년 3월 20일
초판 2쇄 발행일 2023년 1월 19일

지은이 정명섭

발행인 윤호권
사업총괄 정유한

편집 박윤희 **디자인** 이희영 **마케팅** 윤아림
발행처 ㈜시공사 **주소** 서울시 성동구 상원1길 22, 6-8층(우편번호 04779)
대표전화 02-3486-6877 **팩스(주문)** 02-585-1755
홈페이지 www.sigongsa.com / www.sigongjunior.com

이 책의 출판권은 (주)시공사에 있습니다. 저작권법에 의해
한국 내에서 보호받는 저작물이므로 무단 전재와 무단 복제를 금합니다.

ISBN 978-89-527-7809-3 04810
ISBN 978-89-527-7810-9 (세트)

*시공사는 시공간을 넘는 무한한 콘텐츠 세상을 만듭니다.
*시공사는 더 나은 내일을 함께 만들 여러분의 소중한 의견을 기다립니다.
*잘못 만들어진 책은 구입하신 곳에서 바꾸어 드립니다.